늙은 창녀의 노래

차례

월행月行

구름 사이로 달이 빠져나오자 반짝, 개천이 드러났다. 살얼음이 낀 개천은 달빛을 받아 무슨 시체처럼 차갑게 반짝거리며 아래쪽 미루나무숲으로 사행蛇行의 긴 꼬리를 감추고 있었다. 바로 그 미루나무숲 언저리로부터 한 사내가 개천 둑에 모습을 나타내었다. 사내는 등에 누군가를 업고 있었는데, 외투로 보자기를 씌워서 멀리서 보면 흡사 곱사등 같은 모습이었다. 사내는 그런 모습으로 깊게 눌러쓴 벙거지 속의 눈빛을 세워 사방을 휘둘러보며 천천히 개천을 따라 거슬러 올라왔다. 개천의 양켠으로는 추수가 끝난 논밭들이 을씨년스럽게 버려져 있었는데, 개천의 위쪽에서 북풍

이 몰릴 때마다 어디선가 마른 수수깡 흔들리는 소리가 우수수, 우수수, 빈 벌판을 울리곤 했다. 수수깡 소리가 들릴 때마다 사내는 흠칫 놀라서 걸음을 멈추곤 했다. 개천을 가로지른 신작로의 다리를 넘어서자 사내는 벙거지를 벗고 이마의 땀을 훔쳤다. 사내는 무심결에 달을 쳐다보았다. 부족하지도 넘치지도 않는 만월이 구름 사이를 빠르게 움직이고 있었다. 반백半白의 구레나룻으로 뒤덮인 사내의 얼굴에 어떤 음영이 서리는가 싶더니 이내 사라져 버렸다. 깊은 주름살이 패이고 군데군데 칼자국이 있어서 꿈틀대는 짙은 눈썹과 함께 사내의 얼굴은, 그가 막일로 평생을 살아온 사람이라는 것을 쉽게 알려주고 있었다.

문득 사내의 곱사등이 꿈틀대더니 뜻밖에 어린아이의 맑은 목소리가 흘러 나왔다.

"아부지, 아직도 멀었어?"

아이의 목소리가 흘러나오자 사내의 표정이 대뜸 밝아졌다.

"아녀, 아녀. 저어기 불빛이 뵈쟈? 거겨."

사내가 손을 들어 개천의 위쪽 병풍처럼 잇달은 연봉連峯들의 산자락 한켠, 몇 낱 불빛들을 가리키자,

"어디? 어디?"

조막손이 사내의 낡은 외투를 헤집고, 거기에서 예닐곱 살쯤 되어 보이는 아이의 얼굴이 빠끔이 삐져나왔다.

"저기가 아부지 고향이지?"

사내는 아이의 별스럽지 않은 질문이 그러나 몹시 대견한 모양이었다. 사내는, 허허, 녀석 신통두 허지, 숫제 얼굴 가득 찬 주름살로 웃었다.

"하문 그렇구말구. 저기가 바로 아부지 고향이여."

사내는 따뜻한 시선으로 아이와 함께 오랜 동안 마을의 불빛을 바라보았다.

개천은 마을 뒤 골짜기에서부터 시작하여 마을을 감싸고 흘러내리고 있었다. 사람들은 이 골짜기를 한실 골짜기라고 불렀고, 거기에서 시작된 개천을 한실 꼬랑이라고 불렀고, 그 마을을 한실 마을이라고 불렀다. 바로 그 한실 마을이 사내의 고향이었다. 사내의 조부의 조부 때부터 자작일촌을 이루어 내려온 마을. 큰 제사 때면 너나 할 것 없이 저마다 흰 두루마기를 내어 입고 종가댁 등불 아래 모여 신명神明께 축문을 드려 온 마을. 제사가 끝나면 어른들은 아이들에게 자신들이 들었던 훌륭한 선조들의 이야기를 또다시 들려 준 마을. 해마다 정초엔 가가호호를 돌며 한 해 액풀이를 하는 꽹과리 패들로 극성스러운 마을. 사내가 한실 마을로부터 도망친 것도 훌쩍 이십 몇 년이 넘어 버린 것이었다.

개천을 벗어나 마을 입구의 정자나무 아래 다다랐을 때, 사내는 문득 심한 기침 끝에 피를 토해냈다. 죄업이다, 라고 사내는 자조했다. 이 마을이 폐촌이 되어 버린 것처럼 자신의 병 또한 죄업이다, 라고 사내는 두 손 가득히 피를 받으며 자조했다. 허허, 사내는 벌겋게 웃으며, 우는 아이를 달래어 놓고 개천으로 내려갔다.

살얼음을 깼을 때, 사내는 수면에서 피묻은 얼굴과 함께 달을 보았다. 달과 사내의 피묻은 얼굴이 한데 어울려 흔들리고 있었다. 그렇게 흔들리는 자신의 얼굴을 들여다보며 사내는 어쩌면 자신의 삶도 그렇게 조악粗惡한 것만은 아니었을 거라는 생각을 했다. 물을 집어올리려는 사내의 두 손이 떨려왔다. 달과 어울린 피묻은 얼굴이 수면에서 울고 있었다.

마을로 들어서자 개들이 맨 처음 사내를 발견했다. 처음에 어쩌다 사내를 발견한 한 마리의 개가 으르렁거리더니 곧이어 개들의 울부짖음은 마을 전체에 퍼져서, 고즈넉하던 작은 마을은 온통 개들의 울음소리로 가득 차 버렸다.

"원, 개새끼들이라니."

사내는 가볍게 투정을 하며, 그러나 어쩐지 개들의 컹컹대는 소리도 정답게 여겨져서 혼자 미소를 띠었다. 퇴락한 초가와 낮은 토담을 지나치며 사내는 선잠이 깬 마을 사람들의 밭은 기침소리를 마치 개들의 그것처럼 여길 수 있었다. 이윽고 낯익은 집 앞에 섰을 때, 사내는 문득 자랑스러운 마음이 되어 등에 있는 아이를 토닥거렸다.

"자, 이게 아부지 집이다."

"이렇게 큰 집이 다 아부지 집이란 말이야?"

"하문, 이게 다 아부지 집이지."

"이제 우리는 여기서 살 거야?"

"하문, 여기서 살지."

"학교에도 다니고?"

"하문, 낼부텀 당장에 핵교에 댕겨야제."

사내는 아이와 수작을 하며 대문을 두드렸다. 대문을 두드리며 사내는 기둥에 붙어 있는 입춘대길立春大吉을 보았다. 그을음이 끼고 색이 바래어 있었지만 사내는 그것이 누구의 글씨체인 줄 알 수가 있었다. 대문간의 어둠 속에서 사내의 얼굴이 환해져 왔다.

"살아 계셨구먼. 용케도 아직꺼정 살아 계셨구먼……"

사내가 소리내어 중얼거렸다.

대문을 두드린 지 한참만에 낯선 청년이 사내를 맞이했다. 청년은 눈을 비비며 문간을 막아서서,

"뉘슈?"

사내에게 퉁명스럽게 말을 건네왔다.

"여기에 이 용만이란 분이 안 계시는지……"

청년은 이제 확연히 잠이 깬 눈빛으로 사내의 행색을 위아래로 살펴보며 대답을 머뭇거렸다. 사내가 다급하게 다시 물었다.

"안 계신가?"

"제 할아버진데, 어떻게 오셨수?"

"………"

여전히 대문을 막아서서 잔뜩 의심스러운 시선으로 훑어보고 있는 청년에게 무어라고 대꾸를 해야 할지 몰라 사내가 우물쭈물 말을 고르고 있을 때,

"태식아, 밖에 뉘라도 왔나?"

안에서 천식기 섞인 목소리가 들려왔다.

"낯선 분이 할아버님을 찾는데요?"

"어허, 밤늦게 어느 분이 날 찾는단 말여."

사내는 청년을 제치고 안으로 들어섰다. 사랑채의 캄캄한 방문 앞에서 사내가 머리를 조아렸다.

"아부님 저, 저, 갑득이올습니다."

"뭬, 뭬라구?"

방문이 화들짝 열렸다.

"가, 갑득이올습니다."

"갑득이라구?"

방 안의 캄캄한 어둠으로부터 노인이 문줄을 잡고 끄응 상반신을 밖으로 내밀었다. 허연 상투머리와 수염이 사뭇 떨리고 있었다. 그렇게 몸을 떨며 노인이 침침한 눈을 들어 달빛을 받고 서 있는 사내를 한참 동안 올려다보았다. 노인이 그르륵그르륵 가래가 끓는 목소리로 다시 물었다.

"니가 갑득이라고?"

"예, 가, 갑득이올습니다."

사내가 다시 한번 머리를 조아리자 노인이 사내로부터 고개를 돌려버렸다.

"우리 집안엔 그런 사람 읎다."

사내가 당황하여 한 발짝 더 노인에게 가까이 다가섰다.

"아, 아부님."

"아, 가, 갑득이는 동난 때 발, 발써 죽은 사람여."

노인은 다시 방 안의 캄캄한 어둠 속으로 몸을 숨겨버렸다. 방 안에서 심한 기침이 쏟아져 나왔다. 금방이라도 숨이 끊길 듯이 쿨룩거리는 노인의 기침은 마치 캄캄한 방 자체가 기침이라도 하듯이 선뜻하고 요란스러웠다.

사내가 얼굴이 납빛이 되어 정신을 잃고 서 있는데, 청년이 말을 건넸다.

"저어, 큰아버님. 좀 전엔 죄송했습니다. 잠결이라 미처 알아뵙지 못하고…… 우선 제 방으로라도 드시지요."

사내가 빛을 잃은 시선으로 청년을 물끄러미 바라보다가 중얼거리듯 입술을 달싹였다.

"니가 을득이 아들이냐?"

청년이 고개를 떨구었다.

"예."

사내는 청년으로부터 고개를 돌려 중천에 휘영청 밝은 달을 향하며 지나는 말처럼 넌지시,

"니도 날 원망하겠구먼."

얼결에 말을 받은 청년의 얼굴에 당황한 빛이 스쳤다.

"뭘요. 다 지나간 일인데요."

사내는 여전히 달에서 눈을 떼지 않은 채, 청년의 말에 고개를 좌우로 흔들었다.

"구천엘 가서도 니 애비 만날 면목은 없을껴."

청년이 힐끗 사내의 얼굴을 훔쳐보았을 때, 청년은 달빛에 음각처럼 드러난 깊은 주름살과 몇 개의 흉한 칼자국을 보았다. 그것이 이상하게도 청년의 눈에 아프게 와 박히는 것이었다. 청년은 자꾸 씀벅거리는 눈을 어쩔 수가 없었다.

"어디 그것이 큰아버님 탓이겠습니까? 다 시절이 흉했기 때문이지요."

청년이 마치 그 시절을 살아본 사람처럼 말했고, 사내는 그런 청년의 말을 못 들은 체했다.

"니 애비가 총살 당하던 날 밤에 난 저쪽 골에 숨어 있었제. 물론 확성기로 떠드는 소리도 듣고 있었제. 자술 허면 니 애빌 살려준다고 말여. 그래도 난 못 나갔던 겨. 결코 목숨이 아까운 것은 아녔어. 그 당시 나넌 눈깔이 뒤집혀 있었응께. 복수를 하겠다고 말여. 허허."

사내가 몸을 흔들며 침통하게 웃었다. 그러자 여태껏 잠자코 있던 아이가 사내의 등에서 칭얼대기 시작했다.

"아부지 추워. 추워 죽겠어. 빨리 방에 들어가."

그러자 사내보다도 먼저 청년이 아이의 말을 받았다.

"아이구, 이 정신 좀 봐. 큰아버님. 어서 방으로 들어갑시다. 자, 우선 아이를 제게 주시고요."

"아녀, 괜찮어."

사내는 그러면서도 등에서 아이를 내렸다. 아이는 잔뜩 웅숭그린 채 낯선 동네의 낯선 청년을 흘끔거리더니 사내에게 바짝 붙어서서 옷자락을 잡고 놓지 않았다. 아이가 조그맣게 말했다.

"아부지 오줌 눌래, 오줌."

사내가 아이를 뒤켠으로 데려갔다.

"자, 아무데나 누부러."

아이가 바지를 내리고 고추를 내밀자 곧이어 작은 포물선을 그리며 오줌 줄기가 나와 울타리의 마른 나뭇가지들을 바스락거렸다. 아이가 사내를 돌아보았다.

"아부지, 나 오줌 세지?"

"넥키놈, 그런 소리 하는 거 아녀."

사내가 아이의 머리에 알밤을 먹였다. 그렇게 알밤을 먹이는 사내의 표정에서 이미 조금 전의 침통한 빛은 찾아볼 수가 없었다.

"씨이, 아부지가 맨날 그래놓고 뭐."

아이가 투덜거렸다. 아이의 바지를 추스르면서 사내의 입에서 한숨처럼 중얼거림이 새어나왔다.

"허어, 어쩌다가 늘그막에 요런 것이 생겨가지고…… 허어, 내 이눔을 두고 곱게 눈이 감겨질지 몰라."

뒤켠에서 나온 사내가 청년의 권유대로 토방에 신발을 벗고 있을 때, 사랑채에서 노인이 다시 방 밖으로 상반신을 내밀었다.

"태식이 게 있느냐."

"예."

"건너오라구 해라. 이 방에 불도 좀 밝히구……"

청년이 성냥을 켜 석유 램프에 불을 당기자 노인의 모습이 드러났다. 주름투성이의 눈언저리에 흥건히 젖어 있는 물기를 노인은 감추지 않고 있었다. 사내가 방으로 들어서자 노인이 쯧쯧 혀를 차며 혼잣말을 했다.

"내 요즘 그렇지 않아도 죽은 메늘아이가 자꾸 꿈자리에 뵈 심사가 어지럽더니만……"

사내는 노인의 중얼거림을 귓전으로 흘려버리고, 문득 생각이 났다는 듯이 아이에게 말했다.

"민수야, 할아부지께 인살 드려야제."

아이가 방바닥에 엎드려 넙죽 절을 하자 노인이 턱으로 아이를 가리켰다.

"갠 뉘냐?"

사내가 겸연쩍다는 듯이 반백의 상고머리를 갈퀴손으로 긁적거렸다.

"자식놈입니다. 늦쳐를 봤더니만 글쎄……"

노인은 알 만하다는 듯이 고개를 몇 번 주억거리더니,

"개 에민?"

여전히 머리를 긁적거리는 사내에게 다시 물었다.

"너무 나이 차이가 졌지요. 술집에서 알게 됐는디, 작부 치곤 생긴 것도 참허구, 존 일 궂은 일 다 겪은 년이어서 소갈머리도 꽤 있어뵈, 몇 년 전부터 살림이란 걸 시작했지요. 이 녀석을 난 뒤로는 그년이 꽤 살림 맛을 안 듯싶더니만 얼마 전에 어떤 젊은 놈과 정분이 났던 모양이라우. 소문을 듣고두 모른 체 덮어 뒀는디 끝내 도망 치구 말았수. 그래서……"

사내가 내친 김에 무언가 더 할 말이 있는 듯 보였으나 노인이 팔을 휘둘러 사내를 제지했다. 노인이 청년에게 말했다.

"태식아, 손불 깨워가지고 밤참 좀 짓도록 해라. 먼 길 오느라고 허기졌을 텐디."

"밥 생각 없어라우. 그만 두도록 허슈."

"아니다, 짓도록 해라. 그리고 태식이 넌 내 부를 때까지 니 방에 가 있거라."

청년이 나가자 노인이 정면으로 사내를 바라보았다. 짓물린 눈꺼풀 속에서 뜻밖에 형형한 눈빛이 나타났다.

"니놈만 아니었어도 우리 집안은 이토록 망하지는 안 했을 것이여. 니놈이 도망간 후로도 니놈 대신에 집안 장정들이 몇이나 죽어나간 줄 아냐?"

램프의 그을음이 되어 그림자가 노인의 얼굴 위에서 어른거리고 있었다. 그림자 속에서 주름살들이 실룩거렸다.

"뻔뻔도 하제. 무슨 염치로 다시 이 땅을 밟을 생각이 났단 말이냐?"

방 안은 잠시 침묵이 감돌았다. 그들이 무거운 침묵에 가슴을 짓눌리고 있을 때, 아이가 가볍게 코를 골기 시작했다. 추위에 떨다가 몸이 녹자 졸음에 겨웠던 모양으로, 아이는 어느새 사내 곁에서 새우잠을 자고 있었다. 노인의 시선이

아이의 얼굴에 가닿고, 그렇게 한동안 아이의 자는 양을 보고 있더니,

"애빌 빼닮았구먼. 일루 펜하게 눕혀라."

자신이 깔고 있던 요의 한 귀를 비켜주었다. 사내가 아이를 안아 눕히고 이불을 덮어주었다. 사내가 아이에게서 손을 떼지 않은 채 말했다.

"못 올 텐지 알지만 어린 것이 너무 불쌍해서…… 아부님전 아무래도 오래 못 갈 것 같습니다."

사내의 말에 노인이 벌컥 역정을 냈다.

"그렇게 많은 목숨을 잡아묵고도 오래 못 살어?"

그러자 사내가 처음으로 자신의 일을 변명했다.

"미쳤지요. 지가 미쳤지요. 세상에 지 여편네가 그런 꼴을 당하고도 안 미칠 놈 있답디여."

사내의 눈에 핏발이 서는 듯했다. 노인도 지지 않았다.

"그런 꼴을 당한 놈이 어디 니 놈 혼자뿐이었다냐. 피했으면 되는 거여. 눈 꾹 감고 피해 살았으면 되는 거여. 우리 조상님들은 다 그렇게 이 마을을 지켜 온 거여."

노인과 사내가 격앙해서 다투고 있을 때 방문 밖에서 젊은 아낙네의 목소리가 들려왔다.

"할아버님, 진지상 차렸는디요."

"들여보내라."

젊은 아낙네가 밥상을 들여왔다. 노인이 말했다.

"묵어라. 묵구 나서 나허구 갈 데가 있다."

사내가 노인을 건네다보자 노인은 아랑곳없이 의관을 챙겼다. 흐트러진 머리칼을 모아 다시 상투를 꽂고, 갓을 쓰고, 흰 두루마기를 입었다. 사내가 시늉만으로 상을 물렸다. 노인이 먼저 일어섰다.

"자, 가보자."

노인과 사내가 방문을 나서자 청년이 놀란 눈으로 그들을 지켜 보고 있었다.

"아니 이 밤중에 어디를 가시려고 이러십니까?"

"이 밤 안으로 꼭 해야 할 일이 있어."

"그렇다면 저도 따라가겠습니다."

노인이 손을 저어 청년을 물리쳤다.

"일 없다. 넌 따라올 곳이 못 돼."

그들은 한실 골짜기로 접어들었다. 인기척에 놀란 밤새들이 푸드득, 숲 사이를 날아다녔다. 골짜기가 깊어짐에 따라 달빛도 스며들지 않았다. 둘은 길을 더듬으며 자칫 넘어지곤 했다. 사내가 말했다.

"지가 앞장 서지라우."

사내는 노인이 한실 골짜기로 접어들 때부터 어렴풋이 그 행선지를 짐작하고 있었다. 노인이 선선히 사내에게 자리를 비켜주었다. 골짜기를 타고 올라 산등성이에 이르렀을 때에는 둘 다 그르륵, 그르륵, 가래를 끓이고 있었다. 노인이 사내를 불렀다.

"쉬었다 가자."

노인이 먼저 자리를 잡고 앉아 끓는 가래를 뱉어내었다. 사내 역시 노인에게서 떨어져 앉아 피섞인 가래를 뱉어내었다. 노인이 사내를 힐끗거렸다.

"무신 병이냐?"

사내는 구태여 숨기지 않았다.

"폐병인 모양이우."

노인이 물끄러미 사내를 건너다보며 가래 섞인 목소리로 말했다.

"내 눈에 흙이 들어가기 전에 니놈을 이곳으로 끌고 오다니, 신명께서 도우셨다. 이젠 죽어도 여한이 읎다."

사내가 일어서서 골짜기 아래를 눈으로 더듬었다. 골짜기에서부터 부챗살처럼 펼쳐나간 벌판에는 가득히 달빛이 내려앉고 있었다. 달빛, 달빛뿐이었다. 그 달빛에 사내는 어쩐지 눈이 시렸다. 사내는 마른 눈을 비비고 또 비비며 달빛을 내려다보았다. 그러자 달빛 속에서 흰 두루마기를 입은 사람들이 어디론가 몰려가고 있었다. 사내의 귀에 가득히 꽹과리 소리가 밀물져 들어왔다. 사내는 바로 사내가 선 자리에 뼈를 묻히고 싶다고 생각했다.

"자, 그만 가보자."

노인이 이번엔 앞장을 섰다. 등성이의 가르마길을 타고 오르자 산 중턱쯤에서부터 숲이 끊기고 벌거벗은 민둥산이 나타났다. 갑자기 산바람이 세차게 몰아쳐서 그들을 허우적거리게 했다.

노인이 두루마기 자락을 움켜 잡고 민둥산을 훑어보았다.

"버렸어. 산두 그때 다 버렸어. 포탄으로 맥이란 맥은 다 끊어 버리구…… 다아 니놈들 때문이여."

사내도 노인의 시선을 따라 민둥산의 곳곳에 움푹움푹 패여 있는 포탄자국들을 보았다. 새삼스럽게 사내의 귀에는 꽝꽝 터져나던 포탄 소리가 들리는 듯했다. 사내가 마치 그것들을 털어버리려는 듯 머리를 흔들며 빨리 말했다.

"가지라우."

민둥산을 가로질러 다음 골짜기에 이르자 기울기가 비교적 완만한 평지가 나왔다. 노인이 멈추어 섰다.

"여기여."

노인이 사내를 돌아보았다.

"그래도 맥이 다치지 않은 데라군 이 산에서 여기뿐여."

사내는 평지의 잔솔 사이 여기저기 흩어져 있는 봉분들을 보았다. 사내가 얼굴에 두려운 기색을 떠올리며 봉분들에서 눈을 돌렸다.

"사죄해라. 이게 다 니놈 때문에 생기신 원혼들이여."

"………"

사내가 머뭇거리자 노인이 날카로운 음성으로 재촉했다.

"아 뭘 해? 빨리 엎드려 잘못을 빌지 않구."

사내가 가까운 봉분 앞에서 이배를 올리고 무릎을 꿇자, 노인이 뒤에서 떨리는 음성으로 말했다.

"그게 을득이여."

사내는 노인의 떨리는 음성을 듣는 순간, 가슴속 저 밑바닥에서부터 무언가 뜨거운 것들이 차오르는 것을 느꼈다. 회오도, 분노도, 슬픔도 아닌 어떤 형언키 어려운 것들이 저 골짜기 아래 가득한 만공滿空의 달빛처럼 사내를 부풀리는 것이었다. 사내의 얼굴에서 굵은 눈물이 떨어져 내려 마른 풀잎을 적셨다. 사내가 하나하나 봉분을 옮겨가며 무릎을 꿇을 때마다 노인은 뒤에서, 그게 당숙 둘째 자제여, 그게 사촌형님 손자여, 그게 뉘여, 사내에게 일일이 소개를 했고, 그럴 때마다 사내는 잠깐씩 얼굴들을 떠올리곤 했다.

맨 끝에 있는 봉분에 이르러 사내가 이배를 하고 무릎을 꿇었을 때, 노인이 사내에게서 고개를 돌렸다.

"그건…… 니놈에 처여."

사내가 눈을 들어 봉분을 바라보았다. 문득 사내의 시선에 아내의 시체가 비쳐왔다. 발가벗긴 채, 사타구니 사이에 단도를 꽂고 나자빠진 모습이었다. 만혼의 아내가 아이를 처음 가졌던 아랫배 부분이 유난히 불러 보였었다. 사내의 입술을 뚫고 기어코 흐느낌이 새어나왔다. 봉분을 옮길 때마다 가슴 저 밑바닥에서부터 비롯하여 차츰 차오르던 어떤 것들이 급기야 거센 분류가 되어 밖으로 터져나오는 것이었다. 사내는 두 손으로 아내의 시체를 파며 울었다. 노인이 길게 탄식을 했다.

"허어, 아무리 인종이 막돼먹은 세상이라지만……"

낫으로 뒤통수를 찍으면서도 사내는 아내의 시체를 떠올렸었고, 공사판에서 해머를 휘두르면서도, 도살을 하면서도, 도망친 계집년을 찾으면서도, 막소주를 들이키면서도 사내는 아내의 시체를 떠올렸었다.

사내가 일어설 기미를 보이지 않자 노인이 재촉을 했다.

"뭘 꾸물거리는 겨. 빨리 일어서지 못허구."

사내가 울음이 멎지 않은 음성으로 노인에게 말을 건넸다.

"또, 또…… 있단 말이우?"

"있다."

노인은 다른 봉분들과는 달리 외따로 떨어져 있는, 그래서 사내가 미처 알아 보지 못했던 한 봉분으로 사내를 데려 갔다. 사내가 봉분 앞에서 엎드리려 하자, 노인이 만류했다.

"그건 사죄헐 필요 읎다."

"……?"

"그건 니놈이여."

"……예?"

노인이 차가운 시선으로 힐끗 사내를 쳐다보았다.

"아, 우리 죄다 니놈을 죽은 사람으로 치부했으닝께. 설사 니놈이 살아있는 걸 알았다손치더라두 어떻게 니놈두 읎이

다른 원혼들을 묻는단 말이여?"

노인을 바라보는 사내의 표정에 일순 애매한 표정이 스치
자 노인이 사내의 표정을 피했다.

"니놈은 호적에도 읎다. 사망신고를 혔어. 살어남은 사람
은 살어야 허닝께……"

사내가 갑자기 기침을 하기 시작했다. 쿨룩, 쿨룩, 쿠루
욱…… 온몸의 가래를 훑어 올리는 듯한 기침 끝에 사내는
한 웅큼의 피를 토해냈다. 노인이 부욱, 두루마기 자락을 찢
어 사내에게 내밀었다.

"닦어라."

사내가 잠자코 두루마기 자락을 받아 얼굴과 손의 피를
씻었다. 흰 두루마기 자락에 핏빛이 선명하게 묻어났다. 문
득 사내의 눈에 달과 함께 수면에서 흔들리던 피문은 얼굴
이 어른거렸다. 사내가 말했다.

"아부님. 전 이제 아무데도 못 가겠수."

노인이 강하게 고개를 저었다.

"안 된다. 니놈은 이 마을에서 살지 못할 놈여."

"아무래도 죽을 목숨이우."

"죽드라두 타처에 가서 죽어라."

“아부님.”

사내가 노인 앞에 엎드렸다. 노인이 백랍 같은 표정으로 사내를 떼치고 일어섰다.

“이 길루 곧장 떠나거라. 자식놈은 내가 맡으마.”

노인과 사내가 마을 입구 정자나무 아래 다다랐을 때에는 달이 톱날 같은 연봉에 걸려 있었다. 사내가 노인을 향해 허리를 굽혔다.

“아부지 그럼……”

사내가 말끝을 맺지 못하고 머뭇거렸다. 노인이 손을 저었다.

“어서 가.”

사내가 몸을 돌려 비칠비칠 걷기 시작했다. 저만큼 멀어질 즈음에 노인이 사내의 등을 향해 외쳤다.

“죽게 되믄 연락해라. 내 니놈 뒷수습은 해줄 테닝께.”

이윽고 노인은 앞이 침침해지면서 사내의 모습이 보이지 않았다. 노인이 선 자리에서 나무토막처럼 푹 쓰러졌다.

달이 졌다.

어허라 달궁

1

늙은 어머니와 서른이 넘은 자식 두 식구가 경기도 서해
안의 한 빈촌으로 이사해 온 지도 벌써 해를 넘겼다. 이불
보따리와 식기나 밥상 따위의 취사도구만으로 이삿짐을 꾸
려 용달차에 싣고, 산다운 산도 물다운 물도 없는 비산비야
의 적막한 마을과 벌판을 지나치며 늙은 어머니와 자식은
차마 서로의 얼굴을 바라보지 못했었다. 차체 밑에서 큼직
한 자갈들이 통겨오르는 비포장도로의 연변으로는 뿌옇게
먼지를 뒤집어 쓴 채 잔가지를 뻗치고 서 있는 미루나무들
이 줄곧 눈에 시렸고, 가을걷이를 끝낸 빈 들판이 마음에 황
량함을 더했다. 이따금씩 미루나무 가지 끝 둥우리에서, 차

소리에 놀란 까치들이 흰 배를 드러내며 날아오르곤 했지만, 두 식구에게는 날아오르는 까치마저도 처음 대하는 풍물처럼 설어서 눈길을 돌렸다. 그때 늙은 어머니는, 먼 전라도에서 산천은 물론 인사마저 낯선 지방으로 자식을 따라오며 오랫동안 헤어져 살던 자식과 비로소 합솔한다는 기쁨보다는 그만큼 살아낸 나이에도 불구하고 어쩐지 자식과 함께 살아낼 앞날이 두렵고 무서워져서, 자식은 물론 시선에 붙잡히는 무엇 하나에도 섣불리 눈을 주지 못했을 것이었다. 자식은 자식대로, 늙은 어머니는 물론 무엇 하나에도 섣불리 눈을 주지 못했다. 지금까지 두 식구가 살아낸 날들과 그리고 두 식구가 앞으로 살아낼 날들이 하나가 되어 무언가 자식의 황량한 마음에 무게를 더했을 것이었다.

해어름녘에 늙은 어머니와 자식은 이십여 호쯤 되는 마을의 한 집에 이삿짐을 풀었다. 이제 막 바다가 있는 서녘 하늘 위로 노을이 취하듯 번져들고, 마을을 감싼 솔숲에서는 땅거미가 스물거리고 있었다. 자식은 집안으로 이삿짐을 들이며 혹은 초대면의 마을 사람들과 인사를 나누며 처음으로 생기를 냈다. 그러다가 자식이 짐짓 늙은 어머니를 돌아보았다.

"월문리月門里에, 달월짜, 문문짜…… 어무니, 참으로 좋은 마을이우."

늙은 어머니는 자식의 너스레에 아무런 대꾸도 하지 않았다. 밤이 되어 마을 사람들이 돌아가고 두 식구만 남았을 때, 늙은 어머니는 자식에게 처음으로 입을 열었다.

"해필이면…… 이런 곳이냐?"

자신은 늙은 어머니와는 달리 기다리지 않고 대꾸했다.

"어무니도 참. 얼마나 좋은 곳이우. 이렇게 이백 평짜리 집까지 처억 샀는데…… 이게 서울에선 사글세값도 안 되는 돈이우."

천연덕스러운 자식이 노여워서 늙은 어머니는 차마 못할 말까지 해버렸을 것이었다.

"나는…… 숨어 살기는 싫어야."

자식은, 처음에는 늙은 어머니의 말뜻을 얼른 헤아릴 수가 없어서 얼떨떨해 하다가 이내 당황한 표정이었다. 그러나 당황한 표정마저 스러지자 자식은 천천히 차가운 얼굴이 되었다. 백납 같은 얼굴을 실룩거리며 자식이 늙은 어머니에게 정면으로 말했다.

"당치도 않소, 난 어무니하곤 다르요. 내가 왜 숨어 산단 말이요?"

　그렇게 말하던 때의 자식의 눈길을 늙은 어머니는 지금까지 잊을 수가 없다. 아마 자식은 늙은 어머니뿐 아니라 누구에게라도 그런 눈길을 만든 적이 없었을 것이었다. 무슨 푸른 불꽃이 살아서 펄럭이듯이, 자식의 두 눈에서 야릇하게 타올랐던 것은 무엇이었을까. 분노였을까, 원한이었을까. 혹은 지난 세월의 참담한 절망이었을까.

　자식은 떼치듯 자리에서 일어나 문간채의 자식방으로 건너왔다. 밤이 깊어지자 마을을 감싼 솔숲에서 솔바람 소리가 일어나기 시작했다. 자식은 불을 밝히지 않은 방에서 오랫동안 단지 그 솔바람 소리만을 들었다. 그리고 자식은 울었다. 언제부터인지 모르게, 자식의 마음속에 깔린 기억의 밑바닥에서도, 열 몇 해를 아예 잊고 지내왔던 어떤 날의 솔바람 소리가 누군가의 비명처럼 우웅, 우웅 울려오고 있었다.

　늙은 어머니는 새로 이사해 온 땅의 낯선 생활에 대해서 오직 침묵으로 일관함으로써 자신이 꺼낸 '차마 못할 말'을 다시 거두어들였다. 그러나 푸른 불꽃처럼 펄럭이던 자식의 눈길을 전혀 없었던 것처럼 잊은 것은 아니었다. 자식이 먼 곳에 있는 사람의 소식처럼 얼굴을 잊을 만하면 한 번씩 서울에서 내려와 일주일 혹은 열흘쯤 머물 때마다, 언제 자식의 두 눈에서 예의 푸른 불꽃 같은 것이 또다시 펄럭이게 될지 두려운 마음이 되곤 했다. 자식은 그런 늙은 어머니의 마음을 모를 수는 없었다. 그러나 자식은 짐짓 모른 체했다. 늙은 어머니는 자식이 합솔하기를 권했을 때, 완강하게 고개를 저었었다.

절로나 갈란다. 나넌 워낙에 팔자가 사나워야. 애먼 자석한테까지 누를 끼칠까 무섭다.

자식은 늙은 어머니의 '사나운 팔자'를 이를 악물고 이겨내야 했다.

맘대로 하쇼. 허지만 자석한테까지 못을 박지는 마쇼.

자식의 말에 늙은 어머니는 더 이상 고개를 젓지 못했다. 어쩌면 두 식구는 남달리 너무 춥게 세상을 살아왔는지도 몰랐다. 그리고 너무 오래 떨어져서 살았는지도. 간혹 자식에게는 늙은 어머니의 팔자라는 것이 마치 갑각류의 표피처럼 여겨지곤 했다. 그럴 때면 자식은 아주 차가운 마음이 되어 늙은 어머니를 생각했다.

이 여자의 외로움은 자식이 감당하기에는 너무 큰 것인지도 모른다.

늙은 어머니와 자식은 낯선 땅에서 겨울을 보냈다. 자식은 자주 서울에서 내려왔지만 혼자 있는 밤이면 늙은 어머니는 또한 남녘으로 날아가는 청둥오리떼들의 끼룩이는 울음소리를 자주 들었다. 그리고 두 식구는 봄을 보냈다.

여름이 왔다. 그때까지도 늙은 어머니와 자식은 서로가 섣불리 눈을 주지 못한 채, 여간 서로를 조심하지 않았다. 장마철이 시작되었다. 며칠을 두고 줄곧 비가 내리쏟아지자 집안에서는 어디에서고 눅진눅진한 습기와 함께 물내가 났다. 물내는 집안뿐이 아니고 사람의 마음 또한 마찬가지여서 늙은 어머니와 자식은 뚜렷한 이유도 없이 서로가 상대방에 대해서 경계를 하게 되어 집안에는 아연 긴장감마저도 감돌았다. 그렇게 되자 두 식구는 서로 얼굴을 마주 대하는 일마저 차라리 두려워져서 끼니때 외에는 서로 얼굴을 보이지 않았다. 늙은 어머니는 안방에 들어앉은 채 텃밭에서 거둔 봄콩의 깍지를 까거나 했고, 자식은 자식대로 문간채의 자식방에서 나오려 들지 않았다. 그러나 며칠을 줄곧 장마비에 갇혀 지내게 되자 집안에 가득한 물내는 두 식구에게 기어코 무언가를 곪아 터뜨리게 했다. 자식이 먼저 사단을 만들었다. 아무래도 젊은 나이라서 조심성이 없는 자식 쪽

에서 불쑥,

"아이고, 이놈의 비 좀 봐. 하늘에 구멍이라도 뚫린 모양이여. 이러다가는 송 서방 묏자리도 젖겠네."

하고 고향 사투리로 자식의 아버지에 대한 이야기가 터져 나온 것이었다. 이제 막 늦은 점심을 끝내고 마루에 앉아서 처마 끝에 투명한 발을 드리우는 낙숫물에 시선을 주고 있던 참이었다. 자식은 스스로의 말에 놀라서 재빨리 늙은 어머니를 훔쳐보았다. 그리고 자식은 다시 놀랐다. 늙은 어머니의 두 눈은 놀라움 속에서도 한 줄기 반짝이는 기쁨의 빛을 숨기지 않고 있었다. 이제 정면으로 늙은 어머니의 얼굴을 바라보며, 자식의 가슴이 저 깊은 곳에서부터 후들후들 떨려왔다. 자식은 마치 불가사의한 것이라도 대한 것처럼 늙은 어머니에게서 고개를 돌렸다. 낙숫물의 발 사이로 멀리 동구 밖 신작로를 버스가 기어가는 것이 비춰들었다. 자식은 잠자코 자리에서 일어나 문간채로 건너갔다. 자식의 입에서 불쑥 아버지의 이야기가 나온 것도, 그리고 아버지의 이야기에 늙은 어머니가 한 줄기 기쁨의 빛을 보인 것도 자식으로서는 도무지 불가사의한 일이었다. 어릴 무렵부터 서른이 넘은 지금까지 자식은 늙은 어머니에게 한 번도 아버지를 입 밖에 내어 말해본 적이 없었다. 대신 자식은 어릴 무렵부터 어머니의 입에서 거친 욕설과 함께 터져나오는 아버지에 대한 증오와 비난의 말들을 헤아릴 수 없이 들으며 성장해야 했다.

……우릴 비렁뱅이로 만들고도 모자라서, 한 번은 칼루다 나를 찌르기까지 했어야. 자 봐라, 그 천벌 받을 놈이 찌른 자국이다. 그 아편쟁이는 사람이 아니여. 내가 죽드라도 그 아편쟁이는 못 잊을 꺼이다. 못 잊제…… 내가 니를 낳고 또 재혼을 한 것도 그 아편쟁이 땜시 그랬다. 원매, 시상에 지 예펜네를 다 팔아처묵을라고 했든 놈인께……

저녁이 되자 잠시 비가 멈추었다. 엉킨 구름떼들 사이에 구멍이 뚫리자, 거기에서 하늘은 숫제 무슨 잔치처럼 찬란하게 노을을 지폈다. 자식은 그 노을이 스러져 한 가닥 붉은 기운마저 아주 사라져버릴 때까지 망연히 먼 눈길로 하늘을 바라보았다. 어둠이 짙어지자 집 앞 텃밭머리에서는 작은 반딧불들이 시선을 어지럽히며 날아다니기 시작했다. 그때에야 자식은 안방으로 건너갔다. 그리고 자식은 못 보던 물건을 보았다. 삼베로 만든 옷이었다. 자식이 그것을 가리켰다.

"이게 뭐요?"

늙은 어머니는 구태여 그것을 숨기려 들지 않았다.

"저번에 고향에 갔을 때 마련해 왔어야."

"이거 수의壽衣 아뇨?"

"그래. 나 죽으면 입고 질 떠날 옷이여."

자식은 갑자기 가슴이 멍멍해져서 늙은 어머니를 힐책의 시선으로 건너다보았다.

"왜 이런 걸 벌써부터……"

늙은 어머니가 자식의 말끝을 잘랐다.

"공달에는 나 아니라 다른 사람도 다 준비를 하는 거여. 나만 그런 것이 아녀. 우리 시굴 갑장들은 다 마련했어야."

늙은 어머니의 변명에도 불구하고 자식이 심약한 표정으로 수의를 언짢아하자 늙은 어머니는 그런 자식을 똑바로 바라보았다.

"인자 그 양반을 용서해줄 때도 안 되었냐?"

자식이 미처 깨닫지 못하고 되물었다.

"그 양반이라뇨?"

"니 아부님 말이다."

늙은 어머니와 자식의 시선이 마주쳤다. 늙은 어머니는 자식의 시선을 피하지 않았다. 자식 또한 마찬가지였다. 늙은 어머니의 시선에는 이제 자식에 대한 두려움이나 경계심 따위는 더 이상 있지 않았다. 대신 무언가 강렬한 힘만이 자식에게 느껴졌을 따름이었다. 늙은 어머니의 시선을 맞받으며, 자식은 어딘가 깊이 모를 강물의 밑바닥에까지 갈앉아 버린 느낌이었다. 불현듯 자식의 가슴 속으로 알지 못할 회한이 전류처럼 지나갔고, 자식은 몸을 떨었다. 그리고 자식은 차츰 먼 눈길이 되었다. 자식이 방심한 듯 입 밖으로 말을 흘렸다.

"용서라······"

자식은 마음 속에서 말을 이었다. ······누가 누구를 용서할 수 있단 말인가.

만일 누군가를 증오한다면, 증오하는 자는 기필코 그 누군가를 닮기 마련이다. 자식이 한 남자가 되어 여자를 알고 그리고 여자를 버리고, 또다시 여자를 알고, 그리하여 걷잡을 수 없이 무질서한 연애에 빠져들었던 어느 순간 자식은 문득 자신의 얼굴에서 아버지를 본 적이 있었다. 아마 자식은 그 전까지는 아버지를 머리카락 한 올마저 용납하지 못했을 것이다. 용서하지 못한 것이 아니라 다만 용납하지 못했을 뿐이었다.

자식이 아직껏 먼 눈길로 늙은 어머니를 건너다보았다. 그리고 말했다.

"용서고 뭐고 없수. 용서했다면 벌써 오래 전에 용서한 셈 이지라우. 그 양반도 참 불쌍하게 살다간 분이우."

말 끝에 자식은 눈을 크게 떴다. 예순 살도 훨씬 넘은 늙 은 어머니가 갑자기 삼십 년은 젊어져서 무슨 노을 같은 붉 은 그림자를 양볼에 가득 띠운 채 울고 있었다. 그렇게 울면 서 삼십 년은 젊어진 얼굴이 말했다.

"인자 아무 데서나 죽어도 상관없다. 니한테 그 양반 욕만 했던 것이 그러케나 맘에 걸렸었는디…… 인자 되얐다."

늙은 어머니와 자식은 합솔한 후 처음으로 서로를 아무런 거리낌없이 바라볼 수가 있었다. 그 후로 늙은 어머니는 차 츰 이곳 낯선 땅의 생활에도 정을 붙이기 시작했다. 가끔씩 자신의 수의를 꺼내어 이곳저곳 매만지는 늙은 어머니를 보 면서도 자식은 비로소 늙은 어머니에 대해서 안심을 했다. 그리고 가을이 되었다. 낯선 땅으로 이사온 후 꼬박 한 해가 지난 것이었다.

그 무렵이었다. 마을에서 한 사람이 죽었다.

2

"저그 외딴집에…… 초상이 났어야."

이제 막 서울에서 내려온 자식에게 초상 이야기를 하며 늙은 어머니는 왠지 말을 더듬거렸다. 자식은 대수로이 물었다.

"외딴집이요?"

"아, 그 있잖데? 자석하고 단둘이 살던 홀애비 말이다."

"아아, 그 아이."

자식은 죽은 사람보다는 죽은 사람의 아이를 먼저 떠올렸다. 열 두어 살이나 되었을까, 얼굴이 유달리 새까만 아이는 이따금씩 커다란 됫병을 품듯이 두 손에 움켜쥐고 자식의 집 앞을 지나쳐 다니곤 했다. 어딘가 좀 모자라 보이는 아이에게 언젠가 자식이 말을 건넸었다.

그게 뭐냐?

아이는 씨익 웃으며 쉽게 대답했다.

쐬주요.

그걸 다 뭐하지?

자식의 질문에 아이는 됫병을 번쩍 치켜들어 보였다.

울 아부지요. 이런 건 이틀이면 없어지는데요. 뭘.

자식은 죽은 사람과 그 아이를 잠깐 떠올리고 나서,

"조문이나 다녀와야지요?"

자리에서 일어서자 늙은 어머니가 만류를 했다.

"가지 말어. 악상惡喪을 당한 집엔 함부루 댕기는 법이 아니어야."

"악상이라뇨?"

늙은 어머니는 의당 그렇게 물어올 줄 알았다는 듯이 대뜸 자신에 넘쳐서 말에 힘을 넣었다.

"악상이제. 악상이고말고, 솔밭등에서 목을 매달고 죽었다드라. 술이 얼마나 고주망태가 되었으면, 마을 사람들이 솔나무에서 끌어내려 놔도 안즉까장 술냄새가 코를 쏘드란다."

늙은 어머니는 말 끝에 쯧쯧, 혀를 찼다.

"악상일수록 가봐야지요."

자식이 무시를 하자 늙은 어머니는 대뜸 자리에서 몸을 일으키며 팔을 휘저었다.

"안 돼야. 가지 말어. 시상에 어린 새끼를 혼자 냉게놓고 목매단 인사여. 조문 갈 필요 없어야."

자식이 문득 뭔가 집히는 데가 있어서 늙은 어머니를 바라보자 늙은 어머니는 슬그머니 자식의 눈을 피했다. 그리고 말을 덧붙였다.

"정 머시기하면 낼 아침 발인 때나 잠깐 들리거라. 사람들
헌테 욕을 먹지는 말어야 헐 텡께."

낯선 땅으로 이사오고 나서 자식이 여간만 마음을 쓰지
않은 것은 무엇보다도 마을의 경조사慶弔事였다. 환갑이나 결
혼 같은 경사는 물론이려니와 상가의 조문이나 병문안 같은
궂은 일에는 특히 마음을 쓴 셈이었다. 그것은 물론 아는 얼
굴 하나 없이 타처에서 무작정 흘러들어온 뜨내기로서 마을
사람들과 어울려 들어야 할 필요 때문이었다. 그러나 자식
은 쉽게 늙은 어머니의 말을 따랐다. 자식을 한사코 만류하
는 늙은 어머니의 두 눈에 대뜸 번져나는 물기를 자식은 모
른 척하지 못했다. 늙은 어머니는 죽은 사람에게서 다름아
닌 아버지를 발견했으리라. 자식이 쉽게 주저앉자 늙은 어
머니가 엉뚱한 말을 했다.

"그래도 그 사람이 저승복은 있어야."

"저승복이요?"

"그려. 저승복은 있는 사람이제. 마을 상여가 있는디 그걸
맨 몬저 타게 되는 모양이드라."

늙은 어머니는 전혀 말뜻을 헤아리지 못하는 자식에게 대

충의 이야기를 전해 주었다.

마을에 상여가 마련된 것은 작년 가을이었다. 가을걷이가 끝난 후 마을에서는 집집마다 얼마씩 돈을 거두어 마을에서 공동으로 사용할 마을 상여를 만든 것이었다. 상여가 마련된 날, 빈 상여를 차려놓고 마을에서는 잔치를 벌였다. 상여는 흔히 사람들이 보아왔던 여느 상여와는 달리 견고하고 호화로왔다. 상여를 바라보며, 누구보다도 마을의 노인들이 가장 흡족해했다. 술이 거나하게 오른 몇몇 노인들은 서로 시샘을 하며 말다툼을 벌이기까지 했다.

이건 누구도 손을 못 대여. 이건 내 것이다. 내가 맨 처음 타고 갈 것이여.

예끼, 저런 고연놈. 같잖은 소리는 집어쳐. 내가 길을 터놀 테니 천천히 뒤에 와. 저승길도 순서가 있는 법이여.

상여를 마련하면서 마을에서는 한 가지 규약을 정했다. 처음으로 상여를 탈 사자死者는 남자에 한한다는 것이 그것이었다. 그런데 공교롭게도 마을 상여를 마련한 뒤 지금까지 마을에서 초상이 난 것은 여자 쪽뿐이었다. 올봄 해동 무렵에 여든이 가까운 노파가 죽었고, 여름에 접어들기 전에는 마흔이 갓 넘은 아낙네가 폐병으로 죽었다. 그리고 이번

초상이었다.

늙은 어머니는 대충의 이야기 끝에,

"근디 말들이 많았어야."

다시 말을 덧붙였다. 자식이 잠자코 눈으로 물었다.

"악상인께 마실 상여를 사용하면 안 된다고…… 마실 노인들이 반대를 했든갑드라. 허제만 죽은 사람도 돈을 냈었단다. 아무리 악상이라제만 그냥 가마니떼기에 몰아서 갖다 파묻어 뿔 수는 없는 일이제. 시상 눈이 있은께. 결국은 이장이랑 젊은 사람들이 우게서 상여를 사용하기로 한 모양이드라만…… 마실 사람들도 맘이 찜찜할 거이다. 더군다나 그 사람이 여그 토백이도 아니고 우리처럼 뜨내기란 디……"

죽은 사내는 십 몇 년 전에 이 마을로 흘러들어왔다. 사내는 마을 사람들의 절반쯤 되는 김씨 집안의 종가에 머슴살이로 처음 이 마을에 발을 붙였다. 종가집에는 시집을 갔다가 서방이 죽자 딸 하나를 데리고 와서 친정살이를 하는 젊은 과부가 있었고, 사내와 젊은 과부는 자연스럽게 한몸이 되었다. 김씨 집안에서는 드러내놓고 떠들 일도 아니어서 마을의 외딴 곳에 집을 마련하고 차라리 살림을 차려주었다. 새로운 부부는 사내아이 하나를 낳고, 마을에서 있는 듯 없는 듯 십 몇 년을 살았다. 바로 그렇게 부부가 되었던 젊은 과부는 올 여름 무렵에 폐병으로 죽고, 이번에는 사내가 뒤따른 것이었다.

늙은 어머니가 말을 마치자, 이번에는 자식이 호기심을 보였다. 자식이 묘하게 입가장이를 무너뜨리며,

"열녀가 아니라 열부가 났구먼. 하긴 그 나이에 혼자 살기도 여간 힘들지 않았을 거요."

죽은 사내를 아예 여름 무렵에 죽은 아낙네와 결부시키는 식으로 몰아가자, 늙은 어머니는 설레설레 고개를 흔들었다.

"그거이 아니어야. 지 예펜네가 보고 싶어서 그랬다면 차라리 동정이나 받제. 그 몹쓸 놈의 인사가 술을 처묵다 술값이 없응께 낸중엔 도둑질을 헌 거여. 그저껜가 마실 사람들이 모다 들에 나간 틈을 타서 대낮에 빈집마다 돌아댕김서 쌀을 퍼담었다드라. 시상에 철딱서니 없는 어린 자석을 앞세우고 리야까까장 갖고 댕김서 도둑질을 했단디. 그라고는 지도 부끄러운 마음에 그만 목을 매달아 뿐 것이여."

밤이 깊어져서 자식은 바람결에 묻혀 오는 상여 소리를 들었다. 끈적끈적한 가락으로 끊일 듯 말 듯 이어지는 상여

소리를 들으며, 자식의 눈에는 얼핏 타오르는 화톳불과 그 화톳불에 얼굴을 붉게 물들인 사람들이 화톳불을 중심으로 빙글빙글 돌아가는 모습이 비쳐 보였다. 자식은 또다시 죽은 사내보다도 약간 모자란 듯한 사내의 아이를 떠올렸다. 그러자 자식의 가슴이 불현듯 어떤 통증으로 얼얼해져 왔다. 자식은 결국 그 아이의 모습 위에 언젠가의 자신의 모습이 겹치는 것을 보았다. 자식은 오래 잠을 이루지 못했다.

이튿날 자식은 조문을 갔다. 이제 막 발인제가 시작되고 있었다. 몇 가지 나물무침과 술잔으로 초라한 제상이 마련되고, 제상 앞에서 상주喪主가 된 아이가 혼자 넙죽넙죽 절을 했다. 흰 두루마기에 두건을 쓴 아이는 여느 때답지 않게 자신이 사람들의 시선의 표적이 되어 있는 것을 느낀 모양이었다. 잔뜩 긴장이 된 얼굴이 아이의 새까만 얼굴을 더욱 새까맣게 만들었다. 아이는 그러나 긴장된 표정의 한구석에 자신이 그렇듯 사람들의 표적이 되었다는 사실에서 오는 기묘한 충만감 같은 것을 구태여 숨기지 않았다. 항상 적막한 집 안에서 고작 사내의 술 취한 고함이나 듣고 지내던 아이에게, 사내의 장례식은 일종의 풍성한 잔치 따위로 여겨진 것인지도 몰랐다. 마을 사람들의 주시 속에서 아이는 제주祭主

가 시키는 대로 고분고분 절을 하고 제상에 술잔을 올렸다. 그때 누군가가 옆에서 농을 했다.

"옛다, 이 친구야. 그렇게도 잡숫고 싶어하던 술이니 오늘에나 많이 드시게. 어이, 저승길에 원이나 없게 많이 따뤄. 그렇지, 철철 넘치게 따뤄."

그 말에 몇 사람이 크게 웃음소리를 냈고, 이제 막 허리를 편 아이가 그들을 따라 무심코 키들거렸다. 사람들이 저마다 못 볼 것이라도 본 것처럼 아이로부터 얼굴을 돌렸다. 성미 급한 노인이 눈가장이를 손으로 찍으며 아이를 나무랐다.

"이눔아, 이 멍충한 눔아. 니 애비가 죽었어. 아무리 없는 소견이기로서니 웃음이 나와? 어허, 낭팰세. 이눔아. 울어. 큰 소리로 곡을 해야 하는 법이여."

그때 자식은 갑자기 시야에 가득히 짙은 안개가 퍼지는 느낌이었다. 그리고 자식은 아이를 나무라는 노인의 목소리와 함께 어디선가 들려오는 또 다른 목소리를 분명하게 들었다.

역시 자석은 기른 정이여. 상주 얼굴 좀 봐. 눈물 한 방울 안 보이고 마네.

벌써 십 오 년이 지났다. 자식이 아버지의 얼굴을 처음이

자 마지막으로 본 것은. 그때 열 여덟이 난 자식에게 아버지
가 담긴 관 뚜껑을 열어주며 마을 사람들은 흐물흐물 웃었
었다.

그 친구 오입 한 번 잘한 셈이여. 저런 훤출한 아들놈이
죽은 자리에 나타날 줄 누가 알았을 것이여.

자식은 다만 교통사고로 나자빠진 아버지의 시체 썩는 냄
새를 맡았을 뿐이었다. 그리고 자식은 자꾸자꾸 침을 뱉었
다. 자식은 시체 썩는 냄새뿐만 아니라 자신의 출생에 대한
비밀이 흐물흐물 웃어대는 마을 사람들의 입에서 기정사실
화되는 과정이 더욱 견딜 수가 없어서 그렇듯 자꾸자꾸 침
을 뱉었었는지도 몰랐다. 자식은 그렇듯 자꾸자꾸 침을 뱉
으며 죽은 아버지의 장남 자격으로 상여 뒤를 따라 장지葬地
로 갔다. 자식의 뒤에는 처음 대하는 자식의 동생이 따라왔
다. 자식은 장례식이 끝날 때까지 동생과는 달리 한 방울의
눈물도 뵈지 않았다. 그런 자식에 대해서 마을 아낙네들이
수군거렸다.

역시 자석은 기른 정이여……

발인제가 끝났다. 상여꾼들이 서둘러 상여를 매고, 요령
잡이가 힘차게 요령을 흔들었다.

간다 간다 나는 간다 북망산천 나는 가네
어허어허 어허이여 어이넘차 어와어
어린 자식 혼자 두고 나는 가요 나는 가네
어허어허 어허이여 어이넘차 어와어

자식은 자신도 모르는 사이에 상여 뒤를 따랐다. 마을 아
낙네들이 멀찍이 서서 눈을 찍어대곤 했다. 상여는 우물 앞
을 돌아 마을을 빠져 나갔다. 동구 밖을 나서자, 상여 소리
는 자진가락으로 바뀌어졌다. 아이는 상여꾼들의 빨라진 걸
음을 좇아 허우적거리다시피 따라 걷고 있었다.

장지는 바로 마을 앞산에 있는 김씨 문중의 선산 옆이었
다. 스무 개 남짓한 봉분들이 사이좋게 들어선 김씨 문중의
묘지 옆에 작은 밭이 있었는데, 그 밭 한 귀퉁이를, 마치 죽
은 사내와 김씨 문중의 젊은 과부가 한몸이 되었을 때 마을
의 외딴 곳에 살림집을 마련해 주었듯이, 이번에는 장지를
마련해 준 것이었다.

상여가 도착했을 때는 이미 마을 사람들의 일부가 먼저
와 땅을 파놓고 기다리고 있었다. 평소에 마을에서 지관地官
행세를 하던 노인이 파헤쳐진 흙을 보자 탄식을 했다.

"어허, 이건 백토白土 아닌가?"

사람들이 잠시 일손을 놓은 채 노인 곁으로 모여들었다. 노인이 드러내놓고 안타까와했다. 노인이 사람들을 둘러보았다.

"누가 여길 장지로 정했나?"

마을의 청년 하나가 쭈뼛거리며 앞으로 나섰다.

"정하긴요, 그냥 되는 대로 팠지요. 원래 이 밭 한 귀퉁이를 주기로 한 것 아닙니까?"

노인이 새삼스럽게 탄식을 했다.

"여기에 이렇게 좋은 명당자리가 숨어 있을 줄은 정말 몰랐네. 이 백토하며, 저 토봉산 골짜기로 빠지는 좌청룡 우백호하며…… 어허, 내가 뭣에 눈이 가렸든 모양이여. 예전에 그렇게 찾아다님서도 여길 놓쳤다니."

마을 사람들은 모두 얼이 빠져 했고 특히 김씨 문중의 사람들은 아예 낭패한 기색들이었다. 김씨 문중의 사내 하나가 지관에게 말했다.

"아직 파묻은 것은 아니니깐 다시 옮길 수 있는 일 아뇨?"

지관이 고개를 절레절레 흔들었다.

"그건 안 되네. 그것도 다 죽은 사람 복일세. 명당도 임자가 따로 있는 법이네."

사내가 돌아서며 퉤, 침을 뱉었다.

"원, 재수가 없으려니까. 니밀헐, 거지발싸개 같은 놈한테 이것 뭣 주고 뭣 맞는 격일세그랴. 배알이 꼴려서 견딜 수가 있남. 어이들, 빨리 처묻어주고 술이나 먹세."

사람들이 관을 뜯고 시신을 꺼내었다. 시신은 온통 썩어서 시신을 감싼 수의마저 누런 물이 흘렀고, 사람들은 코를 움켜쥐었다. 땅 밑에서 시신을 받아들며, 몇이서 투덜댔다.

"이놈이 죽어서까지 우릴 망신시키네그랴."

"이놈이 지금 우릴 조롱하는 건 아녀?"

"하여간 저승복은 우라지게 타고난 놈이구먼."

지관이 한마디 곁들였다.

"참 잘 썩는다. 이렇게 썩어야 후탈 없이 뼈만 고스란히 남는 거여."

시신이 땅 밑에 반듯이 눕혀지고, 지관이 가락지게 외쳤다.

"취이티오^{取土}."

아이가 나서서 지관이 시키는 대로 시신에게 흙을 끼얹었다.

"상에는 서쪽, 하에는 동쪽, 중에는 중시임."

아이는 흙을 끼얹고 나자, 다른 사람들처럼 코를 움켜쥔

채 자리에서 물러났다. 사람들이 그런 아이를 나무라기보다
는 이젠 숫제 실실 웃어보였다.

"이놈아, 너는 코를 잡아서는 안 되는 거여."

아이 또한 이제 발인 때의 어떤 긴장은 전혀 사라져버린
모양으로 약간 모자란 듯한 평소의 표정이 되어 말대꾸를
했다.

"냄새가 나는데요?"

"그래도 니 아부지여."

"히잉."

아이는 코웃음 소리를 내고는 재빨리 아낙네들이 곰국을
끓이고 있는 곳으로 도망쳐 버렸다. 이윽고 묘의 구멍에 흙
이 차오르고 달궁질이 시작되었다. 고수잡이가 북을 매고
둥둥 북을 치며 장단을 맞추었다.

우리 친구 그만이네

고수잡이의 선창에 따라,

어허라 달궁

흙을 밟는 사람들이 후렴을 붙였다.

달궁 소리가 웬 말인가

어허라 달궁
소리도 맞추고 장단도 맞추어
어허라 달궁
달궁질이나 잘 해주세
어허라 달궁
......

달궁질이 끝났다. 이어 성토를 하고 떼를 입히자 이윽고 어엿한 봉분이 생겨났다. 일을 끝낸 사람들은 한편에 둘러 앉아 술과 음식에 매달렸다. 얼마 후에 사람들은 하나 둘씩 자리에서 일어났다. 장례식이 모두 끝난 것이다. 사람들이 서둘러 산을 내려가기 시작했다. 뒤치다꺼리로 남았던 몇 사람마저 가버리자 사방은 대뜸 적막해졌다.

자식은 혼자 남았다. 자식의 눈길은 아무래도 새로운 봉분에 자주 머물렀다. 하나의 봉분이 되어 묻혀버린 죽은 사내는 이제 쉽사리 사람들의 기억 속에서 사라질 것이었다. 자식은 소리를 내어 중얼거렸다.

"벌써 십 오 년이라……"

자식은 장례식에서 한 방울의 눈물도 보이지 않은 것처럼 십 오 년 동안 한 번도 아버지의 묘소를 찾지 않았다. 그리고 자식은 어느덧 아버지가 어머니를 처음 만나던 무렵의 나이에 이르러 버린 것이었다. 자식은 왜 그토록 한 번도 아버지를 용납하지 못했던 것일까. 어릴 무렵 어머니와 의붓아버지는 걸핏하면 자식 때문에 큰 싸움을 벌이곤 했었다. 어머니가 자식의 아버지를 떠나 또다시 개가를 한 뒤로 이상하게도 어머니는 새로운 남편과의 사이에 전혀 아이를 두지 못했고, 그러한 부부 사이에서 자식은 항상 싸움의 화근이었다. 부부가 싸움을 벌여 어머니가 피투성이가 되어 나자빠지는 것을 보면서도 어린 자식은 눈 하나 깜짝하지 않았다. 자식은 다만 방의 한켠에 웅크리고 앉아서 자식도 미처 알지 못할 누군가를 향해 눈을 부릅떴을 따름이었다. 아아, 어쩌면 그 누군가가 바로 자식의 아버지가 아니었을까. 어렴풋이나마 그걸 깨달을 무렵에 자식은 부부의 집을 뛰쳐나왔을 것이었다. 그 뒤로 자식은 더욱 철저하게 아버지를 용납하려 들지 않았다.

문득 산 아래쪽에서 울음소리가 들려왔다. 울음소리가 좀 더 가까워졌을 때, 자식은 뛰어오는 아이를 발견했다. 천둥으로 뛰어오는 아이의 새까만 얼굴은 온통 눈물로 범벅이 되어 번들대고 있었다. 아이가 봉분 위에 나자빠졌다. 아이는 손으로 봉분의 뗏장을 허물며 울었다.

"아부지이, 아부지이 가지 마."

뒤따라 올라온 마을 사람들이 쯧쯧 혀를 찼다.

"역시 핏줄은 핏줄이구먼."

한동안 발버둥치던 아이가 제풀에 울음을 그치자 마을 사람들이 비로소 아이를 봉분에서 떼어냈다. 그리고 자식은 아이의 얼굴을 보았다. 아이의 얼굴을 본 순간, 자식은 외마디 소리를 질렀는지도 모른다. 온통 경악과 비통으로 가득 찬 아이의 얼굴은 자식에게 그대로 비수가 되어 꽂혀 왔다.

마을 사람이 아이를 데리고 산을 내려갔다. 사방은 다시 적막해졌다. 자식은 잠자코 새로운 봉분에 눈을 주었다. 그리고 자식은 차츰 먼 곳에서부터 시작되어 가까워져 오는 솔바람 소리를 들었다. 어느새 자식은 스스로도 미처 깨닫지 못하면서 눈물을 흘리고 있었다.

아버지를 묻고 하산하는 길이었다. 자식은 맨 뒤에 떨어졌다. 산중턱의 솔숲으로 들어섰을 때였다. 갑자기 솔바람 소리가 웅웅거리며 자식의 귀를 가득 채웠다. 그러자 자식의 가슴 저 밑바닥에서 무언가가 마치 솔바람 소리처럼 가득 차오르는 것이었다. 그것이 무엇인지 자식은 미처 알지 못했다. 그러면서도 자식의 눈에서는 걷잡을 수 없이 눈물이 솟아올랐다. 자식은 장례식 동안 굳게 쌓았던 어떤 금기를 허물고 비로소 울었다.

나이가 들면서 자식은 솔바람 소리와 함께 자식의 볼에 뜨겁던 눈물 줄기를 문득문득 떠올리곤 한다. 그러면 그것들은 이상하게도 자식에게 더없이 따뜻하게 여겨질 때가 있다. 자식은 그 이유를 알 수가 없다. 그러나 아버지와 관계되는 한 자식에게는 그때의 솔바람 소리와 눈물 줄기가 무언가 커다란 힘이 되어 자식을 성장시켜 준 것을 부인할 수도 없다. 아마 자식은 눈물투성이가 되어 봉분의 멧장을 허물어뜨리는 아이를 보며 보다 확실하게 그것을 깨달았을 것이다.

저녁에 밥상머리에서 자식은 늙은 어머니에게 말했다.

"아버지 제사가 언제요?"

늙은 어머니가 들고 있던 숟가락을 떨어뜨렸다. 그리고
당혹에 가득 찬 눈으로 자식을 건너다보았다.

"시월…… 열 하루여야."

자식은 잠자코 고개를 끄덕거렸다. 자식의 얼굴에 있는
듯 없는 듯 애매하게 웃음기가 묻어났다. 자식이 말했다.

"한 번쯤 가볼 때도 되었지요?"

다시 月門里에서

화당리^{花唐里}의 야산을 굽어돌자 옆에 가던 이 선배가 손짓
을 했다.

"저기여."

나는 이 선배의 손짓에 따라 고개를 돌렸다. 삼 년 전 가
을에 도토리며 상수리 열매를 따러 몇 번인가 와보았던 눈
에 익은 골짜기였다.

"저긴 칡골인데…… 공동묘지가 있는 것 같지 않았는데
요?"

내가 고개를 갸우뚱거리자 이 선배가 다시 손짓을 했다.

"저기 솔밭 뒤루 민둥산이 보이잖여? 거기여."

나는 비로소 고개를 끄덕였다. 칡골의 깊숙한 골짜기를 향해 다락논들이 비틀거리며 올라가는 왼쪽 어귀의 솔밭 사이로 민둥산이 엿보였다. 흔히 공동묘지 부근이 그렇듯이 아카시아나 가시나무 따위의 악목들만이 제멋대로 숲 덤불을 이루어 우거져 있는 틈틈이 몇 개의 무덤이 추운 듯 엎드려 있었다. 나는 삼 년 전 몇 번인가 칡골을 드나들면서도 공동묘지를 보지 못했던 까닭이 수긍이 갔다. 나무다운 나무가 없는 민둥산 쪽을 구태여 올 까닭이 없었을 것이다.

이 선배가 앞장을 서서 솔밭 속으로 산길을 타자 나는 잠시 멈추어 처와 아이들을 기다렸다. 맞은편 골짜기의 응달에서는 잔설들이 눈에 시렸다. 이제 막 음력설을 지낸 무렵이라 골을 타고 내리는 바람이 얼굴에 차가웠지만, 성급한 농부들이 져다 낸 무논의 두엄더미며 박빙薄氷 위로 쏟아져 내리는 햇빛은 역연한 봄기운을 뿜어내며 빛나고 있었다. 그 햇빛을 바라보자 문득 내 시야에는 햇빛에 겹쳐 흰 두루마기 자락 같은 것들이 어른거려 왔고, 나는 어쩔 수 없이 아득한 곳을 바라보는 시선이 되었다. 내 시선에는 이제 보다 뚜렷하게 솔숲 사이를 헤집고 다니는 흰 두루마기 차림의 큰아버지며 작은아버지 그리고 사촌형제들의 모습이 비쳐들고 있었다. 팔촌에서 십촌을 훨씬 넘어 거의 촌수를 헤아리기도 어렵게 벌족한 생부 집안은 자작 일촌을 이루고 있어서 정초에는 스무 명 남짓이 떼를 이루어 종일토록 마을 뒤 선산의 잘 가꾼 솔숲을 헤집고 다녔었다. 그럴 때면 큰아버지는 서자 출신인 나의 어색한 입장을 거두느라고 으레껏 나를 앞장세워 다니며, 이분은 증조부니라, 이분은 할아버님이시다, 이분은 할머님이시다 하고 자상하게 일러주었고, 그러다가 내 생부의 묘에 이르면, 에이, 몹쓸 것, 하고 당신보다 먼저 세상을 버린 내 생부를 향해 쯧쯧 혀를 차곤 했었다.

나는 무논에서 눈을 돌려 가까이 다가온 처를 돌아보았다. 아이들의 손을 잡고 있던 처는 내 시선을 느끼자 얼핏 눈을 내리깔았다. 추위 탓만도 아닌 일종의 죄책감 같은 것이 처의 표정을 굳게 하고 있었다. 나는 몸을 돌려 솔밭을 가로지른 산길로 걸음을 옮겼다. 이 선배는 민둥산 어귀의 밭두둑에서 우리를 기다리고 있었다. 이 선배가 나에게 힐끗 일별을 던지고는 재빨리 외면을 했다. 이 선배는 아침 무렵에 함께 서울을 떠나 이곳으로 오면서부터 이상하게도 줄곧 나와 시선이 마주치는 것을 피하는 눈치였고, 그런 이 선배에 대해서 나는 나름대로 공연히 죄스러워져서, 차라리 혼자 올 걸, 하고 이 선배와의 동행을 후회하는 마음이었다.

뭘 그리 급하게 구는 거여? 설이나 지나구 날씨나 따뜻해지걸랑 그때 천천히 가여. 나두 함께 갈팅께. 지금 그렇게 성치 않은 몸으로 가면 마을 사람들한테 숭잽혀, 아, 공연시 마을 사람들한테 병신이 되어 나왔다구 뒷소문 들을 필요가 어딨어?

꼬박 이 년 반을 갇혀 살다가 나온 후에, 그 후유증으로 병원에 들락거리던 연초의 어느 날 이 선배에게 내가 어머니의 산소에 다녀올 뜻을 비치자 이 선배는 벌컥 화를 내면서까지 만류해왔다. 무언가 애매한 점이 없는 것은 아니지만 나는 이 선배의 만류대로 차일피일 산소행을 미루다가 음력설을 지나자 더 이상 참지 못하고 그만 결단을 내렸다. 이번에는 이 선배도 차마 만류를 하지는 못했지만 무언가 언짢은 표정으로 동행이 되어 주었다.

우리는 아카시아 숲이며 가시덤불 그리고 버려진 무덤들을 지나치며 민둥산을 올라갔다. 민둥산의 중턱에 다다르자 이 선배가 한 무덤 앞에 멈추어 섰다.

"여기여."

이 선배가 여전히 나를 외면한 채 말했다. 쌓은 지 얼마 되지 않아서일까, 전혀 손질이 가지 않은 주위의 무덤들과는 달리 어머니의 산소는 그래도 비교적 다듬어진 편이었고 화강암으로 만든 작은 묘비도 마련되어 있었다. 나는 잠자코 묘비를 들여다보았다. 유인해주최씨지묘孺人海州崔氏之墓.

"그래두 이 일대에선 여기가 제일 좋은 자리여."

옆에서 이 선배가 마치 내던지듯한 어투로 말했다.

어머니의 부음을 전해들은 것은 내가 갇혀 있기 시작한 뒤로 일 년 반이 가까워 오는 무렵이었다. 얇은 비닐 막으로 유리를 대신한 창문을 넘어 마룻바닥에 떨어지는 햇살이 이제 막 투명하게 여겨지는 초가을이었다. 면회 온 처가 울먹이며 어머니의 부음을 전해주었다.

······병이 악화되어서 그만······

아니, 다 나으셨다고 했잖았소?

나는 면회실의 칸막이 너머로 악을 쓰듯 물었다.

사람들이 알리지 말라고 해서······ 안에 있는 사람한테 좋지 않다고······

그럼 지난 겨울부터 지금까지 줄곧 일어나시지 못했단 말이오?

나는 고개를 끄덕이는 처를 건너다보다가 그만 의자에 털썩 주저앉아 버렸다.

그래도 장례식은 외롭지 않았어요. 많은 분들이 오셔서……

처의 말을 마저 듣기도 전에 나는 설레설레 고개를 저으면서 다시 자리에서 일어났다. 그리고 면회실을 빠져나왔다. 자꾸 비틀려지는 입술에 힘을 주면서 나는 감방까지 걸어갔다. 초가을의 햇살이 독방의 마룻바닥에서 투명하게 빛나고 있었다.

나는 물끄러미 서서 과일과 어포 따위를 진설하고 있는 이 선배와 처를 내려다보았다. 그러자 독방으로 들어서던 순간의 숨이 끊어질 듯 하던 고통이 되살아오는 느낌이었다.

나는 어억하는 외마디 신음과 함께 마룻바닥의 햇살더미 위에 나뒹굴었다. 눈물은 전혀 나오지 않았다. 슬픔이라든가 분노 따위의 감정도 없었다. 나는 다만 숨이 끊어질 듯한 고통으로 사지를 뒤틀었을 뿐이었다. 훗날 나는 그 고통을 바로 어머니의 한恨이 나에게 그런 형태로 나타났던 것은 아닐까 하고 생각한 적이 있다. 그러나 딱 잘라서 그렇게 치부해 버리기에는 그때 나에게 왔던 생리적인 고통은 너무 생생한 것이었다.

"뭘 해, 절허지 않구?"

진설을 마친 이 선배가 망연히 서 있는 나를 추궁했다. 나는 이 선배에게서 술잔을 받아 술을 친 다음에 허물어지듯이 엎드려 절을 드렸다. 그러고 나자 비로소 내 입술을 비틀며 울음이 터져나왔다. 나는 시든 잔디에 이마를 비벼대며 울었다. 옆에서 이 선배가 혀를 찼다.

"내 이럴 줄 알구 될 수 있으면 늦게 오려구 한 거여."

독방에서도 울음이 터진 것은 어머니가 묻혀 있을 서해안의 어느 이름 모를 야산을 향해 북쪽 벽 아래에다 물 한 그릇 떠놓고 절을 드린 다음이었다. 나는 그렇게 한 그릇의 물 앞에 꿇어앉아 소리를 죽여 울면서 입 안으로 중얼거렸다.

혼령이 계신다면…… 한 번이라도 만나야겠습니다.

어처구니없는 이기심이었지만, 어머니는 나를 위해서 혼령이라도 한 번만은 모습을 나타내야 될 것 같았다. 당신의 말마따나 너무나 드센 팔자를 타고 나서 뼈가 다른 남매를 또 다른 의붓아비 그늘에서 길렀더니 이제 비로소 자식과 함께 산 지 채 이 년이 못 되어 이번에는 자식 때문에 죽었다…… 더군다나 자식은 당신으로서는 도무지 이해할 수 없는 엄청난 죄명 아래 갇히고, 거기다가 당신은 생모이면서도 법적인 친자 관계가 아니라는 이유로 면회마저 금지되어 자식의 얼굴조차 보지 못했다. 당신의 병이라는 것도 홧병으로 쓰러진 것이 원인이 되어 반신불수로 죽는 날까지 자리에서 일어나지 못했다. 그렇게 한 그릇의 물을 떠놓고 그 앞에 꿇어앉아서 나는 어머니에게 찾아든 단말마의 순간에 어머니가 반신불수의 몸을 뒤틀며 나를 향해 부르짖었을 외마디 소리를 듣고 그 모습을 보았다.

"그만 울구 일어나, 몸두 성치 않으면서…… 다 지난 일 아녀?"

이 선배가 내 한쪽 팔을 붙들어 일으키며 말했다. 나는 아직도 눈물이 흘러나오는 두 눈을 손잔등으로 씻으며 새삼스럽게 어머니의 산소를 둘러보았다.

내가 어머니의 죽음이 나에게 무슨 의미가 되는가를 생각한 것은 단식을 시작한 지 사흘째 되는 무렵이었다. 어떤 종교를 지닌 것도, 그렇다고 사후의 세계나 영혼의 존재를 굳게 믿는 것도 아닌 나로서는 어머니가 단말마의 순간까지 품고 있었을, 그러다가 외마디 소리로 나에게 남기고 갔을 예의 한에 대해서 전혀 속수무책이었다. 무엇보다도 나는 그러한 자신의 무력감에 대해서 절망하고 있었다. 그렇다고, 그래, 돌아가셨군 하고, 쉽게 어머니의 죽음을 받아들일 수는 더욱이나 없었다. 어머니의 부음을 듣고 나서부터 아무런 생각 없이 날마다 어머니에게 떠올렸던 물 한 그릇만으로 하루를 견뎌내던 나는 마침내 사흘째 되던 날 비로소 자신의 단식에 대해서 의미를 붙였다.

좋수다. 당신의 죽음이 한스러운만큼 나도 거기에 못지 않겠수.

나는 그때 누구보다도 바로 어머니에 대해서 이를 악물었을 것이었다. 나는 굶어죽을 결심이었다. 어머니가 나에게 남기고 간 한에 대해서 나는 그런 식으로나마 이겨내고 싶었다. 어머니의 한에 대한 자신의 무력감이 이제는 한 그 자체에 대한 반감으로까지 번져갔는지도 몰랐다.

열흘째 되는 오후 무렵이었다. 나는 창문 바로 옆에 누워 쏟아져 들어오는 초가을의 햇살을 아득한 시선으로 올려다보고 있었다. 언제부터 시작된지 모르게 웅웅 귀를 울리는 이명과 함께 담장 밖 버드나무 숲에서 늦매미가 울어대고 있었다. 나는 절반쯤은 잠이 든 상태에서 꿈결에서인 듯 나의 이명과 늦매미의 울음소리를 들었다. 그러자 그런 소리들에 겹쳐서 문득 어떤 노랫소리가 들려오는 것이었다.

어화, 이놈의 세상을 어이 넘어갈꺼나……

어머니였다. 여섯 살 무렵이던 나는 어머니의 무릎 위에 눕혀져 있었다. 늦봄의 긴 오후 나절을 툇마루에 앉아서 어머니는 칭얼대는 나를 달래며 시름겨운 노래를 부르는 것이었다. 극심한 흉년 끝에 닥친 보릿고개를 견디다 못한 어머니와 누님과 나 이렇게 세 식구는 논가의 웅덩이에 있는 물풀을 건져다 밀기울에 버무려 죽을 쑤어먹고, 그중에 어렸던 내가 물풀에 독이 올라 온몸이 뚱뚱 부은 채 거의 죽어가는 중이었다. 그런 나를 무릎 위에 올려놓고 어머니는 굵은 눈물을 뚝뚝 흘리며 육자배기의 느린 가락으로 시름을 달래고 있었다. 어머니의 노랫소리는 나의 이명처럼 끊어졌다가 다시 이어지며 계속해서 들려왔고, 나는 그 노랫소리를 들으며 베개를 흠뻑 적셨다. 나의 눈물 속에서는 여전히 초가을의 햇살이 영롱하게 빛나고 있었다. 어쩌면 바로 그 순간에 나는 어머니의 한의 의미를 다시 생각하게 된 것인지도 몰랐다. 그때 나에게는 이미 어머니의 한에 대한 무력감이나 절망감 그리고 반감 따위는 사라져 있었다.

열 이틀째 되는 날이었다. 나는 여전히 자리에 누운 채였다. 또다시 어머니가 나타났다. 어머니는 너무도 뚜렷한 모습과 목소리로 나에게 왔다.

오메, 내 새끼야아.

그런 어머니 앞에 나는 고등학교 교복을 입고 있었다. 공휴일이 되어 집으로 내려온 참이었다. 마침 장날을 맞아 길거리에 난전을 펴고 앉아 멸치며 김 따위를 팔고 있는 어머니를 찾아가자 이제 막 멸치 봉지를 묶고 있던 손에서 지푸라기를 떨군 채 어머니는 엉거주춤 일어나며 외쳤다.

오메, 오메, 내 새끼야아.

어머니의 소나무 껍질처럼 거칠게 마디진 손이 나의 희고 부드러운 손을 덥썩 잡았다. 멸치를 사려던 아낙네가 나를 힐끔거리며 어머니에게 말했다.

오메, 이렇게 좋게 생긴 아들이 다 있었소잉?

하문이라우. 내 아들이요. 광주서 핵교를 안 댕기요?

어머니는 연신 내 손을 어루만지며 함지박만큼 입을 벌린 채 얼굴 전체로 웃고 있었다.

나는 벌떡 자리에서 일어났다. 그리고 복도 쪽 창문으로 가서 담당 교도관에게 나의 단식이 끝난 것을 알렸다. 아직까지도 내 손에서는 어머니의 소나무 껍질처럼 거칠게 마디진 손바닥의 감촉이 남아 있었다. 그렇게 마디진 손의 감촉을 느끼며 나는 비로소 어머니가 나에게 남긴 한의 의미를 깨달았을 것이었다. 그리고 단말마의 순간에 어머니가 반신불수의 몸을 뒤틀며 나에게 남겼을 외마디 소리도 함께 깨달았을 것이었다. 만일 사후의 세계라는 것이 있어서 내가 죽은 다음에 어머니를 만난다면, 나는 어머니의 손을 잡고 웃으며 말할 터이었다.

어머니보다 쉽게 살지는 않았수.

고백하건대, 적어도 그 순간만은 어머니와 나는 한몸이었으며, 어머니는 내 몸 속으로 깊이 들어와 있었다.

"음복햐."

이 선배가 나에게 술잔을 건넸다. 나는 찬 술을 단숨에 들이켰다. 그리고 이 선배에게 잔을 돌려주었다. 이 선배 역시 단숨에 술을 들이켜고 나를 바라보았다.

"장례 때는 마을 사람들이 엄청 고생을 했어. 아무리 시골이라지만 그런 인심은 흔찮어. 마을루 내려가면 고맙다구 인사라도 해얄 껴. 특히 마을 조합장네허구 머시냐, 저기 동갑내기 정씨한테는 빼놓지 말구 가봐얄 껴."

"그러지요."

나는 기꺼이 수긍을 했다. 대충 음복이 끝나자 이 선배가 재촉했다.

"자, 그만 마을루 내려가 보지."

이 선배의 재촉에 따라 어머니의 산소에서 몸을 돌리려던 나는 갑자기 가슴이 덜컹 내려앉는 느낌이었다. 정작 나는 가장 소중한 무엇인가는 어머니에게 드리지 못하고 자리를 뜨는 것 같은 당혹감에 사로잡혔다. 그것이 무엇일까, 나는 잠시 고개를 갸우뚱거렸다. 만일 이렇게 절을 드리고 음복을 하는 의식儀式으로써 나의 내부에서 어머니의 죽음을 고정시켜 버린다면, 차라리 나는 어머니의 산소에 오지 않는 편이 나았을 것이었다. 나는 차마 등을 돌리지 못하고 이 선배에게 말했다.

"먼저 가시우. 곧 갈 테니깐."

이 선배는 언뜻 이마를 찡그리더니 이내 돌아섰다. 이 선배의 뒤를 따라서 처와 아이들이 내려간 다음에 나는 어머니의 산소에 혼자 남겨졌다. 나는 새삼스럽게 어머니의 산소 주위를 둘러보았다. 숲 덤불을 이루어 어머니의 산소를 에워싸고 있는 아카시아며 가시나무 따위 악목들이 찌르듯 내 눈을 아프게 하는 것이었다. 나는 이를 악물고 가슴 속에 남아 있던 그 무엇인가를 꺼내었다.

"어머니, 아직은 잠들어서는 안 되우. 머지 않아 어머니의 한도 풀릴 날이 올 거요. 그때까진…… 잠들면 안 되우."

어머니의 죽음에 대해서, 그리고 어머니의 한에 대해서 나름대로 의미를 깨닫고 난 다음부터 나의 내부에서는 어머니와 나 사이에 일종의 화해가 이루어져 있었다. 나는 더 이상 절망을 하거나 죄책감에 사로잡히는 일이 없이 쉽게 어머니를 만나곤 했다. 어머니는 어디에서나 곧잘 나에게 모습을 나타냈다.

세계사를 보고 있던 무렵이었을 것이다. 제정 말기의 러시아에서 시베리아 유형을 가는 유형수들의 모습이 삽화로 나와 있는 페이지였다. 그 삽화에는 유형수와 그 가족들이 헤어지는 장면이 그려져 있었는데, 처음에 무심코 그것을 들여다보던 나는 어느 순간에 이르러 전혀 삽화가 보이지 않게 되었다. 그때 나는 철철 눈물을 흘리며 유형수들과 헤어져 통나무 벽을 치고 있는 유형수의 가족들 속에서 바로 어머니의 모습을 발견한 것이었다. 그 삽화 아래 나와 있는 시를 나는 이제 외지 못한다.

……우리가 죽지 않으려 해도 저들은 우리를 죽일 것이

며, 우리가 죽으려 해도 저들은 우리를 죽일 것이다. ……우리가 스스로 죽을 때에야 우리가 흘린 피로 비로소 내일의 붉은 해는 떠오르리라……

대충 기억나는 것은 이런 내용이었다. 나는 그 시의 구절 속에서도 틀림없이 내 어머니가 흘린 피를 발견했을 것이었다.

새벽이면 나는 까닭 없이 가슴을 설레며 창문을 열곤 했다. 창문을 열면 쇠창살 너머로 이제 막 먼동이 터오는 동녘 하늘가로 불붙는 듯한 능선들이 보였다. 그러면 나의 귀에는 이명이 섞여서, 그 능선을 넘어 달려오는 무수한 사람들의 발소리가 들려오는 것이었다. 나는 그 발짝 소리 속에서도 어머니의 발짝 소리를 구별해낼 수 있었다. 그때마다 나는 어머니를 향해 말했다.

어머니.

긴 밤이 끝나고 새벽이 오려 하고 있습니다. 쇠창살 너머로 새벽별이 스러지고 이제 막 동이 트는 능선마다 달려오는 사람들을 보세요. 내일을 살기 위하여 오늘을 죽는 새벽의 사람들을 보세요. 이슬에 젖은 발자국 소리가 지금 산야를 울립니다.

어머니,

이름 없는 산야의 이름 없는 무덤들 사이에서 아직은 잠들지 마세요. 시들은 잡초들 무성한 무덤 너머로 새벽별이 스러지고 이제 동이 트는 능선마다 달려오는 눈부신 새벽의 사람들을 위하여 아직은 잠들지 마세요. 그토록 긴 밤을 떠돌던 많은 넋들과 함께 아직은 잠들지 마세요.

"어이, 뭘 해, 빨리 내려오지 않구?"

이 선배가 솔밭 어귀에서 소리쳤다. 나는 비로소 어머니의 산소에서 등을 돌렸다. 이 선배는 내가 민둥산을 내려와 솔밭 어귀를 접어들자,

"이제 시원하남?"

빙긋이 웃었다.

"시원할 게 뭘 있겠수?"

그러면서도 나는 이 선배에게 웃음을 보였다. 솔밭을 지나 논두렁으로 접어들자 이제 막 오후로 접어든 햇볕에 언 땅이 녹아 질척거렸다.

"벌써 점심때가 넘었네. 내가 너무 주책을 부리는 바람에…… 미안허우."

내 말에,

"미안허긴…… 거기가 그런다고 살아서 불효했던 게 갚

아지남?"

"그건 그렇수."

녹지 않은 땅을 골라 짚으며 우리는 신작로로 나왔다. 화당리로 접어드는 신작로 어귀에는 음력설을 지내고 다시 도회지로 빠져나가는 사람들인 듯, 예닐곱 명쯤이 버스를 기다리며 서 있다가 우리를 힐끔거렸다. 한복을 곱게 차려입은 처녀들은 아직도 명절 끝의 들뜬 기분으로 한껏 즐거운 표정이었고 중절모를 쓴 중년의 사내들이 정초가 다 지나서 무슨 성묘냐는 듯 낯선 우리에게 데면데면 시선을 보냈다. 화당리를 지나 월문리로 향하면서 이 선배는 이제 무언가 한시름 놓았다는 표정으로 갑자기 말이 많아졌다. 주로 어머니의 장례식 때의 이야기였다. 이 선배의 이야기에 머리를 주억거리며 흘려듣던 나는 문득 가슴이 설레고 있는 자신을 깨닫고 실소를 했다. 이제 산모롱이만 돌아들면 바로 월문리였다.

갇혀 있게 된 지 얼마 되지 않아, 무슨 생각에서였는지, 단 한 번 어머니를 면회시켜 준 적이 있었다. 그때 나는 자식의 신변에 대한 불안과 걱정으로 잔뜩 초조해하고 있는 어머니를 향해 엉뚱한 질문을 던졌다.

내가 심은 나무들은 잘 자라요?

하문, 하문, 하나도 안 죽고 다 살았어야. 사과낭구도 살고 배낭구도 살고 그리고 니가 심은 꽃낭구들도 죄다 안 죽고 살았어야.

어머니는 나무들이 모두 살아난 것이 마치 나의 앞날에 무슨 길조라도 되는 양 갑자기 활짝 밝아진 표정으로 신명을 냈다.

월문리로 이사해 간 첫해 봄에 나는 거의 마을 뒷산을 헤매며 살다시피 했었다. 그렇게 뒷산을 헤매며 나는 산벚꽃이며 진달래를 캐다가 안마당 한 편에 작은 화단을 이루고, 뒷 울 안에는 사과나무며 배나무, 대추나무 묘목 등속을 구해다 심었다. 갇혀 살게 되면서부터 나는 이따금씩 월문리를 꿈에 보곤 했다. 그럴 때면 으레 꿈속의 나는 뒷산을 헤매거나 아니면 지천으로 봄꽃들이 널려 있는 들판에서 나물을 캐거나 했다. 꿈을 꾸고 난 이튿날이면 나는 어쩔 수 없이 가슴을 설레며 담장 너머로 바깥세상을 바라보았다. 그때 월문리는 나에게 자유라거나 혹은 바깥 세계에 대한 일종의 상징이 되어 있었는지도 몰랐다. 갇혀 사는 나에게는 기이하게도 갇히기 전의 많은 사람의 관계에 대한 그리움 같은 것은 별로 일어나지 않았다. 죽기 전까지는 어머니에 대한 나의 마음도 그리움이라고까지 말할 수 있는 것은 아니었다. 쇠창살 너머로 해가 지고 이제 막 땅거미가 스물거리며 대지를 덮는 시간이면 나는 어쩔 수 없이 저 땅거미처럼 나의 내부에 스며들어오는 한 가닥 우수를 떼쳐버릴 수는 없었다. 그러나 그 우수라는 것도 사람들의 관계에 대한 그리움이었다고 잘라 말하기는 어렵다. 아마도 갇히기 전에 내가 지니고 있던 다분히 허무적이고 퇴폐적인 사람들과의 관계가 이제 갇혀 사는 나를 그렇듯 차갑게 만들었던 것인지도 모르겠다. 오히려 나는 얼마쯤은 그들에게서 떨어져혼자가 된 홀가분함을 남몰래 즐기기까지 했으리라고 생각된다. 그렇듯 사람들과의 관계에 대해서는 전혀 그리움 따위는 느끼지 못하면서, 대신에 월문리라거나 혹은 월문리에서 지냈던 첫해의 봄 무렵만 돌이켜지면 기이하게도 그때부터 나는 가슴을 설레면서까지 그곳에 대한 그리움 때문에 땅거미가 짙어오는 일모의 무렵을 몇 방울의 눈물로 물들이곤 했다.

산모롱이를 돌자 드디어 월문리가 보였다. 마을의 풍경을 대충 한눈에 둘러보며 나는 자신도 모르게 꿀꺽 마른 침을 삼켰다. 생각 탓일까, 아니면 긴 겨우살이에서 아직도 풀려 나지 못한 마을 자체의 웅숭그린 듯한 분위기 때문일까, 마을 전체가 어쩐지 을씨년스럽고 황량한 느낌이었다. 어쩌면 그토록 내가 그리워했던 마을의 풍물들에는 실제와는 달리 너무 아름답게만 색칠되어 있었던 것인지도 몰랐다. 좀 더 뚜렷하게 마을회관과 그 옆에 있는 빨간 슬레이트 지붕의 어머니 집이 보이자 큰아이가 손짓을 했다.

"저건 할머니 집이다."

나는 큰아이를 돌아보았다.

"어떻게 알지?"

"아이 참, 아빠하고 나하고 동생하고 이렇게 셋이서 할머니랑 살았잖아?"

"그렇구나."

"그때 나는 아빠 따라서 나무도 하러 갔다."

처와 잠시 별거하던 무렵을 큰아이는 용케도 기억하고 있었다. 큰아이가 다섯 살 나던 그 무렵은 일정한 직장이 없어 하루하루의 식생활마저도 해결하기 어려운 데다가, 처는 처대로 그리고 나는 나대로 서로에 대해서 더 이상 견딜 수 없이 피곤해하던 상태였고, 그러다가 결국은 별거에까지 이르고 말았다. 그때 나는 처에 대해서만이 아니라 살아가는 것 자체에 대해서 어느 것 하나 없이 죄다 피곤해했을 것이었다. 불안한 정치적 상황 속에서 소위 먹물을 먹은 자로서 그런 상황에 대해 드러내놓고 행동할 용기가 없는 입장에서는 상황의식에 눈뜬다는 것 자체가 스스로의 가슴에 바늘을 찔러대는 것에 다름없어서 고작 할 수 있는 일이란 스스로를 욕질이나 하고 밤늦도록 술이나 마시고, 걷잡을 수 없이 황량한 연애사건 따위를 일으키는 것뿐이었다. 더군다나 어쩌다 책상 앞에 앉아 원고지를 대하면 한 줄의 글도 써지지 않았다.

어머니는 갑자기 밀어닥친 아이들과 나를 바라보며 망연자실했다. 그런 어머니에게 나는 비실비실 웃으며 말했다.

이혼한 건 아니우.

어머니는 자식의 위태위태한 결혼생활을 이따금씩 훔쳐보며 다짐하듯 자식에게 말하곤 했다.

뭔 짓을 하던 다 좋제만, 이혼만은 안 돼야. 날 봐서라두 그 짓만은 허지 말어라.

집 앞에 이르자 이 선배가 얼굴의 근육을 씰룩이며 나를 돌아보았다.

"집이란 본래 사람이 안 살면 버려지기 마련이여. 아, 내가 살던 행정리 집은 어떤디? 이보다 더 숭하게 되었어."

이 선배의 말에 나는 애써 웃으려 했다. 그러나 웃음은 나오지 않았다. 아마 내 얼굴은 흉측하게 비틀렸을 것이었다. 집은, 자식은 옥에 갇히고 어머니는 죽어간 집안답게 이름 그대로 흉가가 되어 있었다. 내가 짚더미며 건초더미 따위를 헤집고 대문께로 다가가자 이 선배가 나를 붙잡았다.

"보문 뭘혀? 공연시 마음만 상하지. 이 다음에 날이 풀리걸랑 그때 와서 손봐."

"그래두……"

"그래두는 무슨 그래두여? 봐봤자 좋을 거 하나두 없어."

나는 이 선배에게 끌려 대문께에서 물러났다. 우리 집 앞에 서서 서로 눈 둘 곳을 몰라하며 서성이고 있을 때 마을회관 쪽에서 누군가가 나를 불렀다.

"어이, 언제 온 거여?"

월문리에서 유일한 동갑내기인 정 동호였다. 정은 달려오자마자 내손을 잡았다.

"고생 많았지?"

"고생은……"

"산소에 다녀온 거여?"

"응, 지금 막 다녀왔어."

정은 내게서 몸을 돌려 이번에는 이 선배를 향했다.

"이 선생님두 오셨구먼유? 오랜만이어유. 장례식 이후로는 한 번도 안 들리시더니 이 사람이 오니께 오시는구먼유?"

"예, 그렇게 됐습니다."

이곳에서 시오리 상간쯤 떨어진 가까운 곳에 살던 관계로 이 선배와 나는 서로 내왕이 잦은 편이었고 그러다 보니 이 선배는 이곳 마을 사람들과도 자연스럽게 어울려들어 술자리를 한 적이 있어서 정과는 전부터 구면인 셈이었다. 정이 다시 나를 돌아보며 말했다.

"추운데 여기서 이러구들 있지 말구 내 집으로 가여. 찬은 없지만 점심이나 해여. 자, 이 선생님, 가유. 저기 애기 엄니두 함께 가유."

정이 끌다시피 우리를 집으로 데려갔다. 정의 집으로 가자, 정의 아내가 방금 술상을 차려왔다.

"밥을 지을 동안 우선 이거라두 드세요."

설 끝 음식이 아직 남았던지 유과며 강정, 전 따위 안주와 함께 주전자가 놓인 술상을 방으로 들이밀며 정의 아내가 수줍게 웃었다.

"이거 귀한 술이구면."

먼저 잔을 들이켠 이 선배가 손으로 입을 훔치며 정을 건너다보았다.

"설이라구 농주 좀 담것시유."

"여간 솜씨가 좋구랴. 잘 먹겠소."

"술은 얼마든지 있으니께 맘놓구 자셔유."

이 선배가 거푸 잔을 비웠고, 나도 이 선배 못지 않았다. 그렇게 몇 순배 잔을 비운 다음에 내가 자리에서 일어섰다.

"아니, 어딜 갈려구?"

정이 나를 올려다보았다.

"몇 군데 인사를 다녀올려구……"

내 말에 정 대신 이 선배가 고개를 끄덕거렸다.

"그려, 갔다 오는 게 좋을 껴."

내가 방문을 나서자 정이 내 등에다 대고 말했다.

"빨리 다녀와여. 점심 식사 늦지 않게."

나는 정의 집을 나와 바로 마을 조합장네 집으로 갔다. 조합장은 마침 툇마루에 걸터앉아 쟁기며 보습 따위 농기구를 꺼내놓고 손질을 하고 있는 중이었다. 내가 대문에 들어서자 조합장이 일어서며 반색을 했다.

"아니, 이게 누구여? 송씨 아녀?"

"안녕하셨습니까?"

"그래, 고생하구 나왔단 소리는 들었지만 일에 얽매이다 보니 한 번 찾아가지도 못하고…… 이거, 농촌에서 살다보믄 사람 노릇도 못혀. 뭐라구 헐 말이 없구먼."

"진작 찾아봬야 할 텐데, 늦어서 죄송합니다. 어머님 장례식 때는 애를 많이 쓰셨다는데 인사도 못 드리고……"

조합장은 내 말이 채 끝나기도 전에 두 팔을 저었다.

"그런 소리 말어. 장례야 우리 계에서 살았던 분이니께 당연히 치루어 드린 것뿐이여. 그보다두, 자, 누추하지만 좀 들어와여."

조합장이 툇마루에 늘어놓았던 농기구들을 한 편으로 치우며 방문을 열었다. 나는 조합장을 따라 방으로 들어가며 물었다.

"아주머니는 어디 가셨읍니까?"

"응, 안사람은 마실 간 모양이구…… 아이들은 학교에 갔어."

내가 앉자 조합장은 담배를 꺼내어 불을 당기더니 깊게 한 모금을 들이마신 다음에 새삼스러운 눈길로 나를 건너다

보았다

"송 씨 어머님 말이여. 그 노인네는 제 명에 돌아가신 거여. 자살한 게 아녀."

"예? 자살이라니요?"

내가 조합장의 말을 거꾸로 뒤집으며 경악을 하자,

"아니, 여태 몰랐나? 이거 내가 공연한 소릴 헌 모양일세……"

조합장이 오히려 놀라며 입을 다물었다. 나는 애써 표정을 가라앉히며 대수롭지 않은 듯 말했다.

"대충은 알고 있습니다만……"

나의 거짓말에 조합장은 비로소 안심을 했다는 듯이 고개를 주억거렸다.

"이왕 말이 나왔으니 말이지만, 그렇게 돌아가실려고 해도 못 돌아가실 거여. 아, 방문 밖 출입도 못해서 대소변을 받아내던 노인네가 어떻게 대문께까지 기어나와서 고리에다 목을 매달어? 다 돌아가실려구 뭐가 씌었던 겨. 우리 집 안사람이 집 앞을 지나다가 노인네를 발견하고 기겁을 해서 고래고래 소리를 지르길래 뛰어가 봤더니, 아, 그 얕은 문고리에 줄을 매서는 목에 걸고 몸을 뒤로 버팅겨 돌아가신거여. 사람이 목을 매어 죽을 때는 이렇게 목울대가 막혀서 죽는 법인디 노인네는 그게 아니여. 목이 뒤로 꺾인 채 돌아가셨어. 노인네 명이 그때 돌아가시게 되어 있었으니께 그렇게 돌아가신 것이지, 절대로 자살한 게 아녀. 나중에 알고 보니께 함께 살면서 병 수발하던 노인네는 발안장으로 찬거리 사러 보내놓고 그 틈에 일을 벌이셨던 모양인디…… 송 씨 앞에서 이런 말해서는 어떨지는 모르지만 송 씨 어머님이 독하긴 독하신 분이여."

조합장은 손으로 자신의 목을 만져 보이면서까지 나에게 어머니의 자살을 극구 부인했다. 나는 더 이상 참지 못하고 자리에서 벌떡 일어섰다.

"아니, 왜? 벌써 가게? 좀 앉아서 놀다가 안사람이 오면 술이나 한잔 하고 가지?"

조합장이 다시 놀란 얼굴로 나를 따라 일어섰다. 나는 제대로 대답도 못하고 우물거리며 조합장네를 나섰다. 그러면서 나는 비로소 주위 사람들을 만나 어쩌다 어머니의 이야기가 나올 때마다 그들이 나에게 보냈던 무언가 숨기는 듯하던 표정과 망설이는 듯하던 말투를 이해했다. 아니, 그런 표정과 말투를 보낸 것은 주위 사람들만이 아니라 처까지도 마찬가지였다. 처에 대해서는 예전부터 편치 않았던 고부간의 갈등에서 온 죄책감의 일종이려니 어림짐작하고 더 이상 깊게 생각하지 않았었다.

나는 거칠게 짚더미 건초더미를 밀치며 대문께로 갔다. 대문의 바깥 고리에는 녹슨 철사가 동여매어져 있었다. 두 손이 심하게 떨리고 있어서 철삿줄의 매듭을 잡을 수가 없었다. 어렵게 철삿줄을 벗겨 내고 대문을 밀친 순간이었다. 나는 삐그덕이며 대문이 열리는 소리와 함께 어머니의 목소리를 들었다.

"이놈아!"

또한 나는 내 머리끝에서부터 발끝까지 후려치는 어머니의 마디진 두 손의 감촉을 느꼈다. 비틀거리며 대문에 기대선 나를 감전과도 같은 전율이 꿰뚫고 있었다. 나는 그렇게 대문에 기댄 채 이를 악물고 안마당이며 안채를 노려보았다. 안마당은 물론 토방에 이르기까지 내 키를 웃도는 망초꽃이며 엉겅퀴, 쑥부쟁이 따위 잡초들의 시들은 대궁이가 건들거리고 있었고, 바로 어머니가 기거하던 안채는 방문이 떨어져 나가 마루 위에 나뒹굴며 찢어진 창호지를 너풀대고 있었다. 그렇게 안마당이며 안채를 노려보며 나는 어느 순간에 어머니의 부음을 듣고 난 후 내가 그토록 애써 이루었던 어머니와 나 사이의 화해가 이미 산산이 부서져 버린 것을 깨달았다. 문득 누구를 향한 것인지도 모를 분노와 치욕감이 방금 어머니가 외친 질타와 후려친 마디진 두 손의 감촉과 더불어 나를 또다시 전율케 하고 있었다. 어쩌면 그 분노와 치욕감은 그 누구도 아닌 바로 내 자신에 대한 것인지도 몰랐다. 나의 두 눈에서 새롭게 눈물이 솟아오르고 있었다. 나는 울면서 시든 잡초 대궁이들을 헤치며 안마당을 지나 뒷 울 안으로 돌아갔다. 그렇게 뒷 울 안이며 장독대 그리고 부뚜막이 내려앉아 무쇠솥이 거꾸로 뒤집혀 있는 부엌 따위를 둘러보며 나는 또다시 한 가지 사실을 깨달았다. 어머니는 결코 저 공동묘지에 잠들어 있지 않았다. 어머니는 바로 내가 둘러보고 있는 안마당의 망초꽃이며 엉겅퀴, 쑥부쟁이 따위 잡초들의 시들은 대궁에서 두 눈을 부릅뜬 채나를 기다리고 있었고, 마루 위에 나뒹구는 방문의 찢어진 창호지에서, 뒷 울 안에서, 장독대에서, 무쇠솥이 뒤집혀 있는 부엌에서 마디진 두 손을 갈퀴처럼 휘두르며 나를 기다리고 있었다. 그랬다, 어머니는 바로 내가 오는 순간을 위하여 이곳에서 중음신中陰身으로 떠돌며 살아있었을 것이었다.

나는 다시 안마당을 지나쳐 떨리는 손으로 어머니가 목을 매달았던 대문의 고리를 붙잡았다. 그리고 거기에 이마를 댄 채 오래 울었다.

서울로 돌아온 다음부터 나의 생활은 무질서해져서 나는 며칠을 두고 폭음을 계속하고, 폭음 끝에는 으레 누구에게 든 시비를 걸어 싸움을 해댔다. 그런 나에게 친구들이나 선배들은 서슴지 않고 말하곤 했다.

"네 눈에는 광기가 있어."

폭음이라는 것도, 옛날의 퇴폐적이거나 허무적인 태도에서 오는 무언가 끝 모를 밑바닥에까지 이르러 버렸다는 식의 한 가닥 사치도 없이 마시면 마실수록 더욱 갈증을 불러일으키는 것이었다. 나는 그렇게 폭음을 하고 싸움을 해대면서도 끊임없이 나에게 달라붙는 어머니의 질타와 후려치는 마디진 두 손의 감촉에서 벗어날 수가 없었다. 도망치듯 월문리에서 돌아온 후로 나는 봄이 다 가도록 다시 월문리에 가지 못했다. 아니, 갈 수가 없었다. 나에게는 이제 집 전체가 아니 월문리 전체가 바로 어머니의 중음신이었다.

늦봄이 될 무렵 나는 더 이상 한 잔의 술도 마실 수 없을 만큼 쇠약해져 있었다. 쇠약해진 것은 몸뿐만이 아니고 정신 또한 마찬가지여서 나는 차츰 죽음에 대한 유혹을 받기 시작했다. 그리고 나는 마침내 결단을 내렸다. 죽더라도 거기 가서 죽자. 그렇게 마지막으로 한 번만 더 어머니에게 부딪쳐보자. 오월이 다 간 어느 날 나는 다시 월문리로 내려갔다.

대문을 여는 나의 손은 이제 떨리지 않았다. 안마당에는 잡초들의 시든 대궁 아래서 또다시 새롭게 솟아오른 대궁들이 조그만 꽃들을 무더기로 매달고 있었다. 나는 헛간으로 가서 녹슨 호미며 삽을 꺼내와 안마당의 잡초를 뽑고 땅을 고르기 시작했다. 내 손에 뿌리 뽑히는 시든 대궁들의 하나하나에는 아직까지도 어머니의 중음신이 살아있었고, 나는 여전히 어머니의 질타와 갈퀴처럼 나를 후려치는 마디진 두 손의 감촉을 느꼈다. 그러나 나는 이를 악물고 어머니와 맞서 싸웠다. 더 이상 어머니한테 질 수는 없수. 난 이제 어머니한테서 벗어나겠수. 어느덧 내 얼굴은 땀과 눈물로 뒤범벅이 되어 있었다.

늦봄의 해가 서쪽 야산으로 비스듬히 기울 무렵에는 나는 안마당을 모두 고르고 뒷 울 안으로 옮겨가 있었다. 그때 대문께에서 인기척이 났다.

"어이, 언제 내려왔남?"

동갑내기 정의 목소리였다. 정은 내가 미처 일어나기도 전에 뒷울 안으로 돌아왔다. 정은 땀에 흠뻑 젖어 있는 나를 보고 잠깐 놀라는 눈치더니,

"풀 뽑는 거여?"

하고 애매하게 웃어 보였다. 그리고 내게서 삽을 빼앗았다.

"이리 줘. 거기처럼 하다가는 밤중까지 해도 다 못 끝낼겨."

정은 전혀 힘들이는 기색도 없이 능숙한 솜씨로 삽질을 해나갔다. 정의 삽질에 뿌리째 뽑혀 넘어지는 잡초들을 내려다보며 나는 자칫 입 밖에 내어 소리칠 뻔했다.

'보시우, 어머니.'

여태껏 시든 대궁 하나를 뽑아낼 때마다 이를 악물고 어머니와 싸워야 했던 나로서는 정의 서걱서걱 능숙한 삽질이 거의 불가사의한 느낌이었다. 정은 뒤에 서 있는 나를 힐끔 돌아보더니,

"저녁에 올라갈겨?"

하고 물었다.

"아니."

"그럼 여기서 자구 갈려구?"

"응, 자야지."

"그럼 그러구 서 있지 말구 가서 문간방이나 치위. 그 방은 아직 쓸 만할 껴."

나는 정의 말에 따라 뒷 울 안을 돌아 나왔다. 정이 뒤에서 소리쳤다.

"불도 좀 때야 할껴."

내가 돌아서서 물었다.

"불은 왜?"

"아, 오래 비워두었던 집이니께 아궁이 속에 짐승들이라도 살지 모르잖여?"

정이 필요 이상으로 큰 소리를 냈다. 나는 문간방의 청소를 대충 마치고 나뭇간에서 오래된 솔가지 몇 낱을 안아다가 아궁이에 불을 지폈다. 그리고 문득 생각이 돌아 안채의 허물어진 부엌으로 가서 그 아궁이에도 불을 지피고 있자 정이 일을 마치고 부엌에 고개를 들이밀었다.

"거긴 뭐하러 때는겨?"

정의 물음에 나는 마치 못된 짓이라도 하다가 들킨 아이처럼 얼굴을 붉혔다.

"그냥……"

내가 애매하게 웃으며 말끝을 흐리자 정은 알 만하다는
듯이 씨익 웃음을 내밀어 보였다.

"사람 싱겁기는…… 대충 하구 집에 가여. 저녁 먹게."

나는 수돗가에서 몸을 씻고 정을 따라나섰다. 정의 집에
서 정과 겸상으로 저녁 식사를 마친 후 내가 그만 자리에서
일어섰다.

"잘 먹었어. 이제 그만 가볼께."

정이 엉거주춤 나를 따라 일어섰다.

"가만 있어. 나두 함께 갈 테여."

"낮에 밭일 허구 피곤할 텐데 그만 쉬지 그래."

"피곤하긴. 맨날 하는 일인데."

정은 부득불 따라나설 눈치였다. 나는 그런 정을 더 이상
말리지 않았다. 정은 내 집으로 오자 나보다 먼저 문간방의
문을 열고 들어가더니 벌렁 자리에 누웠다.

"어, 따끈따끈한 게 여간 좋잖여. 아직까진 따뜻한 게 역
시 좋구면."

내가 문을 닫고 벽에 기대어 앉자 정이 누운 채 나를 올려
다보았다.

"앞으로 이 집을 어떻게 할껴?"

"어떻게 하다니?"

"팔 생각인겨?"

나는 고개를 저었다.

"아직 그런 생각은 없지만……"

"적당한 사람만 나서면 파는 게 나을겨. 아무래도 어머니도 그렇게 되셨구……"

정이 내 눈치를 살피며 말꼬리를 흐렸다.

"이런 집을…… 누가 살려구 들겠어?"

"그려, 것도 그렇지만 동네에 워낙 빈집이 많아야지. 가만 있자. 이렇게 빈집이 다섯 채나 되여."

"그렇게 많은가?"

"다들 도시로 나가는 바람에…… 에이 그런 것 집어치우구, 어뗘? 술이나 좀 마시지?"

정이 벌떡 일어나 앉으며 나를 마주보았다.

"글쎄……"

내가 애매하게 대답을 흐리자 정은 대뜸 방문을 열고 나섰다.

"잠시 갔다올 테니께 조금만 기다려. 거기두 많이 좋지 않을 테구……"

정은 말대로 얼마 지나지 않아 술병을 들고 왔다. 정과 나는 잠자코 몇 잔의 막술을 마셨다. 어느 정도 술이 오르자 정이 친근한 눈길로 나를 바라보았다.

"거긴 좋은 사람이여."

"무슨 소리야?"

"아, 그래두 어머니가 살던 집이라구 찾아와서 청소두 하니게 허는 말이여."

정의 말에 나는 쓰게 웃었다.

"그렇게 생각해주니 고맙구먼."

"그런게 아녀, 한 번 집을 비우구 떠나면 죄다 그만이여."

"알았어. 그만 하고 술이나 들어."

나는 정의 말머리를 돌려버리고 먼저 잔을 들었다. 이어 술이 떨어지자 정이 다시 벌렁 자리에 누웠다.

"나, 오늘 밤 여기서 자구 갈 테여."

정의 느닷없는 행동에 나는 일순 당황했으나 무언가 정의 뜻을 알 것 같았다. 나는 잠자코 둘의 잠자리를 깔았다. 술기운인지, 나는 이내 잠이 들었고, 전혀 꿈도 꾸지 않은 채 깊은 잠을 잤다. 새벽에 정이 부스럭거리는 소리에 눈을 뜨자 정은 조심스럽게 방문을 열고 있었다.

"벌써 갈려구?"

내가 물었다.

"그려, 쇠죽 좀 써주구 논이나 한 바퀴 둘러봐야지, 거긴 더 자여."

정이 방문을 닫으려다 말고 나를 돌아보았다.

"거기 무서워할까 봐서 부러 잔거여."

그리고 방문이 닫혔다. 이어 정이 대문의 빗장을 여는 소리를 들으며 나는 문득 정에게 부끄러운 느낌이었다. 정이 나간 다음에 나도 자리에서 일어났다. 내가 헛간에서 낫을 챙겨 들고 대문을 나서자 희뿌연 박명 속에서 새벽일을 나온 마을 사람들의 모습이 들판의 여기저기 드러나고 있었다. 나는 마을 어귀를 벗어나 칡골로 향했다. 솔밭을 지나 민둥산을 오르자 어느덧 해가 떠오르고 있었다.

이슬에 젖은 바짓가랑이에서 김이 오르는 것을 내려다보며 나는 어머니의 산소 앞에 섰다. 그리고 소리를 내어 중얼거렸다

"어머닌 그래도 자식보다는 낫수. 자식은 이 다음에…… 무덤도 없을 거요."

나는 이윽고 낫을 들어 벌써부터 웃자란 봉분의 잔디를

치기 시작했다. 봉분이며 산소 일대의 잔디를 치고 잡초를 뽑고 나자 해는 벌써 중천에서 뜨겁게 타오르고 있었다. 잔디를 모두 친 다음에 아카시아며 가시덤불에 낫을 댔을 때였다. 어머니의 산소 앞에 있는 꽤 큰 덩치의 아카시아 숲이 시야를 답답하게 하는 느낌이어서 너무 무리다 싶으면서도 낫을 대었다. 톱이 없이 낫만으로는 역시 무리여서 대충 윗가지나 쳐내고 말려고 했는데 차츰 이상한 예감이 들었다. 좀 더 아카시아 나무의 밑동에 손을 대자 역시 예감대로 봉분의 형태가 드러나는 것이었다. 나는 기진맥진해가면서도 결국 아카시아 숲을 모두 쳐냈다. 그것이 봉분임을 확인한 순간 나는 너무 지친 나머지 어머니 산소 앞에 벌렁 나자빠져 버렸다. 문득 잘했다, 하는 어머니의 목소리가 들려오는 듯했다. 나는 어린애처럼 자랑스러운 기분으로 몸을 뒤집어 어머니의 산소를 바라보았다. 그리고 말했다.

"이제 화해합시다."

산소에서 돌아왔을 때는 이미 정오가 지난 무렵이었다. 나는 마치 어머니의 산소 앞 아카시아 숲을 쳐내듯이 집 안팎을 손질하기 시작했다. 안채의 방문을 고쳐서 다시 달고, 창호지를 구해다가 새로 문을 바르고, 마룻바닥에 켜처럼 내려앉은 먼지를 씻어내고, 뒤주에서 죽어 있는 몇 마리의 쥐새끼들을 꺼내어 파묻고, 안방에 나 있는 쥐구멍들을 막았다. 내가 부엌의 무너진 부뚜막까지 마저 고쳐서 다시 무쇠솥을 올려놓았을 때는 이미 밤이 되어 있었다. 밤이 깊어지자 때아닌 비가 내리기 시작했다. 나는 문간방에 누워 있었다. 처마 기슭에서 떨어지는 낙숫물 소리가 차츰 무성해지고 있었다. 나는 문득 자리에서 일어났다. 그리고 이부자리를 들고 안채로 건너갔다. 방 안을 들어서며 내가 말했다.

"이런 밤엔 혼자 자기가 서로 외로운 법 아니우?"

나는 평소에 어머니의 잠자리였던 아랫목 바로 옆에 이부자리를 깔고 누웠다. 그러자 나는 마치 이제 더 이상 갈 데가 없이 끝까지 와버린 것처럼 깊고 아득한 느낌이었다. 그렇게 자리에 누워서 나는 어느 사이에 자신이 바로 이 폐가의 일부가 되어 있는 것을 깨달았다. 그리고 어느 사이에 나는 또다시 어머니와 내가 한 몸이 되어 있는 것을 깨달았다. 나는 어머니의 목소리를 들었다.

오메, 내 새끼야아.

처마 기슭에서 여전히 낙숫물 소리가 무성하게 들려오고 있었다. 나는 울었다. 기쁨도 슬픔도 아닌 망망한 그리움이었다. 그러다가 나는 잠이 들었고, 나는 꿈을 꾸었다.

고향의 장터였다. 장을 보는 사람들로 붐비는 어물전 부
근이었다. 서른 언저리의 젊은 여자가 양옆에 어린 남매를
데리고 앉아서 좌판을 벌여놓고 있었다. 좌판에는 갈치며
고등어 몇 마리가 덩그러니 올려져 있었다. 내가 다가가자
여자는 고개를 들어 나를 올려다보았다. 여자의 얼굴을 확
인한 순간 나는 잠이 깨었다. 여자는 내가 까마득히 잊고 있
던 옛 여자였다.

잠이 완연히 깨고 난 다음에 나는 그 여자가 나의 새로운
어머니라고 생각했다.

사람의 향기

"삼촌, 저 정룡인데요. 병원에 갔더니 이번에는 암이 간으로 전이되었대요. 위쪽하고는 달리 희망이 없어서 그냥 두기로 했어요."

정룡이는 내 외조카였다. 그가 가라앉은 목소리로 전화기 속에서 제법 전문적인 용어까지 써가며 그의 어머니의 병에 대해 설명을 했고, 나는 그의 말이 끝나기가 무섭게 큰소리를 냈다.

"아니, 무슨 말이냐? 얼마 전에 영등포에 갔을 때만 해도 많이 좋아져 보였는데……"

나는 자칫 누이의 암이 위에서 간으로 전이된 것이 그의 탓이라도 된다는 듯이 그를 향해 자신도 모르게 소리를 높였을 것이었다. 그러자 정룡이는 나의 말에는 아랑곳없이,

"삼촌이 다녀간 지가 얼마나 되었는데요?"

엉뚱한 것을 물어왔다.

"그러니까……"

나는 말끝을 흐린 채 날짜를 헤아리다 말고 문득 입을 다물어버렸다. 그리고 나는 비로소 정룡이가 왜 그런 질문을 했는지 속마음을 헤아릴 수가 있었다. 흔히 평소에 무심했던 주변의 사람들이 정작 무슨 일이 터지면 당사자보다 생색이나 큰소리는 먼저 내려 들지 않으랴. 그로서는 환자 곁에서 고생을 하는 조카를 위로하지는 못할망정 대뜸 큰소리나 치려 드는 삼촌이 딱하게 여겨졌을지도 몰랐다. 나는 수화기 저 너머에서 나를 향해 사람 좋은 얼굴로 싱겁게 웃고 있을 것 같은 그를 향해 혼잣말처럼 말꼬리를 흐렸다.

"두 달 전인가? 아니 석 달 전인가본데……"

불과 엊그제의 일처럼 그리 오래되지 않게 여겼는데 대충 헤아려도 누이에게 병문안을 간 지 석 달이 넘어 있었다.

"그때만 해도 다들 어머니가 한고비 넘기신 줄 알았지요. 간 쪽은 생각도 못했으니까요."

정룡이가 부연해서 설명을 했고,

"그랬었구나."

내가 전화기를 든 채 고개를 끄덕였다.

"삼촌, 달리 생각하지 마세요. 요즘은 나도 인천 일에 바빠서 어머니를 자주 뵙지는 못해요. 워낙에 사람이 달려서 처는 물론이고 나도 일손을 돕지 않으면 물량을 못 대는걸요."

정룡이가 나의 어색한 입장에 비로소 생각이 미쳤는지 곰살맞은 소리를 했다. 원래 무슨 전자회사에서 수출입 업무를 맡고 있던 그는 허구한 날 혀 짧은 영어로 바이어들을 상대해서 술대접하랴, 객고 풀 수청 들랴, 젊은 나이에 그 길로 이골이 나서 자칫 사람 다 버리겠다며 스스로 고갯짓을 해대더니 끝내 직장을 그만두고 인천에서 작은 가내공을 시작한 것이었다. 그는 주유소 납품용 기름 헝겊을 만들어 팔고 수금하는 일까지 혼자서 일인 몇 역을 하느라 정신이 없는 가운데서도 그것이 무엇보다 남의 일이 아닌 제 일이라는 것에 은근히 자부심을 느끼는 모양이었다. 어쩌다 나를 만나기만 하면 그저 죽는 시늉을 하면서도 한편으로는 싱글벙글 웃음을 감추지 않았다.

"참, 희망이 없어서 그냥 두기로 했다니 그게 무슨 말이냐?"

문득 정룡이의 앞말에 생각이 미친 나는 어쩔 수 없이 다시 큰소리를 냈다.

"말 그대로예요. 간 쪽은 너무 많이 퍼져서 수술하기가 곤란하대요."

"그러면 그대로 두고만 본단 말이냐?"

내가 여전히 큰소리를 냈고,

"그럼 어떻게 해요?"

이번에는 정룡이가 덩달아 큰소리를 냈다.

"어떻게 하긴? 왜 처음 수술할 때 경험도 있잖냐?"

누이가 위암으로 판명이 나서 수술을 하기 전에, 병원의 의사들 가운데에서는 누이를 두고 상당히 논란이 있었던 모양이었다. 엑스레이에 나타난 바로는 누이는 위쪽뿐만이 아니라 대장 쪽에도 종양 비슷한 것이 있어서, 의사 중에서 위에서 비롯한 암이 대장에까지 전이된 것이라면 수술해보나 마나라면서 차라리 환자가 사는 날까지 먹고 싶은 것이나 제대로 먹게 그냥 놔두는 편이 환자를 위하는 일이라고 주장하는 이도 있었던 것이다.

병원에서 그렇게 나오니 집안 식구들도 어떻게 하는 것이 좋을지 갈피를 못 잡고 의견이 분분하였다. 집안 식구들이라고 해봐야 나 이외에는 매부를 위시해서 큰외조카 정룡이, 그의 처, 둘째 정봉이, 셋째 정윤이…… 이렇게 6남매가 전부였는데, 나는 대부분의 식구들 하고는 달리 수술을 않고 그냥 놔두는 쪽으로 의견을 내세웠다.

내가 그렇게 의견을 정한 데에는 나름대로 고심이 없지 않았다. 수술 여부는 자칫 생사가 달린 문제여서 여간만 조심스럽지 않았는데, 나라도 나서서 핵심을 건드리지 않으면 안 된다고 여겼던 것이다. 수술을 하는 데 들어갈 돈도 돈이지만 초기도 아니어서 이미 대장에까지 전이된 지경이라면 도저히 가망이 없는데도, 주변의 눈이나 도리에 얽매여 구태여 수술을 한다는 것이 나로서는 오히려 누이에게 죄를 짓는 듯한 느낌이었다.

그런데 뜻밖에도 정룡이의 처가 문제를 해결하였다. 정룡이의 처는 결혼하기 전에는 간호원 생활을 하였던 터라 누이의 엑스레이 사진을 가지고 옛날에 근무했던 병원을 찾아가서 도움을 청하자 그 병원의 원장이 '내 어머니라면' 하는 단서를 달긴 했지만 수술을 권했다는 것이었다. 그 말을 들은 누이마저 '그렇다면 식구들 원이라도 없게' 하고 수술을 찬성하고 나서서 마침내 수술에 들어가게 되었다.

그런데 식구들 모두 어떠한 기대도 걸지 않았던 것이 정작 수술을 하자 뜻밖에도 엑스레이 사진과는 달리 위암은 비교적 깨끗한 편이었고, 대장 쪽은 일종의 지방이 뭉쳐 있는 지방 종양이어서 위암과는 아예 상관이 없었다. 수술 결과는 매우 좋아서 누이는 입원한 지 한 달이 채 못 되어 퇴원할 수가 있었다. 그렇게 되자 수술을 안 하는 쪽으로 의견을 내세웠던 나는 자신으로 인해 자칫 누이의 목숨을 빼앗을 수도 있었으리라는 생각 때문에, 그때의 일만 떠올리면 어쩔 수 없이 등에 식은땀을 흘리곤 하였다.

"저번하고는 달리 이번에는 병원에서도 모두 반대예요. 그리고 병원도 그렇지만 어머니도 절대로 두 번 다시 수술은 안 한다고 그러시고요. 제가 먼젓번 일을 들어가며 어머님께 몇 번 권했지만 막무가내예요, 더 이상 욕심부리다가는 사람만 흉해진다면서요."

정룡이가 수화기 저쪽에서 끝내 안타까운 목소리를 냈다.

"그래도……"

나는 못내 어떤 아쉬움을 버리지 못한 채 정룡이의 말꼬리를 물고 늘어졌다.

"삼촌 마음은 알지만, 어떻게 해요? 대신에 어머니 살아

계실 동안이나마 자주 들러줘요. 어떤 때 보면 어머니는 은근히 삼촌을 기다리는 눈치예요. 이번에 병원에 다녀오고서부터는 부쩍 심약해지신 것 같아요."

정룡이가 비로소 제가 하고 싶었던 말을 보내왔고, 나는 수화기 너머로 고개를 끄덕거렸다.

"그래, 알았다."

수화기를 내려놓은 다음에 나는 새삼스럽게 누이의 얼굴을 떠올렸다. 누이는 병을 앓기 전까지만 해도 그토록 고생을 하며 살아온 터수에는 비교적 곱게 늙은 얼굴이어서 달걀처럼 갸름한 윤곽 속에는 아직도 처녀적의 태깔이 어딘지 모르게 남아 있었다. 그런데 병을 앓자마자 갸름한 윤곽 속에 남아 있던 처녀적의 태깔은 흔적도 없이 사라진 채 흡사 알맹이가 빠져 나가버린 깍지처럼 얼이 빠진 얼굴에 혼곤한 빛만이 역력하였다.

그렇듯 누이의 얼굴을 떠올리자, 바로 얼굴 전체에 어린 그 혼곤한 빛처럼 끊일 듯 말 듯, 있는 듯 없는 듯 실낱같은 무슨 울음소리가 들려오는 것이었다. 물론 환청이었겠지만, 가늘게 이어지는 울음소리가 정확하게 누구의 것인지, 그리고 한 사람의 것인지, 아니면 많은 사람의 것인지 쉽게 헤아려지지는 않았다. 그러나 기이한 것은 그 울음소리가 전혀 나에게 생경하지 않고 오랫동안 들어 귀에 익숙한 것처럼 친근하게 여겨진다는 점이었다. 어쩌면 그 울음소리는 바로 누이의 것일 수도 있었다. 아니면 비단 누이만이 아닌, 내가 알았던 저 모든 이들의 것인지도 몰랐다. 내가 울음소리에 귀를 기울이자 울음소리는 좀더 뚜렷하게 들려왔고, 어느 사이에 내 귀청을 가득 채우며 다른 소리들을 다 지운 채 종 내는 예의 그 울음소리만이 남아 우웅, 우웅, 에코로 울리는 것이었다.

"결국 누이마저도……"

나는 예의 울음소리를 들으며 자신도 모르게 소리를 내어 중얼거렸다. 그러자 가슴 한 편에서 시작되어 어떤 서늘한 바람이 전신을 휩싸며 불어오는 것이었다. 나는 갑자기 느끼는 오한으로 몸을 떨었다. 만일 누이마저 죽는다면 저 어린 시절부터 나를 얽매고 있던, 그리하여 내 인생에 어떤 범주範疇가 되었던 사람들은 모두 나를 떠나는 셈이었다. 어머니, 생부, 생부의 부인인 호적상의 어머니, 의부, 큰아버지, 큰어머니, 외삼촌, 외숙모, 이모, 이모부…… 우연인지 모르지만 그들은 저마다 제대로 온전한 죽음을 맞이한 이가 한 사람도 없었다.

모두 한결같이 비명횡사 아니면 병사로 소위 천수天壽와
는 거리가 먼 죽음이었다. 생부는 술이 취해 철도를 베개 삼
아 자다가 그대로 기차에 깔려 시신조차 제대로 추리지 못
할 정도였고, 어머니는 자식의 옥살이가 한스러운 나머지
대문 고리에 목을 매단 채 자진하였고, 아직 국민학생 시절
장날이면 항상 내 저금통 노릇을 하여주던 신기료 큰아버지
는 섣달 그믐날 저녁에 술에 취해 집에 돌아가다가 마을 앞
저수지 둑 밑에서 잠이 들어버렸고, 의부는 의부대로 몹시
외로운 말년을 맞아 생전에 단 한 번만이라도 자신이 길러
준 의붓자식인 나를 만나보기를 소원하면서 간 경화로 배에
복수가 가득 찬 채 눈을 감았고, 호적상의 어머니는 바람을
맞아 쓰러진 채 말 한마디 못하다가 사람들이 나를 인사시
키며 누군지 아느냐고 묻자 벌떡 일어나 '내 자식인데 내가
몰라?' 한마디 끝에 다시 쓰러졌고…… 그런 식으로 모두가
한결같이 심상치 않은 죽음을 맞이했다.

돌이켜보면 그들의 심상치 않은 죽음을 대할 때마다 나는
자신의 핍박한 인생과 결부하여 어쩔 수 없이 상처를 받곤
했다. 흔히 사람과 사람 사이의 어떤 얽힘을 쉽게 애증愛憎이

라고 표현하지만, 그들과 나 사이의 애증은 죽음에도 불구하고 결코 사라지지는 않았을 터이었다. 오히려 생전의 남달리 깊고 끈끈하게 얽힌 애증답게, 죽음은 그들과 나 사이의 애증에 무언가 새로운 것을 덧칠하는 데 지나지 않았을 터이었다.

결국 그들의 남다른 죽음은 언제부터인가 모르게 나에게 운명이니 팔자니 하는 것에 심약하게 만들어버렸다. 아마도 그들의 모질다면 모질었던 삶과 또한 그 삶 못지않게 모질었던 죽음을 나는 그런 방식이 아니고는 더 이상 어떻게도 달리 받아들일 수가 없었는지 몰랐다. 그리하여 저 어린 시절에서 벗어나 세상을 살아가면서 이제 그들과는 무관하게 내 스스로 만든 어떤 얽힘과 그 애증에서도, 나는 가까운 이들이 불행을 당하면 그 불행마저도 자신의 핍박한 인생과 연결시켜 내 탓으로 여기며 괴로워하곤 하였다.

내가 저 어린 시절부터 내 인생의 어떤 범주가 되어주었던 이들의 죽음이나 거기서 더 나아가 새롭게 얽히게 된 다른 이들의 불행을 더 이상 나의 인생과 결부시키지 않고 비교적 거리를 두고 대하게 된 것은 불과 얼마 전부터의 일이다. 어쩌면 그 거리란 것도 내 인생의 어느 부분인가를 방기放棄하고, 그렇게 한편으로는 운명론 따위의 일종의 허무에 빠지면서부터 갖게 된 역설적인 것인지도 몰랐다. 그런데 그렇듯 어렵사리 만들어낸 그들과 나 사이의 어떤 거리를 마치 비웃기라도 하듯이 이번에는 누이가 끼어든 것이었다. 그렇다. 아직도 모자란 무엇이 있어서 이번에는 드디어 누이인가?

어떻게 보면 나의 인생이란 어린시절 그들이 정해준 범주 그 이상도 그 이하도 아닐 것이었다. 또한 그 범주란 나로서는 좋고 싫은 선택의 여지가 없이 그대로 받아들일 수밖에 없는 어떤 것일 것이었다. 그런데 그 범주로 내 인생을 한정지었던 이들은 마침내 누이를 마지막으로 하여 모두 내게서 떠나가는 셈이었다. 어쩌면 누이야말로 남달리 모질었던 삶과 그에 못지않은 모진 죽음으로 나에게 누구보다 더 깊이 상처를 남길 터이었다. 내가 오한에 몸을 떠는 것은 너무도 당연하였다. 누이라는 마지막 범주마저 머지 않아 떠나가면 나는 저 범주들이 남긴 상처만 껴안은 채 드디어 혼자 남지 않으면 안되리라.

며칠 후에 병문안을 가자 누이는 나의 염려와는 달리 활달한 모습으로 나를 맞았다.

"어서 와라. 그렇지 않아도 네가 온다기에 밥도 안 먹고 기다렸지. 너 복요리 좋아하니?"

"난데없이 복은 무슨 복타령이우?"

내가 퉁을 주자,

"응, 복이 해독제로 간에 좋대잖니? 그래서 얼마 전부터 먹기 시작했는데 담백한 게 입맛에 여간 맞아야지. 좀 비싼 게 흠이지만 약 먹는 셈치고 사흘거리로 먹는다. 누구는 보신탕도 권하더라만 차마 거기까지는 못하겠더라. 생각만 해도 속이 니글거리며 헛구역이 치미는걸."

누이는 변명 겸해서 복요리를 먹게 된 사연을 늘어놓았다. 그리고 복덕방 가게를 열고 있는 매부에게 전화를 걸어 어떤 복집에서 만나기로 한 후에 나를 앞장세워 현관을 나섰다. 아파트의 엘리베이터에는 때마침 누이와 나뿐이어서 나는 그동안 못내 입을 근질근질하게 만들던 한마디를 농담 겸하여 뱉어냈다.

"아니, 복요리를 먹고도 입이 안 부르텄어?"

"부르트긴, 맛있기만 하던데."

누이가 미처 내 말귀를 못 알아듣는 눈치여서 나는 끝내 마지막 말까지 뱉어내야 했다.

"내 말은, 돈이 아까워서 어떻게 복요리를 먹냐고?"

"응, 돈? 인제 나 그렇게 살지 않기로 했다. 그렇지 않아도 요즘 곰곰이 생각해보니깐 암이란 게 딴 게 아냐. 내가 못 입고 못 먹으면서 세상 일을 너무 애면글면하다보니 생긴 병인 게야. 지금부터는 아직 힘이 남아 있을 때 하고 싶은 것 죄다 하고 먹고 싶은 것 다 먹고 구경하고 싶은 것 다 구경하려고 한다. 까짓 것, 앞으로 내가 살면 얼마나 살겠니?"

누이가 말하는 품이 너무 시원시원하여서 나는 그런 누이를 옆에서 지켜보며 이 여자가 정말 내 누이인가 싶을 지경이었다.

"어이구, 왜 진작에 그런 궁리가 없었을까? 병도 한 번 나볼 일이네. 인제야 비로소 문리가 트이는 걸 보니."

"그래, 병이 드니깐 좋은 점도 있더라. 죽을병만 아니라면 누구나 한 번씩 앓아볼 만해. 정말이지 내가 생각해도 어떻게 그렇게 답답하게 살아왔을까 싶어질 때가 많은걸. 어떤 때는 그런 나하고 같이 산 니 매부가 불쌍해지는 거 있지?"

내가 기억하는 한, 먹거나 입는 일에 누이가 단 한 번도 사치하는 것을 본 적이 없었다. 누이네가 영등포에서 세탁소로 자리를 잡은 것이 언제였던가. 1960년대 초였으니까

30년 이상이 된 셈이다. 황해도 피난민 출신인 이모부가 세탁소로 먼저 자리를 잡은 영등포에 바로 그 알음으로 매부가 올라와 세탁일을 배운 다음에, 당시 첫아이를 출산하고 잠시 친정살이를 하던 누이가 합솔하여 세탁소를 시작한 것이었다. 물론 매부나 누이 둘 다 젊은 몸뚱어리 하나만이 가진 재산의 전부였다.

둘은 영등포 문래동의 영단에 있는 미군부대 앞에 가게를 세내어 세탁소를 차려, 주로 양색시들을 상태로 매부는 다림질을 하고 누이는 헌옷 수선을 하며 그렇게 30년을 내리 살아온 것이었다. 단 한 번도 한눈을 파는 법 없이 30년을 애오라지 세탁소 일에만 매달린 채 살아오던 누이가 '그 지긋지긋한 연탄냄새'를 더 이상 맡을 수가 없어서 세탁소를 그만둔 것이 불과 세 해 전이었다. 하기는 매부와 누이 둘 다 60이 넘거나 가까운 나이여서 더 이상 세탁이나 헌옷 수선 따위 진일을 계속하기에는 무리였는지도 몰랐다. 둘은 세탁소 다음에는 복덕방을 차렸다.

세탁소 일로 단 하루도 손에서 물기가 마를 날이 없으면서도 누이는 틈틈이 아들 셋, 딸 셋 6남매를 낳아 길렀다. 물론 누이가 피임이나 유산 같은 방법을 몰랐을 리가 없어서,

생전의 어머니의 이야기에 따르면, 누이가 남들처럼 별로 건강하지도 못한 몸으로 그렇게 6남매를 낳아 기른 것은 순전히 누이의 욕심 때문이라는 것이었다. 어머니는 곧잘 고개를 설레설레 흔들며 '곰단지같이 지독한 년'이라고 흉을 보았다. 그런 욕심에 대해 누이 스스로 언젠가 나에게,

"우리 남매가 너무 외로워서 그게 한이 되었어야. 그래서 자식이라면 낳을 수 있는 한껏 모두 나려고 작정을 했던 거야."

변명삼아 밝힌 적이 있었다.

모르긴 해도 누이는 자신을 위해서는 단 한푼도 돈을 허투루 쓴 일이 없었을 터이었다. 세탁소 일이라는 것이 그렇듯이 재봉에서 나오는 먼지와 다림질하는 연탄가스, 헌옷 나부랭이의 악취에다가 사시사철 물빨래를 하다보니 다른 어떤 직업보다도 갖가지 질병에 걸리기 쉬웠는데, 누이도 언제부터인가 끊임없이 소화불량과 편두통, 기관지염, 신경통 따위 잔병에 시달렸다. 그 많은 잔병들을 누이는 결코 병원을 찾는 일이 없이 마이신이니 명랑이니 활명수니 하는 약물로만 견뎌냈을 터였다. 어쩌다 딸네집에 나들이라도 오면 어머니는 누이가 하는 양을 보며 못내 가슴 아파하였다.

"에구, 지 몸땡이 절딴나는 줄 모르구."

누이가 자신이 아닌 남에게까지 그렇게 인색한 것은 결코 아니었다. 누이네에는 6남매 외에도 항상 군식구가 끊이지 않았는데, 대학시절에는 나 또한 그런 누이네의 세탁소 다락방에서 일 년 남짓 군식구 노릇을 단단히 하였다. 시골의 가난한 미역장수인 어머니가 무리하여 나를 서울까지 유학시킨 배경에는, 설마 지 동생 뒷수발 하나 안 해주랴 하고, 얼마쯤은 누이네를 믿는 구석이 없지 않았을 터이었다.

그러나 군식구라면 역시 매부 쪽의 일가붙이들이었다. 고향이 전라도 남해안의 섬지방 출신인 매부의 집안은 형제들이 여간만 많지 않아서 모두 8남매인가 9남매였는데, 매부는 그중에 일곱째였다. 재미있는 것은 겨울이면 의부와 함께 해마다 단골이다시피 매부의 고향을 위시한 섬지방으로 김 따위 해산물을 사러 다니던 어머니가, 바로 매부네의 그렇듯 벌족한 집안을 마음에 들어한 나머지 결국 혼인을 맺은 점이었다. '당사자야 그만하면 처자식 굶겨죽이지는 않겠더라.' 너무 갑작스러운 결정에 놀라는 누이에게 어머니가 한 말은 그게 다였다. 당시 물에서는 사람 살 곳으로 여기지도 않아 혼인은커녕 섬놈이니 어쩌니 하면서 드러내놓고 비하하던 풍조였는데, 어머니는 그것마저도 무시한 체

하나밖에 없는 딸을 끝내 섬으로 시집보낸 것이었다.

　그렇듯 벌족한 매부의 시골 집안에, 그나마 서울에서 기반을 굳힌 사람은 매부밖에 없었다. 매부네는 당연히 시골과 서울 사이에 일종의 교두보 구실을 하였다. 그리하여 내가 대학시절부터 어쩌다가 매부네를 가보면 시골에서 갓 올라온 매부의 조카뻘 되는 이들이 두어 명씩 끊이지 않고 군식구 노릇을 하고 있었는데, 그런 군식구들은 짧게는 서너 달에서 길게는 일 년 남짓 지내다가 인근의 방직공장이며 혹은 신발공장으로 취직되어 가곤 하였다. 군식구들은 시골에서 갓 올라온 이들답게 순진하여서 곧잘 내 외조카들을 흉내내어 나에게도 삼춘, 삼춘 하며 따랐는데, 그중에 지금은 중년의 아주머니나 아저씨가 된 정자라거나 만석이 등을 추석이나 설 같은 명절 때면 아직도 매부네서 우연찮게 만나곤 하였다.

　그렇게 군식구들까지 들끓는 누이네의 먹성은 자연스레 싸면서도 양이 많은 것을 찾게 마련이어서 쇠고기 같은 비싼 육고기야 구경하기 힘들었지만 대신에 밥이나 반찬의 양이 부족한 적은 없었다. 그러한 먹성은 대체로 매부와 누이가 비슷하여서 매부는 누가 시키지 않아도 걸핏하면 가까운 영등포시장에 가서 여기저기를 기웃거리다가 떨이나 싸구려가 있으면 어깨에 짊어질 수 있는 한껏 사와서 식구대로 질릴 때까지 포식하게 하곤 하였는데, 계절에 따라서 꽁치나 정어리, 갈치, 동태 등 생선에서부터 소내장이나 돼지 삼겹살, 족발 따위 육류, 혹은 참외나 수박 같은 과일에 이르기까지 참으로 다양하였다. 하루 한 끼는 으레 생국수를 끓여먹었는데, 방금 국숫집의 기계에서 빼낸 생국수를 굵은 멸치 한주먹 집어넣고 한솥 가득 끓인 다음에 누구든지 먹고 싶은 양껏 스스로 퍼서 먹게 하는 식이었다.

그렇다고 누이의 음식솜씨가 조악한 것은 결코 아니었다. 바쁜 재봉일 틈틈이 얼렁뚱땅 만들어낸 음식들도 어디 하나 간이 제대로 맞지 않은 음식은 없었다. 그것은 어쩌면 누이가 당시 고향에서는 알아주던 어머니의 음식솜씨를 손맛으로 그대로 내림을 받은 덕분인지도 몰랐다. 처녓적의 누이는 역시 단출한 식구여서 음식 또한 여간만 깔끔하지 않았는데, 어찌나 보리쌀을 돌절구에 깨끗이 갈아냈는지, 얼핏 보아서는 사람들이 대개는 보리밥을 쌀밥으로 착각할 지경이었다. 지금도 기억이 나는 것은 우리 옆집에 살던 사진관집 아이로 나하고 한 학년이던 옥희라는 여자애가 우연히 우리 집 밥상을 보고 부러운 탄성을 지르던 일이다.

"너희는 하얀 쌀밥만 묵는구나!"

그런 누이가 이제 사흘거리로 복요리를 먹는다니 내가 놀라워하는 것도 무리는 아닐 터였다. 정말이지 누이로서는 복어 따위 고급 어류는 아예 구경조차 한 적이 없어서, 아마도 난생 처음으로 복요리를 먹어보는 셈일 것이었다. 누이와 내가 복집에 가서 복요리를 시킨 지 얼마 지나지 않아 곧이어 매부도 득달로 왔다. 이윽고 복어에다가 콩나물과 미나리를 넣고 맑게 끓여낸 복지리가 나왔고, 누이가 나에게 권했다.

"자, 어서 먹으렴, 부족하면 또 시키고."

누이의 말에 나는 매부를 건너다보았다.

"자, 매부, 누이 덕에 오늘 우리나 속 좀 풉시다. 참, 그러고 보니 소주도 한잔 안할 수가 없겠지요?"

매부는 가벼운 당뇨기가 있었는데도 워낙에 술을 좋아하는 편이어서 누이를 힐끔거리면서도 나를 향해 고개를 끄덕거렸다.

"좋지야아."

그런 매부를 누이가 가볍게 나무랐다.

"이 양반이 마냥 죽네사네 하면서도 아직까장 술이라면 정신을 못차려."

"그래도 오랜만에 처남이 권하는데 안할 수가 있어?"

매부가 내 잔을 받으며 변명을 했다.

"아이구, 불쌍한 우리 매부. 인자 술 한잔만 하려고 해도 마누라 눈치를 살피다니. 천하에 매부가 어쩌다가 이 지경이 되었소?"

내가 맞장구를 치자,

"글쎄 말이다. 누가 아니라니?"

매부가 벌쭉 웃으며 다시 누이를 힐끔거렸다. 그러자 누이가 나를 향해 과장된 몸짓으로 손사래를 쳐 보였다.

"얘, 눈치는 누가 누구 눈치를 살핀다고 그러니? 몸에 번연히 안 좋은 줄 알면서도 너무 술을 드니깐 그것만 잔소리 좀 하는 거지, 내 다른 건 돌아보지도 않는다. 좋으니 싫으니 해도 나 죽으면 저이가 늙은 홀아비가 되어 젤로 힘들 텐데 그것이 눈에 밟혀서 오히려 내가 저이 눈치 보느라고 정신이 없다."

"걱정도 팔자네. 누이 죽으면 내가 매부 새장가 보내주지, 뭐."

"아이구, 저런 답답한 이하고 또 누가 살아? 나나 되니까 애면글면 살았지."

내가 매부와 술잔을 주고받으면서 이따금씩 눈길을 주면, 누이는 주로 국물만을 한숟갈 한숟갈마다 마치 깊은 맛이라도 음미하듯이 진지한 표정으로 입에 흘려넣곤 하는 것이었다. 나는 누이의 그런 진지한 표정이 어쩐지 안타까워서 차라리 더욱 빠른 속도로 술잔을 털어 넣었는지도 몰랐다. 매부와 내가 소주 두 병을 비우고 식사가 끝났을 때는 나는 얼굴은 물론 눈시울까지 벌겋게 달아오른 느낌이었다.

식사 후에 매부는 다시 가게로 가고 나는 누이와 함께 누이네로 돌아왔다. 누이는 현관문을 들어서자 지금까지와는 달리 몹시 힘든 기색을 드러냈다.

"음식을 조금만 먹어도 쉽게 피곤해져야. 얘, 미안하지만 나 좀 누웠다 일어나야겠다."

누이가 안방에 마련된 병상에 눕고, 누이의 옆에 앉아 내가 물었다.

"뭐, 내가 도와줄 거 없어?"

누이는 눈자위가 움푹 꺼진 눈으로 웃으며 가만히 고개를 저었다.

"별스런 소릴 다 한다. 너두 힘든 줄 번연히 알면서 아프단

핑계로 신세만 지는데…… 건 그렇구, 미안하구나. 차도 한 잔 못 타주고…… 조금만 누워 있으면 곧 괜찮아질 거야."

"그런 말 하지 말고, 이리 내. 팔이나 주물러줄게."

내가 말과 함께 누이의 뼈만 앙상하게 만져지는 팔을 잡고 가만가만 주물러주자 누이는 기쁜 기색을 숨기지 않았다.

"별일이다? 네 손이 닿기만 하면 그렇게 시원할 수가 없구나, 애."

누이는 내가 팔을 주무르는 대로 몸을 맡기고 있더니 이윽고 나를 올려다보았다.

"아무리 생각해도 왜 내가 이런 일을 당해야 하는지 알 수가 없어야, 남한테 그렇게 모진 일을 하고 산 것도 없는데……"

"병이 사람 봐서 생기나? 누님 말마따나 너무 힘들게 살다보니까 그런 병이 생긴 거지."

"그래도……"

누이는 무언가 미심쩍은 표정이더니 이내 말머리를 돌렸다.

"점쟁이들도 못 믿겠더라. 나한테 엄니가 붙어서 아프다는데, 애, 생각해봐라. 아무리 억울한 죽음을 했다지만 죽어서까지 자식에게 해코지하는 부모가 어딨니?"

"그러니깐 굿하라고 했겠지?"

내 물음이 뜻밖이었는지 누이가 가볍게 놀란 표정을 지었다.

"어떻게 아니?"

"뻔하지. 그래야 점쟁이들도 먹고 살 테니깐. 허지만 나쁜 점쟁이들이네. 하필이면 죄 없는 엄니를 갖다 댈까? 또 설사 엄니가 억울해서 붙어도 당사자인 나한테 붙지 왜 누님한테 붙겠어? 그런 말 믿지 마."

"그렇지?"

나는 대답 대신에 누이를 내려다보며 고개를 끄덕거려 보였다. 누이는 적이 안심하는 눈치였다.

"그래도 점쟁이 말을 아주 안 믿지는 못하겠더라. 내가 살아오면서 엄니를 오죽이나 원망했었는데? 점쟁이들 말을 듣고 첨에는 내가 하도 엄니를 많이 원망해서 결국 엄니가 벌을 준 거라고 생각하기도 했거든. 그렇지만 곰곰이 다시 생각해보니깐 아무리 서운한들 자식한테 죽을병까지 줄 엄니가 아니잖니?"

누이는 말끝에 스스로에게 다짐이라도 하듯이 혼자서 고개까지 끄덕이는 것이었다.

"도대체 뭘 그렇게 원망했는데?"

내가 속으로 놀라면서도 겉으로는 무심하게 물었고,

"아이구, 말도 말아, 원망이야 하나부터 열까지 안한 게 없지. 우선 시집만 해도 그렇지, 하나밖에 없는 딸을 어떻게 섬으로 보내니? 돌이켜보면 내가 엄니를 탓하는 것도 모두 틀린 건 아니다. 결국 엄니가 나를 이렇게 만든 셈이니깐."

누이는 갑자기 눈빛을 세웠다.

"그 이야기는 나도 들어서 알아. 뭐, 매부 집안이 위낙에 벌족해 섬임에도 불구하고 보냈다며?"

"그것만이라면 뭣 땜에 엄니를 원망하니? 팔자에 자칫 결혼을 잘못했다간 내 명줄이 짧아서 얼마 못 살고 죽는다고 나왔다는 거야. 그래서 그걸 벌충하려면 뭐, 하혼인가 뭣인가 해서 좀 낮은 집안하고 혼인을 해야 한대나. 엄니는 사주쟁이 말만 믿고 날 섬으로 시집 보낸 거야. 아무리 목숨이 달린 사주쟁이 말이라지만 믿을 게 있고 안 믿을 게 있지, 어떻게 말 한마디에 자식을 덜컥 지옥같은 섬으로 시집을 보내니? 나도 자식을 키워봤지만 아무리 돌려 생각해도 자식에게 그딴 짓은 못 시키겠다. 목숨도 목숨이지만 여자한테는 결혼도 그에 못지않게 중요한 건데 그럴 수는 없어야. 지금 생각해도 엄니가 독하게만 여겨지는걸."

나는 누이의 이야기를 들으면서 새삼스럽게 고개를 끄덕였다. 누이의 결혼과 관련하여 오래전부터 가지고 있던 어떤 의문이 비로소 풀리는 기분이었다.

　"그랬었구면. 나도 하필이면 왜 누님이 섬으로 시집을 갔는지 그게 이해가 안 되었었거든."

　"너도 그랬었니?"

　"응."

　그러나 그게 전부는 아니었다. 나는 누이에게는 쉽게 대답하면서도 한편으로는 아직도 풀리지 않은 의문 하나가 나의 내부에서 뾰족하게 머리를 드는 것을 느꼈다.

　"하지만 사주쟁이가 아니더라도 엄니는 누님을 결코 좋은 데로 시집보내지 않았을걸."

　"아니, 건 또 무슨 말이니?"

　누이가 내 말에 놀란 기색을 보였다. 나는 그러나 누이의 물음에 구체적으로 무엇이라고 대답해줄 수가 없었다. 나는 나의 내부에서 머리를 든 의문이나 거기에 대한 해답이 맞는 것인지 어쩐지 스스로 자신이 서지 않았던 것이다. 나는 누이에게 실없이 웃어 보였다.

　"나도 잘 몰라. 허지만 어쩐지 엄니 맘을 알 것 같아서 그래. 나라도 그때 엄니였다면 그랬을 것 같으니까."

"얘가 점점 이상한 소리를 하네? 애, 사주쟁이 말이 아니라면 엄니가 무슨 억하심정으로 나를 좋은 데로는 시집을 안 보낸다는 거니?"

누이가 자칫 말싸움이라도 하는 양 언성을 높였고,

"엄니가 워낙에 팔자가 드세잖아?"

내가 스스로도 확신을 못 갖는 해답을 그렇게 반문하는 식으로 꺼냈다.

"그야 팔자가 드센들 엄니처럼 드센 사람이 또 있을라구?"

"엄니는 무서웠을 거야. 자식에 대해서 조금치라도 욕심을 부렸다가는 자칫 당신 팔자 때문에 자식들에게까지 그 화가 미칠까봐서. 그러다보니 누님한데도 그렇게 하혼 비슷하게 결혼을 시킨 거구."

"무서웠단 말이지?"

누이가 무언가 애매모호한 표정인 채 고개를 갸우뚱거렸다.

"내가 한 번은 이혼을 하려고 처하고 헤어져서 아이들을 데리고 엄니한테 간 적이 있었어. 엄니가 그때는 고향에서 화성 월문리로 막 올라왔을 때였지, 둘째는 아직 돌도 안 지난 핏덩이였다구. 그때 엄니가 울면서 나한테 뭐라고 한 줄 알아? 너 하란 대로 다 하마. 애들도 맡아 길러주마. 허지만 내 눈에 흙이 들어가기 전에는 이혼만은 안 된다. 니가 산꼴이 니는 징그럽지도 않냐, 그러더라구. 그 말이 너무 아파서 그 길로 집을 나가 한동안 엄니를 안 봤지."

"………"

"인제 내 말뜻 알겠어?"

아직도 모호한 표정인 누이에게 내가 못을 박자, 누이는 이윽고 고개를 끄덕거렸다.

"그래, 나도 니 매부랑 삼서 몇 번인가 헤어지려구 맘먹은 적도 있었다. 하지만 그때마다 엄니 생각함서 이를 악물고 참곤 했어야."

누이가 끝내 눈꼬리에 물기를 비쳤고, 나는 얼른 말머리를 돌렸다.

"건 그렇구, 시집갈 때 참 많이 울었지? 사람들도 누님 따라 덩달아 울었구. 누님 동무들은 숫제 누님을 둘러싸고 눈물바다였으니까. 그나저나 누님이 장승포에서 배 타고 떠날 때라니. 그때 울음소리가 시방도 들리는 것 같네."

겨울이었다. 가마에 오른 누이는 집에서 십리 남짓 떨어진 장승포 수문에 있는 선착장에서 난생 처음 배를 타고 역시 난생 처음 섬이란 곳을 향해 떠났는데, 어찌나 파도가 드세던지 조그만 발동선은 아예 무슨 낙엽처럼 금방이라도 뒤집힐 듯이 위태하게 너울거리는 것이었다. 그러나 그런 파도보다 더 거센 것은 바로 누이의 울부짖음이었다.

발동선에 태워진 누이는 연신 어머니와 내 이름을 부르며 금방이라도 까무러칠 듯이 울부짖었는데, 그런 누이의 울부짖음이 너무 처절하여 매부를 위시해서 상객으로 동행했던 매부의 일가들도 누구 하나 달랠 엄두조차 못낸 채 누이에게서 고개를 돌리던 것이었다. 설마 죽으러 가는 길인들 울부짖음이 누이처럼 처절하였으랴. 발동선은 그런 누이를 실은 채 거센 파도 속을 너울너울 흔들리며 뱃길을 따라 멀어져갔다.

"그래, 아마 내 평생에 그렇게 많이 울어본 게 그 후로는 별로 없지 싶다. 그때는 정말이지 그렇게 울다가 그만 죽어버렸으면 하고 바랐으니깐."

누이는 입으로는 애매하게 웃어 보였는데, 눈꼬리에는 아직도 축축한 물기가 고여 있었다. 그리고 어느 순간에 누이는 나에게서 고개를 돌리며 살며시 눈을 감았다. 누이에게 그 막막한 뱃길이라도 또다시 펼쳐지는 것일까.

나는 잠자코 누이의 얼굴을 들여다보았다. 눈자위에 시퍼렇게 어두운 빛이 어리고 얇은 살가죽 위로 광대뼈 따위만 울툭불툭 솟아오른 채 그렇게 병마에 시달린 누이의 얼굴에서, 나는 어쩔 수 없이 죽음의 그림자가 어른거리는 것을 보았다. 그러자 내 시야에는 그렇듯 죽음의 그림자가 어른거리는 얼굴에 겹쳐 언젠가의 누이의 또다른 얼굴이 살아오는 것이었다. 그것은 한 장의 사진 속에서 웃고 있는 처녀시절 누이의 얼굴이었다. 사진 속의 얼굴이 뚜렷해지자 불현듯 나는 가슴 저 밑에서부터 치밀어 오르는 어떤 그리움 때문에 거의 숨이 막힐 것 같은 기분이었다.

누이와 나는 열한살 터울이었는데, 내가 갓난아이 때부터 누이는 어머니 대신에 나를 도맡아 기른 셈이었다. 어머니는 의부와 함께 한 번 출행하면 두세 달이 좋이 걸리는 윗녘 장사에 나서기 일쑤여서 일 년이면 절반 이상을 집을 비운 채 객지를 떠돌며 살았다. 누이는 그렇게 어머니가 없는 집에서 어머니 노릇까지 대신하며 나를 키워냈는데, 그러다 보니 나는 다른 집의 오누이 관계처럼 누이와 앙숙이 되거나 다툼을 해본 적이 없었다. 일테면 누이라기보다는 차라리 어머니에 더 가까운 감정이어서 나로서는 매사에 어머니보다는 누이 쪽을 더 의존하고 살갑게 여겼던 것이다.

누이의 처녀 시절에는 어려운 어른이 없는 우리 집은 동네 처녀들의 마실방 노릇을 톡톡히 하여 매일같이 처녀들의 웃음소리가 끊이지 않았다. 누이와 동무들은 그렇게 모여 긴 겨울밤을 주로 수를 놓으며 유행가를 부르거나 이야기꽃을 피웠다. 누이들이 부르는 노래를 나는 옆에서 콧노래로 흥얼흥얼 따라 배웠는데, 아직 전쟁의 여파가 가시지 않은 1950년대의 소위 쌍팔년도라 주로 울며 헤어진 부산항, 호남선 편지, 울고 싶은 인생선, 카츄샤, 무너진 사랑탑, 그리운 영란의 꽃, 인도의 등불 같은 애조 띤 노래였다. 처녀들 중에서 비교적 새침데기였던 누이는 차례가 되면 눈을 내리깔고, 성당 앞 계단마다 발자욱 남기며 눈송이 맞으면서…… 어쩌구 하는, 어린 내가 들어도 다른 처녀들에 비하여 더없이 심심한 노래를 부르곤 하였다.

그러다가 정작 누이가 시집을 가버리자 아직 국민학교 5학년의 어린 나로서는 하루아침에 몰려온 어떤 고적孤寂을 견딜 수가 없었다. 더군다나 겨울이 깊어서 어머니마저도 의부와 함께 윗녘 장사를 떠나버리자 나는 매일같이 해만 지면 눈물바람일 수밖에 없었다. 어머니는 혼자 남는 나를 위해 가겟방을 세주어 그 사람들에게 끼니며 빨래 등 뒷바라지를 부탁했지만 그렇다고 가겟방 사람들이 나의 외로움이나 쓸쓸함까지 없애주지는 못했다.

나는 그런 외로움과 쓸쓸함 속에서 비로소 누이가 그때까지 나에게 얼마나 포근하고 풍성한 요람 같은 것이었는지를 온몸이 시리게 깨달았을 터이었다. 겨울밤이 깊어지면 기다렸다는 듯이 한실 골짜기에서부터 밀어닥친 칼바람이 소리도 요란스럽게 장터의 빈 가게들을 우웅, 우웅, 울리는 것이었는데, 그러면 나는 어쩔 수 없이 그 바람소리를 따라 히잉, 히잉, 울곤 하였다. 그렇게 울면서 나는 어머니보다는 누이를 더 소리쳐 불렀을 것이었다. 그런 나의 두 손에는 누이의 사진이 쥐어 있었다. 일테면 당시의 나로서는 누이가 떠나버리자 찾아온 난데없는 외로움과 쓸쓸함에 대항하여 싸울 무기가 애오라지 누이의 사진밖에는 없었던 셈이었다.

"누님을 욕심내던 총각들도 그리 많았는데……"

내가 혼잣말처럼 중얼거리자 누이가 가만히 눈을 뜨고 나를 흘겼다.

"왜, 부끄러워?"

내가 짓궂게 웃으며 누이의 시선을 맞받자,

"못써, 사람을 놀리면."

누이가 손을 들어 나를 때리는 시늉을 하였다. 나는 그런 누이에게 이번에는 정색을 했다.

"나, 고백 하나 할까?"

"……?"

"누님 처녀 때 말이야, 내가 가끔씩 누님 사진 훔쳐다가 장터 총각들한테 팔아먹었던 거 모르지?"

"그럼, 그게 다 네 짓이었구나?"

누님은 아픈 사람답지 않게 벌떡 몸을 일으켰다.

"응. 누님 사진을 주면 총각들이 돈을 줬거든. 거기엔 국민학교 미술선생도 있었어. 또 면사무소 직원이랑 새재여관 집 큰아들도 있었고."

"그랬구나. 총각들이 내 사진을 갖고 다님서 나한테서 받았다고 소문들을 내서 이상하다 이상하다 했더니만. 나중에는 그 소문이 결국 엄니한테까지 알려져 가지고 억울하게 나만 얼마나 혼난 줄 아니? 아니 땐 굴뚝에 연기 나냐면서. 아이구, 그때 맞은 매라니. 엄니가 아예 너 죽고 나 죽자면서 얼마나 모지락스럽게 때렸는지 며칠을 두고 운신을 못했어야. 아마 태어나서 처음으로 그렇게 맞았을 거이다. 지금도 끔찍하다, 얘. 그러구 보니 결국 난 너 때문에 섬으로 시집간 셈이야. 엄니는 그 소문들이 사실인 줄 알고 자칫하면 큰일난다 싶어 그 길로 서둘러 날 시집 보낸 거야."

누이는 별로 쓰지 않던 사투리까지 섞어가며, 벌써 삼십 년이 훨씬 지나 사십 년 가까운 세월이 지난 이야기인데도 뭔가 억울한 기색을 감추지 않았다.

"아이구, 미안해서 어쩌나. 거기까지는 모르고 공연히 긁어 부스럼 냈네. 잘못하면 인제 나가 엄니 대신에 원망 다 뒤집어쓰겠구먼. 사실은 그때 나도 누님이 매마즌 것이 사진 때문인지는 알았지만 선뜻 내가 그랬다고 나서지 못하겠드라고. 엄니가 어떤 엄닌디 그런 나를 가만히 놔두겠어? 이번에는 나가 반죽음 되었겠지."

나는 두 손을 맞비벼 비는 시늉을 하였다. 그리고 누이가 내 말에 뭐라고 통을 주기 전에 얼른 딴청을 부렸다.

"실은 나 지금도 그때 누님 사진을 갖고 있어."

"아니, 어떻게?"

"그때 총각들한테 다 준 게 아니고 한 장은 남겨놓았었거든."

눈물로 얼룩지고 손아귀 안에서 구겨진 채 빛바랜 그 사진은 내 책상 서랍의 어딘가에서 아직까지도 스무살 무렵의 꿈꾸는 표정으로 곱게 웃고 있을 터이었다.

"애는 곰살맞게 별짓을 다 한다. 그깐 사진을 남겨놓을 건 뭐람."

누이는 뭔가 간지러운 표정으로 나에게 눈을 흘겼다. 그런 누이에게 나는 누이의 사진이 어린 내가 감당하기에는 너무 벅찬 외로움과 쓸쓸함과의 싸움에서 나에게 어떤 식으로 무기가 되었는지에 대해서는 차마 말하지 못했다.

"총각들이 그래싸니까 나도 덩달아서 누이가 예뻐 보였거든."

대신에 나는 그런 말로 얼버무렸다.

"허긴 막상 나도 처녓적 사진은 간직한 게 없는데, 신통하다 얘."

누이는 또다시 나에게 눈을 흘겨 보였는데, 생각 탓이었을까. 그런 누이의 야윈 볼에는 뜻밖에도 무슨 노을 같은 붉은 기운이 있는 듯 없는 듯 희미하게 서리는 것이었다. 그러자 내 입에서 불쑥 생각지도 않은 말이 튀어나왔다.

"새재나 한 번 다녀오지 그래?"

새재는 바로 누이와 내가 나고 자란 고향이었다.

"새재?"

누이는 내 말에 그 큰 눈을 더욱 커다랗게 만들어 나를 바라보았다.

"서울로 올라온 후에는 한 번도 못 가봤지?"

"응."

"그러니까 한 번 가봐. 아직도 누님 동무들이 몇명 살고 있을텐데? 광순이 누님도 있고, 영옥이 누님도 있고, 정례 누님도 있고……"

내가 누이의 동무들을 헤아리자 누이가 설레설레 고개를 저었다.

"아니, 왜?"

"이렇게 다 죽게 되어가지고 아는 사람들 만나면 뭐하니? 공연히 흉한 꼴만 보이고, 사람들 눈짓물이 노릇이나 할 텐데."

누이가 쓸쓸하게 웃었다. 나는 그런 누이를 지켜보며, 어쩐지 공연한 말을 꺼냈다 싶은 자책을 떼칠 수가 없었다.

"그렇지만 동무들이 보고 싶구나. 다들 어떻게 사는지."

누이가 아직도 쓸쓸함이 지워지지 않은 표정으로 한숨처럼 말했다.

"누가 제일 보고 싶은데?"

나는 누이의 눈치를 살피며 조심스럽게 물었다.

"응, 사진관집 옥자도 보고 싶고, 참, 필순이도 보고 싶고……"

누이는 예의 눈자위가 움푹 꺼진 눈을 들어 잠시 먼 곳을 바라보는 눈빛이 되었다.

"필순이라면?"

"응, 거 왜 사법서산가 뭔가 하는 인사 소실로 간 필순이 있잖니? 그 가시내 복도 지지리 없지, 글쎄. 그 인사 큰마누라가 딸만 여섯을 낳아서 아들 하나 얻으려고 씨받이 비슷하게 소실을 들였는데 필순이 그 가시내가 또 내리 딸만 둘을 낳았댔잖았어? 그래가지고 결국 거기서도 소박맞고 보성 읍내에 가서 술집을 차렸댔는데, 어떻게 살아는 있는지……"

누이의 야윈 볼에는 여전히 무슨 노을 같은 붉은 기운이 연짓빛으로 가볍게 서려 있었다.

"참, 누님. 막순이 누님 알지? 왜, 첫날밤에 하룻밤 풋사랑이란 노래를 불러가지고 결혼한 당장에 쫓겨났던 그 막순이 누님 말이야."

"알지, 그 유명짜한 막순이를 왜 모르겠니? 근데 하룻밤 풋사랑이란 노래 가사가 어떻게 되더라? 노래를 안 부른지

하두 오래되니깐 가사도 모르겠다, 애."

"하룻밤 풋사랑에 이 밤을 새우고 사랑에 못이 박혀 흐르는 누운 물, 손수건 적시며 이별만 남기고, 어쩌구 하는 노래야."

"세상에 첫날밤에 그런 노래를 부른 막순이도 바보지만 그렇다고 그런 노래를 트집 잡아서 소박까지 놓는 사람이 어딨니? 바보라도 막순이보다 더 꽉 막힌 바보지."

"막순이 누님 다시 시집가서 얼마나 잘사는데? 몇년간 악착같이 생선장사를 하더니 논도 몇 마지기나 샀다던데. 머슴 출신인 남편이 막순이 누님을 좋아서 죽는다더라구. 그 막순이 누님은 어쩌다 내가 새재 내려갈 때마다 잊지 않고 반드시 누님 안부를 묻던데."

"그러니? 처녀 때는 막순이가 너무 맹하다고 따돌리며 동무도 안 해줬는데."

누이와 나는 생각이 나는 대로 누이의 동무들 이름을 대며 그때마다 서로 처녓적의 그네들 모습을 떠올리곤 했다. 누이는 적잖이 감회가 깊은 표정으로, 보고 싶구나, 참말로 죽기 전에 다들 한 번만이라도 만나고 싶구나, 하면서 연신 먼 곳을 바라보았다. 누이가 그렇게 기꺼워하기 때문일까,

방심한 나의 입에서 불쑥 엉뚱한 질문이 튀어 나왔다.

"아버지는 안 보고 싶어?"

나는 그렇게 묻는 순간 아차, 했지만 늦은 다음이었다. 누이는 이미 그 큰 눈을 더욱 크게 만들고 있었다.

"아버지라면…… 네 아버지…… 말이니?"

누이는 그렇게 큰 눈을 한 채, 마치 누이와 나 사이에 얇은 유리그릇이라도 두고 서로 어루만지듯 조심스러운 말투였다. 나는 짧은 순간 깊이 숨을 들이마셨다. 그리고 정면으로 누이를 바라보았다. 나로서는 어차피 내친김이었고, 이 기회에 누이와 나 사이에 얽힌 무엇인가를 풀어내지 않으면 안 되었다.

"아니, 누님 아버지 말야."

비록 한 어머니의 살과 피를 나누어 가진 오누이지만, 지금까지 살아오면서 나로서는 누이에게 단 하나 금기로 지켜왔던 것이 바로 누이의 아버지에 대한 부분이었다. 나는 적잖은 궁금증에도 불구하고 누이는 고사하고 어머니에게마저 누이의 아버지에 대해서는 제대로 운조차 떼본 적이 없었다. 무언가 본능적인 느낌이 나에게 그런 금기를 만들었을 터이었다. 어쩌면 아버지에 대한 물음 자체만으로도 누이에게는 그대로 상처가 되었을지도 몰랐다. 적어도 누이가 한 사내의 지어미가 되고 그렇게 아이들을 낳고, 그리하여 그 아이들에게 아버지가 어떤 의미가 되는가를 스스로 깨닫기 전까지는.

"인제 돌아가셨겠지."

누이는 내 물음에는 가타부타 대답이 없이 딴청을 피우듯 말했다.

"연세가 어떻게 되신대?"

내가 물었고,

"엄니보다 네 살 많으니깐…… 살았으면 여든둘인가부다."

누이는 일부러인 듯 억양이 없는 목소리였다. 그러더니 누이는 이윽고 깊이 한숨을 쉬었다.

"다 부질없구나. 난 그래도 언젠가 한 번은 만날 줄 알았는데……"

누이의 한숨이 너무 침중해 보여 나로서는 무어라고 끼어들 틈이 없어서 잠자코 침묵을 지켰다. 그러자 누이가 다시 입을 열었다.

"적어도 엄니가 돌아가시기 전까지는 나는 아버지를 한 번은 만날 것이라고 생각했어야. 왜냐하면 그때까지만 해도 호적에는 둘이 부부로 되어 있는 것으로 믿었으니까."

"아니, 어떻게 그때까지 두 분이 호적에 부부로 되어 있으리라고 믿었어?"

내가 어쩔 수 없이 놀란 눈을 했다.

"그래, 내가 시집갈 때까지도 엄니하고 아버지는 호적상 부부였거든. 그래서 틈날 때마다 엄니한테 절대로 내 허락 없이는 호적을 떼주지 말라고 신신당부를 했다. 그런데 엄니가 돌아가시고 나서 알아보니까 벌써 십 년도 훨씬 전에 호적을 떼줘버렸더구나."

누이는 새삼스럽게 분한 눈빛을 했다. 나는 그런 누이를 차마 정면으로 볼 수가 없어서 슬그머니 눈길을 돌려버렸다.

누이의 아버지는 어머니의 첫 남편이었다. 어머니 생전에 이따금씩 흘려들은 이야기에 의하면, 인근에 알려진 한학자이자 서당 훈장인 외할아버지가 평소부터 시회詩會로 교분이 있던 이와 서로 사돈을 맺은 것이었다. 빈한한 서당 훈장인 외할아버지 집안과는 달리, 한 고을을 이웃한 고흥 읍내에서 누이의 아버지 집안은 일제시대에 벌써부터 정미소까지 지닌 토호였다.

그런 토호 집안으로 어머니는 빈한한 서당 훈장의 딸답게 제대로 된 혼숫감 하나 없이 몸뚱이 하나만 달랑 가는 식으로 시집을 갔는데, 너무 기우는 혼인에 못마땅해 하던 시어머니의 시집살이가 처음부터 다짜고짜 너무 혹독하였다. 어머니는 첫아이인 누이를 낳고 얼마 지나지 않아 더 이상 시집살이를 참아내지 못하고 친정으로 돌아와버렸다.

"엄니한테 얼핏 들은 얘기로는 시집살이가 너무 고달파서 끝내 못살고 헤어졌다고 그러던데……"

내가 다시 누이를 정면으로 보며 드디어 핵심부분을 건드리자 누이는 이번에는 눈꼬리를 빳빳하게 올려 세웠다.

"흠, 엄니가 그랬다고? 모르는 소리 말어."

"뭘? 엄니는 시어머니 되는 이가 심지어 엄니가 새색시 시절부터 머리 빗는 것은커녕 세수하는 꼴도 못본 채, 이년아 얼굴 좀 반반허다고 그렇게 낯바닥 간수해갖고 난중에 기생 나갈래, 하면서 구박했다고 흉보던걸."

"그깟 건 아무것도 아니야. 정작 엄니하고 아버지가 헤어지게 된 것은 순전히 외할머니 때문이야."

"외할머니?"

"아이구, 말도 마. 그런 억척이 어디 또 있는 줄 아니? 새재에서는 누구도 외할머니를 당해내는 사람이 없었으니까.

오죽하면 외할머니 별명이 아라사 병정이었겠니?"

"아라사 병정?"

"그때는 무서운 사람을 보면 무조건 아라사 병정, 아라사 병정, 그랬으니까."

나의 염려와는 달리, 누이는 전혀 언짢아하거나 달리 마음에 두는 기색이 없이 누이의 아버지에 대하여 쉽게 이야기를 털어놓았다.

누이에 의하면, 고부간의 관계와는 달리 부부간의 금슬은 좋은 편이어서, 어머니가 그렇게 친정으로 돌아와버려도 누이의 아버지는 인연을 끊지 않고 자주 처가를 왕래하였다. 그러자 이번에는 외할머니가 그런 사위를 못마땅해 했다. 평소에 서당 훈장답게 생활에는 전혀 무능한 외할아버지와는 반대로 외할머니는 가까운 장승포에서 생선을 받아다가 인근을 돌아다니며 쌀이나 보리 같은 곡식을 교환하여 집안 살림을 꾸려간 억척이었다. 그런 억척답게 외할머니는 어쩌다 시비가 붙으면 웬만한 남정네는 적잖은 망신 끝에 혀를 내두르며 돌아서게 만들곤 하였다.

"한 번은 외할아버지가 여름에 큰비가 오는 것도 모른 채 책을 읽고 계셨단다. 그러다보니 마당에 널어놓았던 멍석의

곡식이 비에 다 떠내려가는 줄도 몰랐지. 나중에 집에 온 외할머니가 그 꼴을 보고 그만 외할아버지한테 달려들어 수염을 죄다 뽑았다지 않니?"

"이제 보니 엄니 성미가 드센 건 외할머니를 닮았구나."

내가 누이의 말에 관심을 보이며 어머니까지 끌어들이자,

"누가 아니래니? 그러잖아도 그 어미에 그 딸이라고 흉들을 많이 보았지. 사람들 흉이 아니라도 어머니가 여간만 드세니? 성미가 그러니깐 팔자도 그 모양이지. 남들 같으면 시집살이도 웬만하면 참고 견뎠으련만."

누이는 살아 있지도 않은 어머니를 향하여 입술을 삐쭉해 보였다.

"그 외할머니가 어떻게 했길래 두 분이 헤어졌어?"

나는 자칫 무언가 언저리에서 빙빙 맴도는 이야기를 좀더 핵심 가까이 끌어당겼다.

"한 번은 아버지가 찾아와서 어머니와 서로 티격태격 말다툼을 벌인 모양이더라. 집으로 돌아가자는 둥, 못 간다는 둥. 그러자 외할머니가 느닷없이 아버지한테 달려들어 마구 뺨을 때렸다잖니? 아버지는 그길로 돌아가서는 그만이었지."

"………"

"생각해봐라. 세상에 어느 사위가 장모한테 매를 맞고 참 겠니? 아버지도 이번에는 단단히 마음 다잡고 단념한 거지. 나중에 들린 소문에 의하면, 아버지는 인천에 있는 숙부 되는 이의 공장에서 지낸 모양이더라."

누이는 단호한 표정이 되어 드러내놓고 누이 아버지의 역성을 들었다. 내가 누이의 눈치를 살피며 잠자코 있자 누이가 다시 말을 이었다.

"얼마 안 있다가 엄니도 이내 새재를 뗬어야. 양복기술자하고 만주로 가서 동업으로 양복점을 했대요."

아마도 일인들의 수탈에 더 이상 견뎌내지 못한 남도 일대의 소작농들이, 때마침 불어온 만주개발의 바람을 타고, 유맹流氓이 되어 너나없이 처자식들을 거느린 채 북쪽으로 떠나던 무렵이었을 터이었다.

"그럼 누님은?"

내가 묻자,

"나?"

누이가 되물었다. 그리고 어느 사이에 눈물이 그렁해진 눈길로 흘기듯 나를 보았다.

"난 그대로 천덕꾸러기가 되어 외갓집에 남겨졌지. 그때

난 네 살이었다."

누이는 그렇게 천덕꾸러기가 되어 외갓집에서 살았다. 외할아버지 내외와 큰외삼촌 내외가 함께 기거한 외갓집은 가메뚝이라고 불리는 냇가 마을이었는데, 하구가 멀지 않은 곳으로, 원래 한적한 바닷가 마을이었다가 누이가 태어나기 얼마 전에 끝난 간척사업 덕분으로 이제는 드넓은 간척지 가운데 자리하고 있었다. 누이는 거기서 누이 말대로 어미아비의 얼굴도 잘 기억하지 못한 채 어린 천덕꾸러기로 자랐을 터이었다. 누이의 이야기를 듣고 있자 나의 시야에는 문득, 무명저고리 치맛바람의 네 살짜리 계집아이가 해질녘의 바다를 바라보며 훌쩍이며 울고 있는 모습이 무슨 남은 사진처럼 펼쳐지는 것이었다. 그런 누이의 모습은 흡사 송곳으로라도 찌르듯 나의 동공에 아프게 박혀왔다.

해방이 되어 어머니가 만주에서 돌아올 때 누이는 이미 아홉살로 국민학교 3학년에 다니고 있었다.

"엄니는 만주에서 얼마나 돈을 많이 벌었는지 아니? 엄니가 두고두고 하는 말이, 그 돈이면 외갓집 일대 논을 죄다 사고도 남았대요. 엄니는 그 돈을 혹시 중간에 잃을까 몰라 모두 이불 속에 낱낱이 누벼 넣어서 외갓집으로 보내곤 했다는 거야. 그렇게 많은 돈을 보냈더니, 글쎄, 외삼촌이 몽땅 노름으로 날려버렸지 뭐냐? 해방이 되어 엄니가 돌아와보니 그 잘난 외삼촌은 이미 한푼도 없는 알거지 신세인걸. 외할아버지는 벌써 돌아가셨고."

"그럼, 누님은 아버지 얼굴도 전혀 기억하지 못하겠네?"

내가 다시 아버지를 들먹였고,

"아니."

누이는 고개를 저었다.

"아니, 누님 이야기에 따르면 네 살 무렵에 아버지와 헤어졌다며? 그런데 어떻게 아버지 얼굴을 기억한다는 거야?"

"그 뒤로도 한 번 봤어."

누이는 나를 향해 웃어 보이려는 듯 얼핏 입꼬리를 비틀더니 이내 고개를 숙여버렸다.

"언제?"

다시 고개를 든 누이의 두 눈에는 가득히 눈물이 고였다가 끝내 방울이 되어 떨어졌다. 누이가 그렇게 눈물을 떨구더니 이번에는 흑, 하고 느끼는 소리를 냈다.

"해방이 되자 아버지도 고흥 집으로 돌아온 모양이더라. 그래서 엄니를 만나러 왔지 뭐니. 다시 엄니를 데려가려고 말이야. 아버지는 그때까지도 아직 재혼을 않고 엄니를 기다렸던 거야. 그런데, 그런데……"

누이가 끝내 말을 잇지 못한 채 울음을 터뜨리고 말았다. 그렇게 한 번 울음이 터지자 누이의 두 눈에서는 마치 봇물이라도 터져나오듯이 거침없이 눈물이 쏟아져내리는 것이었다.

"그때 엄니 몸속에는 이미…… 니가…… 니가…… 들어 있었지 뭐니."

아아, 움푹 꺼진 눈자위에는 시퍼렇게 어두운 빛이 깃들인 채 그렇게 이미 죽음의 그림자가 어른거리는 몸속의 어디에 저렇듯 많은 눈물이 감추어져 있었던 것일까. 나는 망연하여 손끝 하나 까딱하지 못한 채 누이가 우는 대로 보고만 있었다. 한식경을 좋이 누이는 그렇게 흐느껴 울더니 이윽고 울음을 멈추었다.

"난 열한 살이었다. 어렴풋하게 알 건 다 알 때였지. 물론 왜 엄니가 아버지를 못 따라가는지도 알았지. 허지만 아버지가 나만이라도 데려가려고 했을 때 엄니하고 함께 안 가면 나도 안 가겠다고 발버둥을 쳤다. 얼마나 내가 울며 소란을 부렸으면 아버지가 결국 혼자 갔겠니?"

어느 순간 나는 눈앞이 뿌옇게 흐려지며 시야에서 차츰 누이의 모습이 지워지는 것을 보았다. 그리고 그렇게 누이가 지워진 채 뿌연 나의 시야에 전혀 예상치 못했던 엉뚱한 모습이 떠오르는 것이었다. 한 태아가 뱃속에서 꿈틀거리고 있었다. 미처 눈도 뜨지 못한 태아는 굳게 움켜쥔 주먹과 앙상한 다리로 어딘가를 향해 필사적으로 휘젓는 것이었다. 그런 태아의 바로 앞에서는 아버지의 바짓가랑이를 움켜쥔 채 맨땅을 뒹굴며 누이가 울부짖고 있었다. 그리고 보면 태아는 어머니의 뱃속에서, 바로 누이의 동작을 그대로 흉냇짓하고 있었던 것이었다. 물론 전혀 황당한 환시였지만, 나는 그런 태아의 모습에서 결코 고개를 돌릴 수가 없었다. 아아, 돌이켜보면 나는 결국 누이의 눈물로 태어난 게 아니랴.

"내가 많이 미웠겠네?"

이윽고 나의 시야에서 예의 태아의 모습이 사라졌을 때 나는 어쩔 수 없이 코맹맹이 소리로 누이에게 물었다. 내 물음에 누이는 대뜸 고개를 저었다.

"한 번도 너를 미워해본 적이 없어야. 대신에 니 아버지는 나가 참말로 미워했다. 당시 나 생각에는 모든 것이 다 니 아버지 때문이었응께. 니 아버지를 보기만 하면, 가시요, 가서 다시는 오지 마시요, 하고 볼 때마다 막 떠밀었어야. 나가 그라면 니 아버지는 빙긋이 웃음서, 왜 애기는 그렇게 이뻐함서 나는 그렇게 미워하냐고. 그 애기가 누가 맹근 애긴줄 알기나 하냐고 나보고 물었어야. 나는 나대로, 애기야 나동상인게 이뻐하지라우, 그람서 대들고. 물론 나는 니 아버지보고 단 한 번도 아버지 소리를 해본 적도 없었고. 아무리 어린애라지만 왜 그렇게 속이 좁았을끄나? 니 아버지한테는 시방도 미안하다야."

누이는 다시 사투리를 섞어가며 마치 엊그제의 일인 듯 내 아버지에 대해 실감있게 말했다. 누이의 말을 들으며 나는 잠자코 고개를 끄덕거렸다. 그러자 누이가 갑자기 눈빛을 반짝, 빛냈다.

"살다보니 이런 날도 있구나."

"……?"

"아버지 일만 생각하면 한이 맺혀서 나는 죽어서도 제대로 눈을 못 감을 것 같았어야. 그런데 이렇게 이야기를 하다보니 이제 가슴속에 맺혔던 것들이 죄다 풀린 기분이다. 참말로 가슴까지 다 시원해지는 걸."

누이는 말끝에 한 손으로 앙상한 가슴까지 가리키며 나에게 빙긋이 웃어 보였다. 그리고 말을 이었다.

"고맙다. 이게 다 니가 나한테 살갑게 맘을 쓴 덕분이다. 니가 없었으면 이런 일을 꿈엔들 생각했겠니. 그대로 가슴에 품은 채 무덤까지 갔겠지. 이제 죽어도 편하게 눈을 감을 것 같다."

누이는 또다시 나에게 빙긋이 웃어 보였다. 어딘지 한구석에 허탈한 느낌도 없지 않은 누이의 미소를 지켜보며 나는 불현듯 누이에게 죄라도 지은 느낌이었다. 그런 나의 죄책감에는 아랑곳없이 누이가 마치 맛있는 음식이라도 포만한 것처럼 크게 하품을 하더니 나에게 물었다.

"얘, 나 좀 누워도 되겠지?"

내가 고개를 끄덕이자 누이는 자리에 눕더니 다시 나를 올려다보았다.

"엄니를 만나면 할 말이 많겠지? 나 인제 엄니한테도 부끄러울 거 없다."

누이는 여전히 포만한 표정인 채 살며시 눈을 감았다. 나는 어떤 죄책감에 눌려 마치 훔쳐보듯 누이의 얼굴을 힐끔거렸다. 그러자 입가에 아직도 미소가 사라지지 않은 누이의 야윈 뺨에는 또다시 무슨 노을 같은 붉은 기운이 있는 듯 없는 듯 서리는 것이었다. 누이의 그런 얼굴을 보고 있자 나는 비로소 누이의 말이 어떤 실감을 지닌 채 다가오는 것이었다.

"엄니를 만나면 할 말이 많겠지? 나 인제 엄니한테도 부끄러운 거 없다."

야윈 뺨에 아직도 붉은 기운이 가시지 않은 누이의 표정은 더없이 아늑하고 따스해 보였다. 그래서였을까. 짧은 순간, 누이의 생애가 전혀 새로운 의미를 띤 채 무슨 슬라이드 화면처럼 떠올랐다 사라지고 다시 떠오르는 것이었다. 그렇게 떠올랐다 사라지고 다시 떠오르는 누이의 생애를 지켜보며, 나는 어쩌면 누이야말로 세상에 누구보다도 가장 소중한 삶을 살아낸 사람인지도 모른다고 생각했다.

아아, 그러고 보면 나에게 누이란 무엇이었던가. 상처. 그렇다. 언제부터인지 모르게 나는 누이나 누이의 죽음을 내 핍박한 인생과 결부시켜 단지 상처로밖에 여기지 않았다. 마치 내 인생에 범주가 되어준 저 많은 이들의 남달리 모진 삶과 그리고 그런 삶 끝에 맞이한 죽음처럼. 나에게는 그렇듯 상처일 뿐이었던 누이가 세상에 누구보다도 더없이 소중한 사람처럼 느껴지는 그 변화를 나는 부끄러운 마음으로 인정했다.

돌이켜보면, 내가 부끄러워해야 할 이들은 비단 누이만이 아닐지도 몰랐다. 저 많은 이들, 내가 단순히 상처로만 치부하여, 그 이상은 더 애증에 얽매여들기를 단호히 거부했던 이들, 어머니, 생부, 의부, 호적상의 어머니, 큰아버지, 이모, 이모부…… 저 많은 이들을 어쩌면 나는 다시 만나야 할지도 몰랐다. 그리하여 그들 한사람 한사람에게서 전혀 새로운 의미를 발견해야 하는지도.

밤이 되어 정룡이를 위시한 외조카들이 돌아와서야 나는 누이의 아파트를 나왔다. 그리고 가까운 지하철역 입구에서 나는 무심코 뒤를 돌아보았다. 무언가, 향기가, 내가 지금까지 한 번도 맡아보지 못했던 어떤 향기가 있는 듯 없는 듯 코끝을 스치고 지나가는 것이었다.

내가 뒤를 돌아보았을 때, 거기에는 아무도 없었다. 대신에 저멀리 누이의 아파트가, 창문마다 마치 고단한 꿈이라도 꾸고 있는 듯한 불빛들을 어둠속에 쏟아내고 있을 뿐이었다. 어쩌면 그 향기는 저 불빛들 중의 한 곳에서 스며나오고 있을지도 몰랐다. 아니, 어쩌면 저 불빛들 전체가 하나의 향기가 되어 나에게 스며오는 것인지도.

아름다운 얼굴

  좀 엉뚱하지만 나는 아름다움에 대해서 이야기하고 싶다. 누군가는 이 서두만을 대하고도, 원, 나이가 얼만데 아직까지 아름다움 운운한담, 하고 얼핏 눈살을 찌푸릴지도 모르지만, 나 자신으로서는 그런 오해를 무릅쓸 수밖에는 다른 도리가 없다.

  문학을 삶의 어떠한 가치보다 우위에 놓고 그것에 끌려다니던 문학청년 시절의 탐미주의부터 비롯하여, 머지않아 쉰을 바라보는 나이에 이르러서도 아직껏 아름다움 따위를 찾는다면, 남들에게 철이 없거나 얼마쯤 덜떨어지게 보이리라는 것을 모르지는 않는다. 그러나 어쭙잖게 고백하건대,

십 년 가까이 단 한 편의 소설도 쓰지 못한 채 거의 절필 상태에서 지내다가 가까스로 다시 시작할 작정을 하게 된 것은 바로 아름다움 때문이다.

모르기는 해도 쉰 가까운 나이에 아름다움 운운하는 삶이란 결코 평탄하지 않을 터이다. 그렇다. 나에게 있어서 자신의 삶이란 평탄하기는커녕 고작해야 자기혐오의 대상이었을 뿐이다. 몇 해 전까지만 해도 나는 마치 욕지기처럼 치밀어 오르는 어떤 혐오감 없이는 단 한 번도 자신의 지나온 삶을 뒤돌아보지 못했다. 내가 처음으로 아름다움에 눈뜬 것이 언제인가는 분명하지 않다. 다만 짐작하건대, 그 시기는 내가 처음으로 자기혐오에 빠졌던 무렵과 겹쳐 있다는 정도이다. 어떻게 보면, 나에게 아름다움이나 자기혐오란 결국 같은 의미였는지도 모른다.

내 낡은 사진첩에는 태어나서부터 중학교를 졸업할 무렵까지의 사진이라고는 거의 없다. 고작 남아 있는 것이라고는 국민학교와 중학교의 졸업기념 사진뿐인데, 거기에서도 내 얼굴은 찾아낼 수가 없다. '6학년 2반 졸업기념'이라는 글이 들어 있는 국민학교 졸업사진에는

시골 학교답게 낮은 지붕의 교사와 드높은 하늘을 배경으

로 예순 명 남짓한 아이들이 저마다 들뜬 표정을 감추지 못하고 있다. 그렇게 들뜬 표정들 가운데 단 한 군데만이 날카로운 면도날 자국을 남긴 채 지워져 있다. 면도날 자국이 바로 내 얼굴인 셈이다. 중학교의 졸업사진에도 내 얼굴은 면도날 자국으로만 남아 있다.

삼십 년이 훨씬 지나버린 지금까지도 예의 사진을 대하면 나는 얼핏 자신의 얼굴을 스쳐 지나가는 면도날을 느낀다. 그러면 나는 어쩔 수 없이 흐린 삼십촉짜리 전등 아래서 자신의 얼굴이 들어 있는 모든 사진을 찢고 있는 사춘기 무렵의 소년을 떠올린다. 그 소년의 떨리는 손이 마침내 '6학년 2반 졸업기념'을 집어올리고, 차마 해맑게 웃는 동무들의 모습은 찢을 수가 없어서 자신의 얼굴만 지운 채 남겨두는 여린 마음까지 되살아오면, 나는 이번에는 얼굴이 아니라 바로 가슴살을 가르며 지나가는 면도날을 느낀다.

이제 막 풋물이 오르는 사춘기의 소년에게 자신의 얼굴에 면도날까지 대게 한 것은 무엇이었을까. 혹시 그것이 바로 아름다움은 아니었을까.

"얘, 아가, 이리 온."

어둠속에서 누군가가 아이를 불렀다. 기생집인 춘향관 대문 옆 모퉁이였다. 이제 막 장터의 빈 가게들을 휩쓸며 '도둑놈 순사'를 끝낸 뒤라 아이의 목구멍에서는 아직도 가쁜 숨과 함께 단내가 풍겨나는 참이었다.

"왜, 왜 그란디요?"

아이는 다가서는 대신에 한걸음 물러서며 재빨리 누군가의 행색을 살폈다. 어둠에 익숙해 있던 아이의 눈은 일별에 사내의 신분을 알아내었다. 적어도 촌놈은 아니다. 영화에 나오는 왜놈 순사처럼 도리우찌 모자에다 당꼬바지를 입은 것으로 보아 건달패거나 노름꾼, 어쩌면 쓰리꾼 오야붕인지도 몰랐다. 아이는 여차하면 달아날 작정으로 한걸음 더 물러섰다. 그러자 이번에는 사내가 아이를 좇아 한걸음 앞으로 나섰고, 비로소 사내의 얼굴이 춘향관 대문의 전깃불에 드러났다. 사내가 쓰리꾼 오야붕처럼 험상궂은 얼굴이 아니어서 아이는 얼마쯤 안심했다.

"니가 대운이냐?"

사내가 뜻밖에 아이의 이름을 대었고,

"그란디요?"

아이는 놀라며 반문했다. 사내는 그런 아이를 잠시 무표정한 얼굴로 내려다보더니 바지춤에서 무엇인가를 꺼내었다.

"아나, 이거."

"그거이 뭔디요?"

아이가 되바라지게 물었고.

"어른이 받으라면 공손하게 받어야제."

사내가 아이를 나무라는 시늉을 했다. 그러나 아이는 쉽게 사내에게 말려들지 않았다.

"피이, 누가 모를 줄 알고…… 그거 주고 딴 심바람 시킬라고 그라제라우?"

"허어, 고놈 참. 심바람 안 시킬텡게 받어."

아이가 어렵사리 의심을 푼 다음에 손을 내밀었고, 사내가 쥐어주듯이 아이의 손에 무엇인가를 건넸다. 바삭거리는 셀로판지 속에 든 그것은 어린이용 양말이었다.

"오메, 이건 내 껀디……"

아이가 어쩔 수 없이 입을 함박꽃처럼 벌렸고, 사내 또한 그런 아이를 내려다보며 흐뭇한 표정이었다.

"좋냐?"

"야우, 그랑께, 이 양말 참말로 나 준 거지라우?"

아이는 빨갛고, 노랗고, 파란 갖가지 색깔이 층층이 겹친 색동양말을 보며 다시 확인을 했다.

"그렇당께. 공부 잘허라고 주는 거이다 잉?"

"피이, 나는 안직 핵교 안 댕긴디."

아이가 반박을 했고, 사내는 일순 머쓱한 표정이 되었다가 이내 헛웃음소리를 내었다.

"허헛…… 담에 핵교 가면 말여."

"닐 설 쇠면 봄에 핵교 가는디."

아이가 사내의 말에 토를 달았다. 그리고 이번에는 좀 더 대담한 눈길로 사내의 행색을 살펴보았다. 왜놈순사 같은 차림새도 그렇지만 도리우찌 모자의 그늘에 숨겨져 있는 작고 날카로운 눈매가 아이에게는 우선 마음에 들지 않았다. 결코 마음을 놓을 수 있는 사람은 아니다. 아이는 사내 몰래 꼴깍, 침을 삼켰다.

"근디, 아자씨는 누구다요?"

아이의 힘을 주어 내민 입술 안에는 연달아 쏟아져 나올 다음 질문들이 벌써부터 침처럼 고여왔다. 근디, 아자씨는 우찌께 내 이름을 안다요? 근디, 아자씨는 어서 왔다요? 근디……

"나, 나 말여?"

아이의 질문이 의외였던지 사내는 얼핏 당황하는 눈치더

니 얼른 말머리를 돌렸다.

"인자 그만 집에 가봐라. 니 엠씨가 지달릴텡께."

"오메, 아자씨가 우찌게 울 엄니를 아요?"

아이는 놀라서 눈을 크게 뜬 채 물었고

"이 장바닥에서 니 엠씨 몰르는 사람 있는 중 아냐?"

사내가 잔뜩 비양대는 투로 받았다. 그리고는 아이가 미처 다른 것을 물어볼 틈도 주지 않고,

"그만 가보랑께."

아이에게 손을 내젓고는 곧바로 몸을 돌려 춘향관 대문 안으로 들어가버렸다. 사내에 대한 궁금증이 아직도 입안에 침처럼 고여 있었지만 아이는 쉽게 춘향관에서 물러섰다. 까짓것, 누구면 대수냐. 춘향관을 드나드는 어른치고 좋은 사람은 없을 터이었다.

아이는 무엇보다도 사내에 대해서 더 이상 궁금해 할 마음의 여유가 없었다. 바로 오늘 밤만 지나면 내일은 설날인 것이다. 떡이나 과일 같은 먹을 것이며 세뱃돈도 그렇지만, 그중에서도 특히 아이의 마음을 사로잡는 것은 벌써부터 다른 아이들에게 몇 번씩이나 자랑한 설빔이었다. 그것은 누나의 뉴똥치마처럼 새까만 세일러 학생복이었는데, 내년 봄

학교에 들어가면 왼쪽 가슴에 하얀 손수건을 단 채 입고 다닐 것이었다. 그러나 아이는 어머니의 치맛귀를 붙들고 조른 끝에 설날 딱 하루만 입어보기로 승낙을 받아놓은 참이었다.

아이는 춘향관에서 물러나자 이내 다급한 마음이 되어 뛰어가기 시작했다. 이발소를 지나고, 청요릿집을 지나고, 국밥집, 목공소, 고깃간을 지나면서 아이는 얼핏 사내의 작고 날카로운 눈매를 떠올렸다. 그러자 아이에게는 이상하게도 사내의 눈매며 입언저리가 어디서 많이 본 듯 친숙한 느낌이 드는 것이었다. 그러나 설빔에 마음이 사로잡혀 있는 아이에게 그러한 느낌은 지나치는 청요릿집이나 고깃간의 풍경처럼 가볍게 사라져버렸다.

아이가 숨이 턱에까지 차오른 채 집에 다다라 가게 문을 밀치자 부엌에서 뽀얀 김과 함께 시루떡 냄새가 풍겨왔다. 아이가 그 시루떡 냄새를 향해 손에 쥔 양말을 흔들며 외쳤다.

"엄니, 엄니이, 요것 좀 봐."

그러자 어머니보다 먼저 누나의 심드렁한 목소리가,

"머인디 그르케 호들갑이다냐?"

뽀얀 김 속에서 아이의 말을 받았다.

"양말이여, 양마알."

"양마알?"

이번에는 목소리와 함께 누나의 얼굴이 얼른 밖으로 빠져 나왔다. 아이는 그런 누나가 어쩐지 얄미워서,

"누가 누님보고 그랬간디?"

한마디 퉁을 주었다. 누나는 아이의 퉁에는 아랑곳없이 손에 들고 있는 양말을 확인하고는 갑자기 눈꼬리를 치켜세 웠다.

"너 또 어서 돌른 건 아니제?"

"아녀, 아녀."

누나의 물음에 아이가 기겁을 하여 두 손을 내저었다. 아 이는 언제인가 또래의 아이들과 함께 장사꾼의 눈을 피해 잡화점에서 머리핀이며 손수건 따위를 훔쳐 자랑삼아 누나 에게 주었다가 어머니에게 몹시 혼난 적이 있었다.

"그라먼 어서 났냐?"

"우떤 아자씨가 줬어."

"아자씨?"

누나가 미심쩍은 표정으로 되물었고, 아이는 불현듯 입안 이 타는 느낌이었다.

"참말이랑께. 쩌그 춘앵간 앞에서 몰르는 아자씨가 줬어. 멋이냐, 핵교 가면 공부 잘 허라고 함서."

그러자 뜻밖에도 부엌에 있던 어머니가,

"시방 멋이라고 그랬냐?"

불을 지피던 부지깽이를 든 채 황급히 가게로 나왔다. 놀랍게도 어머니는 마치 죽은 사람처럼 시퍼런 표정이었다. 아이는 무언가 심상치 않은 사태가 벌어진 것을 직감했다.

"참말이어라우. 그랑게, 도리우찌 쓰고 당꼬바지 입은 아자씬디, 엄니를 안다고 함서 줬단 말이요. 엄니, 절대로 안 훔쳤어라우."

아이는 온몸을 긴장시키며 자신을 변명했다. 그러던 아이는 어느 순간 어머니가 넋이 나간 듯한 표정으로 허공을 쳐다보는 것을 훔쳐보았다. 그런 어머니의 입술 사이로 탄식 같은 소리가 새어나왔다.

"깅가밍가 했드만…… 급살맞을 인사……"

아이에게 매가 쏟아진 것은 바로 다음 순간이었다. 넋이 나간 듯 허공을 쳐다보던 시선이 아이에게 내려오기가 무섭게,

"이 동냥치 새끼야, 나가 니한테 믹일 걸 안 믹였냐, 입힐 걸 안 입혔냐, 머이 부족해서 동냥질이냐?"

어머니는 욕설과 함께 부지깽이를 휘두르는 것이었다. 그까짓 양말로 인해 매질을 당하리라고는 눈곱만큼도 상상하지 못했던 아이로서는, 처음에는 자신의 결백을 주장하는 것이 우선이었다.

"오메, 엄니. 동냥질한 것이 아녀라우. 그 아자씨가 맬갑시 줬단 말이요."

"몰르는 사람이 주는 것을 기냥 받어오먼 그것이 동냥치제, 동냥치가 따로 있다냐?"

"아, 안 받을랑께, 어른이 주면 공손허게 받어란디요?"

"아나, 나 껏도 받어라, 아나, 아나."

어머니의 매질은, 아이의 몸뚱이에 부지깽이가 떨어질 때마다 숨이 헉헉 막힐 만큼 거센 것이었다. 아이는 이제 필사적인 마음이 되어 어머니의 치맛자락을 붙들고 이리저리 매를 피했다. 그때 누나가 어머니를 말리고 나섰다.

"오메, 엄니. 어째 이라요? 이러다 대운이 죽이겄소."

어머니로부터 매를 빼앗으려 들던 누나는 한순간에 엉덩방아를 찧으며 나자빠져버렸다.

"니년은 가만있어. 오늘 나가 이놈을 쥑이고 나도 죽어뿔 거잉께."

어머니의 말보다도, 치맛자락에 매달려 얼핏 얼굴을 올려다본 순간, 아이는 어쩌면 어머니가 정말로 자신을 죽일지도 모른다는 생각을 했다. 여기저기 굵은 힘줄들이 기어다니고 두 눈이 퍼렇게 번들거리는 어머니의 얼굴에서 아이는 분명한 살기를 느꼈던 것이다. 아이는 지금껏 어머니뿐만 아니라 누구에게서도 그렇듯 무서운 얼굴은 보지 못했다.

불현듯 어떤 절망감이 아이의 눈 속으로 마치 캄캄한 어둠처럼 물려오는 것이었다. 아이는 더 이상 어머니의 치맛자락을 붙들지 못하고 스르르 무너져 내렸다. 그렇게 무너져 내리면서 아이는 한 가지 사실을 깨달을 수 있었다. 이것은 내가 맞을 매가 아니다. 그리고 아이는 캄캄한 어둠속에서 작고 날카로운 눈매의 사내가 아이를 내려다보며 비웃는 듯 혹은 딱해 하는 듯 얄궂게 웃고 있는 것을 보았다.

누군가 처음으로 빠지는 자기혐오란 어쩌면 훗날 화려하게 피어날 아름다움이라는 꽃의 싹눈은 아닐까.

그리하여 그 싹눈에서 대지를 향해 뻗어가는 첫 뿌리는 아닐까.

이윽고 대지에 굳건히 뿌리를 내린 다음, 이번에는 푸른 하늘을 향해 키를 높여가는 줄기는 아닐까.

그리고 줄기에서 가지로 퍼져 나와 온몸 가득히 문을 열어 탄소동화작용을 하고 있는 이파리는 아닐까.

그렇듯 오랜 낮과 밤을 보낸 끝에 이슬이 많이 내린 어느 날 아침 봉긋이 맺어보는 꽃봉오리는 아닐까.

훗날 그것이 악이나 독의 꽃이 될지 아직은 아무것도 헤아리지 못하면서.

소년에서 청년으로 넘어가는 사춘기란 이른 봄 같은 것인지도 모른다. 봄에 대한 예감은 사방에 가득한데 정작 확인하려 들면 어느 하나 확실하게 손에 잡히는 것은 없다. 대신에 아직은 매서운 바람과 칼날같은 추위가 여린 살을 찢는다. 그렇듯이 무언가 이제 막 시작되려 하는 자신의 인생에 대한 예감은 사방에 가득한데, 어느 하나 인생의 실체는 손에 잡히지 않는다. 오히려 예감은 견딜 수 없는 갈증으로 변하고, 이제 막 시작되려는 자신의 인생 대신에 지금껏 자신에게 주어진 어떤 조건만이 매서운 바람과 칼날 같은 추위가 되어 여린 살을 찢는다. 아아, 사춘기의 어린 나이에 돌아다보는 자신의 삶이란 정작 자신에게 어떤 의미가 될까.

내가 자신의 사진들을 없애고, 국민학교와 중학교의 졸업

사진에 면도날을 대던 무렵이 바로 사춘기의 초입일 터이다. 헤아려보면 중학교를 졸업하고 고등학교 입시에 실패하여 재수를 하던 때이다. 어린 재수생으로서는 사방의 모든 것들이 다만 춥고 암담하였을 것이다. 심한 자기혐오에 빠진 것도 이해가 된다. 그렇다고 해도 사진들을 없애고 급기야 자신의 얼굴에 면도날까지 대는 행위에 이르러서는, 아무리 어린 재수생의 자기혐오라고 해도 무언가 정도를 지나친 감이 없지 않다. 그럴지도 모른다. 문제는 바로 사춘기의 어린 나이에 벌써 자신의 삶을 돌아다보아버린 데 있는지도 모른다.

그렇게 자신의 삶을 돌아다보는 소년의 눈에 맨 처음 비친 것은 무엇이었을까. 엉뚱하게도 소년은 자신의 얼굴보다는 타인의 얼굴을 먼저 돌아다보아버린 것은 아닐까. 언제인가 어떤 절망감이 캄캄한 어둠처럼 어린아이의 두 눈에 몰려올 때, 바로 그 어둠속에 떠오르던 작고 날카로운 눈매의 사내. 더 이상 어머니의 치맛자락을 붙들지 못하고 무너져 내리는 아이를 향해 비웃는 듯 혹은 딱해하는 듯 얄궂게 웃던 사내. 그랬을 것이다. 소년도 미처 깨닫지 못한 사이에 사내는 소년의 삶 속에 깊숙이 자리잡고서, 소년에게는 돌이킬 수 없는 어떤 조건이 되어버렸을 것이다.

삼십촉짜리 흐린 전등 아래서 손을 떨며 소년이 면도날로 지운 것은 어쩌면 자신의 얼굴이 아니라 바로 사내의 얼굴이었는지도 모른다. 아니, 그렇게 말해서는 안 된다. 어쩌면 소년은 자신의 삶 속에서 돌이킬 수 없는 조건이 된 채 자신의 얼굴을 가리고 있는 사내의 얼굴을 지웠을 것이다.

막연하지만 소년은 자신의 얼굴에서 사내의 얼굴이 지워지지 않는 한, 자신의 얼굴은 영원히 사내의 얼굴에 가려지고 말 뿐이라는 것을 깨달았는지도 모른다. 또한 소년은 마치 자신의 인생의 어떤 예감에 대한 갈증처럼 사내의 얼굴 때문에 보지 못하는 자신의 얼굴을 보고싶어 했는지도 모른다. 그러나 소년은 면도날로 자신의 얼굴을 지우는 식의 자기혐오 외에는 사내의 얼굴로부터 벗어나는 방법을 알지 못했다. 돌이켜보면, 사방의 모든 것이 춥고 암담한 사춘기의 소년에게는 유일한 방법이었을 터이다.

내가 처음으로 자신의 삶을 돌아다보고, 그리하여 거기에서 정작 자신의 얼굴보다는 작고 날카로운 눈매의 사내를 먼저 보았을 때, 사내는 당연하게 나의 인생에 하나의 조건이 되어 개입하였다.

'사생아.'

어린 시절 어둠속에서 단 한 번 보았던 사내가 나의 생부라는 것을, 그리고 그 무렵 생부는 오랜 감옥살이 끝에 갓 출감하였다는 것을 언제부터인가 나는 이미 알고 있었다. 그렇듯 나는 자신의 출신성분에 대해서도 일찍부터 알고 있었다. 그러나 기이하게도 내 어린 시절의 기억 속에는 사생아거나 장돌뱅이 출신인 자신을 부끄럽게 여긴 적이 거의 없다. 오히려 장돌뱅이로 아무렇게나 굴러다니며 잡초처럼 자라던 시절의 기억 속에는, 한줄기 구김살도 없이, 장터의 밑바닥 사람들만이 갖는 특유의 자유분방함과 낙천적인 분위기만이 가득 차 있다. 모름지기 사춘기 소년이 되어 자신의 인생을 예감하고 그렇게 자신의 삶을 돌아보기 전까지는 나는 그런대로 행복한 어린아이였던 것이다.

장돌뱅이에게 있어서, 닷새마다 한 번씩 돌아오는 장날이란, 어른 아이 막론하고 축제일 수밖에 없었다. 장날이 돌아오는 나흘 내내 기껏해야 휴지 나부랭이나 회오리바람에 날리곤 하던 쓸쓸한 빈터와 기둥만 앙상하던 빈 가게들이, 장날이 되면 하루아침에 갑자기 사람들이 들끓는 싸전이며 어물전, 포목전, 유기전, 옹기전, 잡화전 등으로 변하고, 노점 음식점들마다 돼지머리와 순대가 산더미처럼 쌓이거나 가마솥이 넘치도록 팥죽이 끓어대는 요술 같은 일이 벌어지는 것이었다.

그런 축제 분위기 속에서 장터의 사람들은, 어른들은 어른들대로 목이 쉬도록 시골 사람들을 불러 하루 벌어 닷새를 먹고 살 돈을 마련하고, 아이들은 아이들대로 장터의 이곳저곳을 헤집고 다니면서 물건을 훔치거나 아니면 혹시 길에 떨어진 동전 한 닢이라도 줍기 위해 해종일 악머구리 끓듯 해댔다. 시골 사람들은 그런 장터 사람들을 비하하여 어른이나 아이들 할 것 없이 한데 싸잡아 장돌뱅이라고 불렀고, 장터 사람들은 장터 사람들대로 시골 사람들을 얕보아 촌놈들이라고 불렀다.

우리 식구는 모두 장돌뱅이였던 셈이다. 어머니는 어물전의 한 귀퉁이에서 길바닥에 거적때기를 깔고 그 위에 역시 거적때기만한 차일을 친 채, 김이며 미역, 멸치, 마른 새우 등의 해산물을 팔았다. 내가 갓난아이였을 때는 어머니의 등에 업혀서 해종일 어머니와 함께 장날을 보냈지만, 조금 커서 네댓 살이 되었을 때만 해도 이미 어머니의 등을 벗어나 다른 아이들과 함께 장돌뱅이가 되어 장터를 헤집고 다녔다.

어린 장돌뱅이의 벌이는 그다지 신통하지 못했다. 기껏해야 싸전 근방을 기웃거리며 기회를 엿보다가 어른들의 다리 틈으로 쌀을 한 주먹씩 훔쳐내어 주머니를 가득 채울 수만 있다면 그것으로 만족이었다. 되밀이꾼에게 들켜서 되밀이로 얻어맞거나, '이 문댕이 새끼, 손모가지를 콱 짤라불기 전에 쌀 못 놔?' '아이고, 저건 어떤 장돌뱅이 구녕에서 나온 새끼여?' 하는 시골 아낙네들의 막된 욕지거리야 다반사였고, 조금도 개의할 바가 아니었다. 어린 장돌뱅이들은 저만큼 도망치면서 '히힛, 니 에미 씹이다아' 하고 대거리를 해대는 것으로 그만이었다.

그렇게 주머니가 불룩하도록 쌀을 훔친 다음이면, 이번에는 약장수가 굿을 벌이고 있는 곳으로 가서 맨 앞줄에 앉아 입술이 허옇도록 야금야금 고소한 쌀 맛을 즐기면서 약장수 구경을 할 수 있었다. 간혹 길에서 큰돈이라도 줍는 날이면 어린 장돌뱅이들에게는 바로 그날이 명절날이었다. 오다마나 구루메루 같은 주전부리는 물론 잘하면 팥죽이나 순대, 돼지머리도 실컷 먹을 수 있는 날이었다. 그러나 그렇듯 큰

돈을 주우면 대개는 낌새를 알아챈 열서너 살쯤의 좀 더 큰 장돌뱅이들에게 빼앗기기 마련이었다.

전쟁이 끝난 지 얼마 되지 않은 당시의 시골 장터는 너나없이 더 이상 갈 데가 없는 밑바닥 사람들이 몰려든 곳이었다. 서른에서 마흔을 전후한 나이의 장터 아낙네들은 흔히 남편이 없거나, 남편이 있더라도 전혀 생활에 무능력한 병자이기가 십상이었다. 그런 장터 아낙네들은 바로 자신의 몸뚱이와 손님을 소리쳐 부르는 입만이 전 재산이었고, 그 전 재산에 병든 남편과 어린 자식들의 목숨이 매달려 있는 것이었다.

번번이 장터로 흘러들어와 장돌뱅이가 되는 아낙네들은 대개가 사연이 비슷하였다. 한 아낙네가 전쟁에 남편을 잃었으면, 다른 아낙네는 멀쩡한 농사꾼이던 남편이 갑자기 폐병이 들어 병수발에 가산을 탕진해버렸다는 식이었다. 아낙네들은 장터로 흘러들기가 무섭게 바로 고리장수의 체곗돈을 빚내어 가까운 항구에서 갈치며 고등어 따위 생선을 떼다가 장바닥에 좌판을 벌였다. 그렇게 장돌뱅이가 된 아낙네들은 반년이나 일 년쯤 버티다가 끝내 병든 남편이 죽으면 어쩔 수 없이 어린 자식들이 올망졸망 딸린 과부가 되고, 과부가 된 얼마 후에는 쉽게 개가해 갔다.

　장돌뱅이 같은 밑바닥의 사람들은 굶주림에 대해서 거의 동물적인 공포를 갖기 마련이었다. 그들에게 있어서 생존이란 바로 굶주림의 공포에서 벗어나는 것에 다름 아니었지만 때로는 그러한 생존마저도 지켜내지 못하곤 했다. 어쩌다 장마가 계속되거나 극심한 가뭄으로 흉년이 들어 아예 장이 서지 않는 시절에는 더 이상 장터에서도 견뎌내지 못한 채 대처로 떠나거나 거렁뱅이로 나서는 집이 나왔다. 그런 장돌뱅이들에게는 인근 농촌의 엄격한 도덕이나 관습은 자신의 생존과는 전혀 별개의 문제로 여겨졌을지도 몰랐다. 비록 선망의 대상은될지언정 지금 당장 굶주리고 있는 어린 자식들을 먹여 살리지 못하는 한, 어떠한 도덕이나 관습도 자신의 삶을 속박하지 못했을 것이었다.

　나의 어머니도 대부분의 장돌뱅이 아낙네들과 대저 큰 차이는 없었다. 어린 시절에 나는 내 의부를 일컬어 전혀 스스럼없이 '사촌 아부지'라고 부르고는 했다. 의부가 생부가 아니라는 것쯤은 벌써부터 알고 있었으므로, 아버지라고 부르는 대신에 어린 내가 궁리해낸 일종의 타협안이었을 것이다. 내가 그렇게 부를 때마다 의부는 비록 쓴웃음을 지을망

정 별로 탓하지는 않았다.

내 또래의 다른 아이들이 어쩌다 자신의 의부에게 매라도 맞으면 길길이 날뛰며 '지 에미 씹할 놈이 진짜 아부지도 아님서 왜 때려?' 하고 고래고래 욕질을 해대는 풍경은 흔히 볼 수 있었다.나라도 의부에게 매를 맞았다면 틀림없이 다른 아이들처럼 길길이 날뛰며 욕질을 해댔을 것이었다. 그러나 다행히도 내가 의부에게 욕질을 해댄 기억은 없다. 아마도 의부가 나를 때린 일이 없었을 것이다.

나와는 열한 살 차이가 나는 누이를 낳은 첫 결혼에 실패한 후, 어머니가 누이를 데리고 장터로 흘러온 것은 해방 무렵이었다. 손재주가 있어 일찍이 재봉기술을 익힌 어머니는 어렵사리 재봉틀을 마련하여 장터에다가 조그맣게 양복점을 차린 것이었다. 물론 양복점이라지만 번듯한 새 옷을 만드는 것보다는 수선이나 짜깁기 따위가 전문이었을 것이다. 그런 어머니를 인근에서 호가 난 노름꾼이자 건달패인 나의 생부가 무심하게 보아 넘길 리가 없었다.

내가 태어난 고장은 일제시대에 이미 간척사업이 벌어져 드넓은 간척지를 끼고 있어서 타 고장보다는 비교적 물산이 풍부하였다. 그래서 그것을 노리고 꾀어드는 패들이 만만치 않아 일찍부터 노름이 성행하고 작부를 둔 술집들이 흥청하였다. 생부는 그렇게 꾀어든 패들의 한 사람이었을 것이다. 어머니는 훗날 내가 생부와 맺어지게 된 것을 궁금해하자, '나가 머에 눈이 씌었든갑서야, 글 않고서야 어쩌께 그런 인사를 만났것냐. 아매도 니가 생길라고 그랬든 모냥이여' 환갑이 넘은 나이임에도 불구하고 얼굴을 붉히면서 변명하듯 대답했다. 그러나 장터란 곳이 원래부터 젊은 여자가 혼자 살아내기에는 힘든 곳이 아니었으랴. 더군다나 노리는 상대가 그런 일에 호가 난 건달패였음에야.

어머니와 맺어지자 생부는 당연하게 기둥서방 노릇을 하였다. 거기다가 생부는 그 무렵 아편에도 손을 대어, 어머니에게서 노름 밑천과 아편밑돈을 함께 강탈하였다. 하루하루 벌어서 끼니 때우기도 어려운 시절에 생부에게 노름 밑천과 아편 밑돈을 대는 일은 아무리 억척같은 어머니로서도 무리였을 것이다. 급기야 생부가 어머니의 유일한생계수단인 재봉틀마저 훔쳐다가 아편으로 없애버리자 어머니는 이를 악물고 생부에게서 등을 돌렸다. 때마침 생부가 아편 밀매와 마약 중독으로 감옥에 가자 어머니는 주저하지 않고 의부를 택했다. 하루아침에 생계수단을 잃어버린 어머니로서는 무엇보다도 어린 두 자식의 굶주림을 보아 넘기지 못했을 것이다.

나의 의부는 인근의 중상重商으로, 주로 서울이나 강원도 등지의 윗녁장사를 하는 해산물 도매업자였다. 의부와 함께 산 후로 우리 식구들의 굶주림에 대한 공포감은 어느 정도 사라졌지만, 대신에 어린나이로는 차마 견뎌내기 힘든 외로움이 누나와 나를 울리곤 했다. 당시는 지금과 같이 교통이 발달하지 않았던 시절이어서 어머니가 한 번의부의 장삿길에 따라나서면 한두 달은 예사이고, 심지어는 서너 달이 넘도록 돌아오지 않았다.

어머니와 의부의 윗녁장사는 전라도에서 쌀이나 보리 따위 곡식을사가지고 배를 이용하여 속초나 묵호 등지의 강원도로 가서 오징어나 명태 등을 되사오는 일종의 물물교환이었는데, 주로 겨울 동안에 행보가 이루어져서, 누나와 나는 겨울 내내 휑뎅그레 큰 집을 지키곤 하였다. 어쩌다가 돌아온다는 기약의 날이 지나도록 어머니나 의부가 돌아오지 않거나 혹은 바람이라도 거세게 부는 날이면 누나는 아예 목을 놓아 울었고, 누나 옆에서 나 또한 낑낑대며 따라 울기 마련이었다. 의부와 함께 살게 된 후로 어머니가 집에 있는 기간은 고작해야 일 년에 네댓 달 정도였다. 어머니는 윗녘 장사를 떠나지 않을 때는 근방의 오일장을 돌며 해산물을 팔았는데, 나는 그런 어머니를 따라다니려고 막무가내 떼를 쓰곤 했다.

어머니와 누나 그리고 나 이렇게 세 식구의 의부와의 새로운 생활은 예전보다 결코 행복한 편은 못 되었다. 어쩌다 장사에 손해를 보거나 셈이 틀리기라도 하는 날이면 으레 어머니와 의부 사이에 싸움이 벌어지곤 했는데, 두 사람의 싸움이라는 것이 부부 사이에 설마 그럴 수 있으랴 싶게 아예 사생결단이었다. 아무리 장터 같은 밑바닥 사람들의 감정이 거칠다고는 해도 이 부부처럼 심하지는 않았을 터였다. 둘의 싸움은 치열하다 못해 결국 어머니가 피투성이가 되어 벌렁 나자빠져야 끝이 났는데, 누구도 감히 이 싸움을 말리지 못했다.

어머니와 의부가 그토록 사생결단으로 싸우는 데는 정작 다른 이유가 있는지도 몰랐다. 의부는 본처에게서 자식을 생산하지 못했는데 어머니와의 사이에서도 전혀 자식이 생산되지 않는 것이었다. 그런 의부로서는 누나와 내가 어쩔 수 없이 눈엣가시처럼 아픈 존재였을 것이다. 그중에서도 누나보다는 사내아이인 내가 매번 싸움의 원인이 되는 것이 분명했는데, 의부에게서 그런 낌새가 조금이라도 느껴지면 어머니는 싸움에서 터럭만큼도 물러서려 하지 않았다.

싸움은 다짜고짜 의부가 한 손으로 어머니의 머리채를 움켜잡고 한손으로 어머니를 후려 패는 것이 순서인데, 그러면 매번 어머니보다 누나가 먼저 눈을 뒤집은 채 속절없이 나자빠지곤 했다.

"오메, 누가 울 엄니 좀 살레주시요, 울 엄니가 죽소오."

누나가 그럴수록 의부의 손속은 더욱 사나워지곤 했다. 그러나 기이하게도 나는 한 번도 어머니와 의부의 싸움에 끼어든 기억이 없다. 누나와는 달리 나는 어머니가 피투성이가 되어 싸움이 끝날 때까지 방 한구석에 쭈그리고 앉아 굳게 입을 다문 채 잠자코 지켜보는 식이었다.

지금 생각해도 불가사의한 것은, 어린 내가 어떻게 해서 단 한 번도 눈물을 흘리는 일이 없이, 더구나 의부를 향해 욕질 한마디 뱉는 일 없이 잠자코 싸움을 지켜볼 수 있었을까 하는 점이다. 아마도 희미하게나마 가슴 밑바닥에는 굶주림에 대한 공포감으로부터 우리 식구를 구해준 의부에 대한 고마움이 숨어 있었는지도 몰랐다. 혹은 어머니와 의부

사이에 항상 자신이 싸움의 원인이 되는 불편한 위치라는 자각을 어린 나이임에도 불구하고 무의식중에 지니고 있었는지도. 그럴 수도 있었을 것이다.

싸움이라고 해야 할지 어떨지 애매하지만, 의부와의 싸움에서 어머니가 꼭 한 번 이긴 적이 있었다. 의부는 곧잘 집에서 독작獨酌을 하곤 했는데, 해산물 도매업자답게 안주가 고급이었다. 주로 대구 어란이나 복어찜 혹은 어포 따위 해물이었는데, 나로서는 맛보기 힘든 것들이어서 의부가 술을 마시는 날이면 어머니의 잔소리나 누나의 눈총에도 불구하고 나는 으레껏 술상머리를 떠나지 못했다. 의부는 그런 나에게 이따금 안주를 건네주었던 것이다. 그날도 나는 의부의 술상머리에 붙어앉아 안주를 얻어먹고 있었는데,

"옛다, 니도 한잔 해뿌러라."

의부가 나에게 불쑥 술잔을 내밀었다. 무료했던 것일까, 차츰 취하기 시작한 의부의 눈매가 장난스럽게 웃고 있었다. 나는 엉겁결에 의부에게서 술잔을 받았다. 그렇게 한두 잔 받아마시던 나는 어느 순간에 뒷마당의 장독대며 장독대 옆에 붉게 핀 맨드라미가 빙글빙글 도는 것을 보았다.

"허허, 이놈 봐라, 인자 본께 니가 술이 올른 모양이제?

우짜냐? 니도 쬐깜 술맛을 알것냐?"

"히핫, 장독대가 돌아라우, 맨드래미도 돌고라우. 오메, 사
춘 아부지도 돈디요."

나는 아마 술상머리에서 일어서려고 했을 것이다. 그러자
빙글거리던 장독대며 맨드라미가 한쪽으로 기우뚱 쏠렸고,
그 순간 나는 마루에서 뒷마당으로 굴러 떨어져버렸다.

"오메, 대운아, 왜 그라나?"

나는 금방 숨이 넘어갈 듯 다급한 누나의 목소리를 들으
며 까무룩히 정신을 잃어갔다. 다시 먼 곳에서처럼 어머니
의 목소리가 들려왔다.

"저놈의 인사가 대운이를 쥑이네에."

내가 정신을 잃은 것과 어머니와 누나가 함께 의부에게
달려든 것은 거의 동시에 일어난 일이었다. 술 취한 기분 속
에서도 두 여자의 달려드는 기세가 여느 때 같지 않은 것을
깨달은 의부는 평소의 의부답지 않게 쉽사리 항복을 하고
말았다.

"이년들아, 애먼 소리 말어. 설마 허니 나가 갸를 쥑일라
고 했겄냐? 넙죽넙죽 잘 받아묵길래 자꼬 주다본게 그런 거
제. 이년들이 생사람을 잡어도 유분수제……"

그 후로 의부는 다시는 나에게 술은 물론 안주마저도 일체 건네주지 않았다. 물론 나 또한 어머니의 매가 무서워 더 이상 의부의 술상머리에 얼씬거리지 못했다.

　인생에 대한 조건을, 면도날로 얼굴을 지우는 식으로 확인한 사춘기의 소년이 고등학교에 진학하자마자 좀 더 파괴적인 자기혐오에 빠져든 것은 어쩌면 당연한 진행이었는지도 모른다. 나는 자신의 출신성분을 증오하다 못해 무슨 치부처럼 여겼을 터였다. 그랬다. 나는 단 한 순간도 자신의 치부에서 벗어나지 못했다. 어쩌다가 길거리에서 여학생과 얼핏 눈이라도 마주치면 나는 뜨거운 불에라도 덴 듯 화들짝 놀라곤 했다. 나는 부끄러움 때문에 얼굴뿐만 아니라 온몸이 붉게 물들었을 것이었다.

　'지금 나는 저 여학생한테 내 치부를 들키고 말았다!'

　내가 다닌 고등학교는 도청소재지에 있었는데, 시골 장터의 장돌뱅이 입장에서는 일테면 유학을 온 셈이었다. 고등학교에 진학하여 새 교복을 입은 것만으로도 나는 다른 장돌뱅이들에게 선망의 대상이었다. 기실 하루 벌어 하루 먹는 장돌뱅이들로서는 자식을 고등학교까지 진학시킨 것은 어머니가 처음이었다. 내 또래의 다른 장돌뱅이들은 대부분이 국민학교를 졸업하기가 무섭게 서울 등의 도회지로 나가서 상점의 점원이나 중국집의 배달원 혹은 넝마주이가 되거나 일찍부터 부랑아로 빠졌고, 어렵사리 중학교라도 마친 또래들은 한두 명에 불과했다.

어머니가 다른 장돌뱅이 아낙네들 앞에서 정도 이상으로 기고만장하거나 자만심을 감추지 못한 것은 어쩔 수 없는 일이었다. 모름지기 장돌뱅이들로서는 내가 도청소재지에 있는 고등학교에 진학한 것만으로도 이미 자신들과는 다른 부류의 사람으로 보였을 터였다.

"인자 두고봐라, 나가 뼈가 뿌서져서 가루가 되야도 니를 기연시 대핵까장 높은 공부럴 시키고 말텡게. 니는 암시랑 말고 공부만 열심히 하먼 된다 잉? 오메, 내 보물단지 새끼이."

장터의 누구도 어머니를 탓하려 들지 않았다. 다른 아낙네들은 오히려 한술 더 떠,

"인자 대운이 엄니는 고상 다 했소. 고등과를 댕기는 아들이 있는디 머이 걱정이요. 고상 끝에 낙이 온다등마는, 좋겄능거. 참말로 부럽소."

부추겼고, 어머니는 더욱 기고만장하여 연신 고개를 끄덕

였다.

"하문이라우, 하문이라우. 인자 나 못 배운 포한은 반절쯤 풀렛소."

다만 한 사람 의부만이 그런 어머니를 여간만 눈 시려워 하지 않았다. 의부는 어머니를 향해 드러내놓고 쯧쯧, 혀를 차댔다.

"보자보자 헝께, 이 여편네가 해도 너무허네 그랴. 지발 속 잠 채레, 이 여편네야. 나가 끝까장 참젠을 안 할라고 그 랬는디, 머여? 대핵을 보내? 잉, 그래, 고등과는 그렇다 치 고, 니가 먼 수로 대핵을 보내? 아, 천하에 부자들도 자석 하 나 대핵 보내면 패가망신허는 판인디 어쩌고 저쩨? 빕새가 황새럴 따라가면 가랑이부텀 몬자 찢어져!"

"오메, 이 냥반 말하는 뽄세 잠 보소. 인자 봉께 식구가 아 니고 웬수였구만. 아, 몰르는 남들도 다덜 잘되얏다고 말 한 마디라도 보태주는디, 멋이라우, 가랭이가 찢어져라우? 그 거이 여태까장 한솥밥 묵은 사람이 헐 소린게라우? 의붓자 석도 자석인디, 그르케 자석 잘되는 꼴이 배가 아프요?"

어머니는 아예 입에 거품을 물고 달려들었다.

"아니, 이년이 애먼 소리 허는 것 잠 보소. 머여? 나가 시방 배가 아파서 그란다고? 허어, 이년이 살인도 내겠네."

"왜, 나 말이 틀렸소? 사람이 심보를 바르게 써야제. 심보
가 삐틀리면 되는 일이 없는 법인께."

어머니는 기어코 의부의 아픈 곳을 찔렀다.

벌써 오래전부터 어머니와 의부는 장사에 있어서는 서로
갈라서 있었다. 내가 국민학교 저학년 무렵까지 비교적 순
탄하던 어머니와 의부의 윗녘장사는, 어느 해 겨울 오징어
와 명태를 가득 싣고 묵호항을 출발한 배가 풍랑으로 좌초
된 후부터 흐지부지되고 말았다. 겨울철의배편이라는 것이
늘 위험하기 마련이어서 걸핏하면 침몰되거나 전복되는 사
고가 뒤따랐고, 그 와중에서 두 사람은 자칫 목숨마저 잃을
뻔한 적도 있었던 모양이었다.

그 후로 어머니는 아예 인근 오일장이나 맴도는 해산물
소매업으로 주저앉았고, 의부는 의부대로 이것저것 다른 사
업에 손을 대었다. 돌이켜보면 의부는 그때부터 줄곧 불운이
떠나지 않았던 셈이다. 급기야 의부는 밀수에도 손을 대었는
데, 누군가의 밀고로 배가 닿는 바닷가에서 현장을 급습당하
여 고스란히 밀수품을 빼앗기고 말았다. 이 밀수사건으로 의
부는 재산의 대부분을 거덜냈을 뿐더러 나중에 벌금을 내기

위해서는 그동안 어머니가 힘들게 마련한 우리 집까지 팔아 넘겨야 했다. 그 후로 의부는 이따금 어머니에게서 사업자금 마저 빌려가는 눈치였고, 빌린 돈을 갚지 않아 이번에는 그 것이 또 둘 사이에 싸움의 원인이 되곤 했다. 어머니가 다시 집을 마련하는 데는 뜻밖의 오랜 세월이 걸렸다.

어머니나 다른 장돌뱅이 아낙네들에게 그렇듯 선망의 대 상이 된 내가 정작 그들을 자신의 치부로 여긴 일은 지금까 지도 나에게 무슨 원죄의식처럼 가슴 밑바닥에 남아 있다. 어쩌면 그 무렵에 나는 사생아라는 조건보다는 오히려 장돌 뱅이라는 출신성분에 대해서 더욱 괴로워했는지도 모른다. 그랬다. 당시의 나에게, 자신이 태어나서 자라온 장터와 거 기에 얽힌 기억들은, 나로서는 도저히 빠져나갈 수 없는 일 종의 늪처럼 여겨졌다. 굶주림에 대한 동물적인 공포감, 피 투성이가 되어서야 끝나는 사생결단의 부부싸움, 개똥처럼 버려진 채 아무렇게나 자라는 아이들, 하루도 쉬는 날이 없 이 이 장 저 장을 돌아다니는 장돌뱅이 아낙네들과 거기에 빌붙어 기둥서방 노릇을 하는 건달패들, 술집 작부들의 간 드러진 웃음소리와 술 취한 사내들의 고성방가, 노름꾼, 소 매치기…… 이 모든 것들이 하나의 늪이 되어, 내가 거기에서 빠져나가려고 허우적이면 허우적일수록 더욱 깊이 빠져 들게 하는 것이었다.

도청소재지의 번화가를 걷다보면 나는 더욱 더 뚜렷하게 자신이 빠져 있는 늪을 확인할 수 있었다. 나로서는 처음 대하는 갖가지 풍물들, 거의 눈이 부셔 바라볼 수조차 없게 만들어버리는 문화라는 이름의 행사들, '○○○ 피아노 독주회' '○○○ 기념전시회' '○○○무용발표회' '○○○ 초청공연'…… 그것들은 낱낱이 하나의 거울이 되어 남달리 예민한 감수성의 사춘기 소년으로 하여금 자신의 삶을 되돌아보게 했고, 그리하여 어쩔 수 없이 저 어둡고 끈적이는 늪에 빠져 헐떡이는 자신의 모습을 바라보게 했다.

요컨대 나는 처음으로 장돌뱅이 이외의 사회에 눈뜨고, 처음으로 장돌뱅이 이외의 문화를 만나고, 그리하여 장돌뱅이가 사회에서 얼마나 비천한 위치에 있는가를 깨달은 것이었다. 그러자 나는 무엇보다도 어머니를 위시한 장돌뱅이 아낙네들의 나에 대한 기대를 견딜 수가 없었다. 막연하지만 나는 그들의 기대나 선망이 바로 나로 하여금 그들에게서 등을 돌려 그들을 짓밟게 하는 일이라는 것을 알아버린 것이었다.

거듭 말하거니와 내 어린 시절의 기억 속에는 자신의 출신성분이나 어머니를 위시한 장돌뱅이들에 대해서 부끄러워하거나 무슨 치부로 여긴 적은 단 한 번도 없다. 오히려 밑바닥 사람들만이 지닌 특유의 자유분방함과 낙천적인 분위기만이 먼저 떠오를 뿐이다. 모름지기 그들과 나는 한 몸이었으며, 그들이 즐거울 때면 나도 즐거웠고, 그들이 슬플 때면 나도 슬펐다.

내가 그들에게서 등을 돌린 것은 언제였을까. 어쩌면 그들이 선망의 눈으로 나를 바라보는 바로 그 순간 나는 이미 그들에게서 등을 돌린 것이 아니었을까. 그랬을 것이다. 그들이 선망의 눈으로 나를 바라보는 이상 나는 이제 그들과 한 몸일 수 없으며, 그들의 즐거움이나 슬픔도 오로지 그들만의 것일 뿐 내 것일 수는 없었다. 그들 특유의 자유분방함과 낙천적인 분위기마저도 나에게는 단 한 가지 의미밖에는 되지 않았다.

'치부.'

그렇다. 자식에 대하여 그토록 기고만장하여 자만심을 감추지 못하던 어머니마저도 어느 순간 나에게 치부가 되고 말았다. 그리고 나는 당연히 어머니에 대한 죄의식에서 헤어나지 못했다. 고백하거니와 어머니를 치부로 여기면 여길수록 나의 죄의식은 더욱 깊어갔다. 어린 내가 처음으로 진지하게 자신의 죽음을 생각해본 것도 그 무렵일 것이었다. 그리고 약간 엉뚱한 장면에서 의부의 충고를 이해한 것도.

'빕새가 황새럴 따러가면 가랭이부텀 몬자 찢어져!'

나는 자신이 장돌뱅이 계층과 또 다른 계층 사이에 두 발이 묶인 채 능지陵遲를 당하여 가랑이가 찢어지는 장면을 상상했을 터였다. 물론 내가 당시에 계층이니 하는 어려운 말을 알았을 리 없지만.

만일 내가 좀 더 일찍이 사회적 부조리나 계급적 모순에 눈떠, 그것들에게 자신의 문제를 조금이라도 떼어 넘기는 방법을 알았더라면, 훗날 나는 그토록 깊게 병들지는 않았을 것이다. 그러나 나는 그토록 자신을 허우적이게 하는 저 늪이며 눈부신 거울, 심지어는 어머니를 위시한 장돌뱅이들에 대한 죄의식—그 어느 하나에서도 헤어나는 방법을 알지 못했다. 아니, 방법을 아예 몰랐던 것은 아니었다. 나는 다만 한 가지 방법에 대해서는 이미 누구보다도 익숙해져 있었다.

'자기혐오.'

면도날로 자기 얼굴을 지우는 식이라면 나는 누구보다

도 자신이 있을 터였다. 그리고 나는 결국 그 방법을 택했다. 나는 새 교복을 입은 지 채 일 년을 채우지 못한 11월 무렵에 학교를 그만두었다. 그리하여 밤늦은 시각에 막차에서 내려 또다시 장돌뱅이로 돌아갔다.

이제 막 밤안개가 플랫폼이며 역사며 역사 너머 장터를 에워싸고 있었다. 안개는 넓은 간척지 너머 길게 누워 있는 바다에서 시작하여 늦가을의 싸늘한 수분을 품고서 슬금슬금 몰려와 장터를 휘감아 도는 중일 것이었다. 나는 잠시 플랫폼의 가등마다 무슨 밤의 꽃처럼 겹겹이 피어나고 있는 안개를 바라보았다. 나는 마치 꿈꾸는 듯 몽롱한 눈으로 안개꽃을 바라보았을 터였다. 그러자 예의 안개꽃들은 내가 장터를 떠난 이후 받아야 했던 모든 상처들을 어루만져주는 듯한 느낌이었다. 나는 그렇게 안개꽃들을 바라보며 자신도 모르는 사이에 가슴을 펴고 심호흡을 했다. 그러자 젖은 공기 속에서 어렴풋이 소금기가 묻어 있는 바다 내음이 풍겨왔다. 나는 몇 번이고 거듭 심호흡을 했다. 나는 다만 그렇게 심호흡을 하며 바다 내음을 맡았을 뿐이었다. 그런데 불현듯 두 눈에서 왈칵 눈물이 솟구치는 것이었다. 어쩔 수 없이 손등으로 두 눈을 문지르며 나는 무엇보다도 바로 그 눈물이 분한 듯한 느낌이었다.

플랫폼의 가등에 불이 꺼지고, 이어 출찰구의 문이 닫히는 소리가 들려왔다. 나는 이윽고 콧잔등까지 눌러썼던 모자를 벗어, 거기에서 모표를 떼어냈다. 그리고 이번에는 교복에 붙은 명찰과 학년배지 따위를 마저 떼어냈다.

"잘 가라."

나는 그것들을 안개 속으로 힘껏 던졌다. 그런 나에게는 더 이상 졸업사진 속의 자신의 얼굴에 면도날을 대던 순간의 손 떨림 따위는 없었다. 나는 다만 그토록 나를 괴롭히던 무엇인가를 향한 이를 악물었을 뿐이었다. 어머니의 표현에 따르자면 '반거치기'가 된 나는 자연스럽게 장돌뱅이 속에 끼어들었다. 그리고 건달패들의 똘마니가 되어 어린 깡패 노릇을 하였다.

손등으로 눈물을 훔치며, 왜 나는 분한 느낌이 들었던 것일까. 아직 스스로 깨닫지 못하지만, 어쩌면 그 순간 자신의 얼굴에서 어떤 아름다움을 발견했던 것은 아닐까. 그럴지도 모른다. 흔히 사람들이 더 이상 자기혐오를 견뎌내지 못하고 끝 모를 나락으로 자신을 던져버릴 때, 그렇듯 자신을 온전히 포기해버릴 때, 거기에서 발견하는 것은 짓뭉개진 자신이 아니라 엉뚱하게도 자기애自己愛이기 십상이다. 가등마다 겹겹이 피어나는 안개꽃을 꿈결처럼 바라보며, 나는 그렇게 처음으로 자기를 사랑하는 법을 배웠던 것일까. 그리고 그것이 나에게 바로 아름다움이 된 것일까.

건달패들의 똘마니 노릇을 하던 내가 거기에서도 밀려나 다시 복학을 한 것은 꼬박 한 해가 지난 다음이었다. 그러나 나는 더 이상 저 늪이나 거울, 혹은 죄의식 따위에 시달리지 않았다. 똘마니로서의 한 해는 나를 나이 이상의 어른으로 만들어주었고, 무엇보다도 내게 세상을 속이는 방법을 가르쳐주었던 것이다. 또한 플랫폼에서 손등으로 눈물을 닦으며 배웠던 자기애는 뜻밖에도 나에게 세상에 대한 무기가 되어주었다.

세상에 대한 무기로서 나는, 그 무렵 알기 시작한 문학을 빼놓을 수가 없다. 똘마니 시절, 나 같은 얼치기는 흔히 사건을 처리하기보다는 사건을 키우기 마련이어서, 어느 날 건달패를 따라 노름빚을 받으러 갔다가 싸움이 벌어졌는데 자칫 겁을 준다는 것이 그만 상대방의 머리통을 깨버렸고, 나는 결국 사건이 무마될 때까지 장터를 떠나야 했다. 나는 할 수 없이 다시 도청소재지로 갔고, 거기에 있는 친척집에서 몇 달을 숨어 지냈다.

바로 거기서 나는 문학을 만난 것이었다. 친척집의 서가에는 세계문학전집을 위시하여 한국문학전집 따위가 장식용 비슷하게 꽂혀 있었는데, 지방 관청의 주사급이던 친척은 술이라도 얼큰한 날이면 나를 붙들고 서가를 자랑하며 자신의 문학 취미에 대해서 가로세로 떠들곤 하였다. 나로서는 문학이 처음이었다. 문학마저도 장돌뱅이 부류는 낄 수 없는 보다 정신적이고 고귀한 사람들의 이야기일 것이라고 지레짐작했던 나는 한두 권 소설을 읽어나가는 동안에 벼락이라도 맞듯 충격을 받았다.

'이건 바로 내 이야기 아닌가!'

어떤 소설은 나보다도 형편없는 개차반 인생이 바로 그 개차반 인생을 그것도 무슨 자랑이라고 중언부언 늘어놓고 있었다. 그러나 나에게 무엇보다도 중요했던 것은 바로 그 개차반 인생이 그런 이야기로 작가가 되고, 그리하여 당당하게 세상에 끼어들었다는 점이었다. 문학이 그런 식이라면 나도 얼마든지 자신이 있었다. 당시 내가 이해한 문학은 내가 세상에 끼어들 수 있는 일종의 문 같은 것이었다.

친척의 서가에서 앤솔러지를 발견하고, 그리하여 차츰 시를 알기 시작했을 때, 나는 소설보다는 시를 쓰기로 작정을 하였다. 아무리 영악한 체하지만 역시 어렸던 나로서는 자신의 치부를 낱낱이 세상에 까 보일 용기가 없었던 것이다. 그런 점에서 자신의 치부는 전혀 건드리지 않으면서 무엇인가 있는 듯 없는 듯 잘도 꼬리를 감추는 시 쪽이 훨씬 매력적이었다. 내가 똘마니 시절에 배운 세상을 속이는 방법과 시가 지닌 상징이나 은유 따위의 애매모호한 기교는 신기하게도 서로 통하는 부분이 많았다.

다시 복학을 하자, 나는 자신의 기대 이상으로 문학을 잘하였다.

시 쪽을 택한 나의 궁리도 잘 맞아떨어져서 나는 자신의 치부를 드러내놓지 않고서도 거뜬히 세상에 끼어들 수 있었다. 몇 군데인가 백일장을 휩쓸자 당연히 내 이름은 도청소재지의 남녀고등학교 문예반에 알려졌고, 모르는 여학생들로부터 심심하지 않게 편지도 받았다.

아아, 처음으로 여학생의 편지를 받았을 때의 감격이라니!

나에 대한 동경으로 거의 글씨마저 떨리는 듯한 그 편지는, 처음에 나에게 일종의 면죄부와도 같은 것이었다. 그랬다. 누군가가 나를 좋아하고 있다는 사실만으로도, 나는 자신의 인생뿐 아니라 심지어 감추어진 치부까지 세상으로부터 인정받은 듯이 착각될 지경이었다. 그러나 감격의 순간이 지나자 나는 곧이어 냉정하게 사태를 파악했다. 착각하지 마라. 너에게 달라진 것은 아무것도 없다. 세상은 그렇듯 호락호락한 곳이 아니다. 고작 철없는 여학생 한 명이 너에게 속아 넘어간 것뿐 아닌가. 그것도 정작 네가 아닌 너의 문학에.

편지가 아니라 실제로 여학생을 대하고 그리하여 나에 대한 호감을 확인했을 때도 나는 마찬가지였다. 도청소재지에는 남녀 고등학교 문예반에서 한두 명씩 뽑혀 나와 만들어진 문학동인회가 있었고, 마침내 나도 거기에 가입하게 되었다. 일주일에 한 번 만나서 서로 작품을 돌려 읽고 평을 하는 식의 모임이었는데, 신입회원으로 첫 인사를 하던 때의 기억을 나는 아직도 잊지 않고 있다.

아무리 무기를 지니고 단단히 무장을 했다고 해도 역시 어린 나이였다. 나에 대한 호기심으로 반짝이는 눈들을 대하는 순간 나는 또다시 얼굴이 붉게 달아오르는 것을 느꼈다.

'지금 저 아이들은 혹시 내 치부를 보고 있는지도 모른다.'

그러자 어쩔 수 없이 온몸이 후들후들 떨려왔고, 하여 나는 이를 악문 채 고개를 빳빳이 세웠다. 당시의 나에게, 적어도 그들만큼은 세상을 속이는 나와는 달리 올바르게 문학을 하는 셈이었고, 무엇보다도 그들은 정상적인 가정에서 정상적으로 자란 아이들이었다. 바로 그들에게 내 치부를 들킨 것이었다. 그런 나를 누군가가 구해주었다.

"댁의 명성은 잘 알고 있으니까 그만 목에 힘 빼세요."

얼굴이 달걀처럼 갸름한 여학생이었다. 여학생의 말에 모두 기다렸다는 듯이 크게 입을 벌려 웃었다. 그 순간 나는 정말로 온몸에서 힘이 빠져나가는 것을 느꼈다. 그러자 어떤 허탈감과 함께 알 수 없는 분노가 목구멍까지 차올라왔다. 엉뚱하게도, 나는 세상을 속이고 있는 것은 내가 아니고 마치 그들인 것처럼 여겨지는 것이었다. 여전히 웃고 있는 그들을 보며 나는 이런 식일 바에는 차라리 자신의 치부를 들키는 편이 났다고 생각했다. 한바탕의 웃음과 함께 인사가 끝났을 때, 얼굴이 갸름한 여학생이 다시 나에게 말을 건넸다.

"무슨 색을 좋아하세요?"

여학생의 질문이 나에게는 왜 그렇듯 잔인하게 들렸던 것일까. 나는 마치 여학생을 짓뭉개는 기분으로 대답했다.

"빨간색이오."

얼마 후 그 여학생에게서 편지를 받았을 때 나는 단 한 번의 망설임도 없이 그것을 변소에 버렸다.

여학생의 편지를 변소에 버린 행위는, 단순하고 유치한 심리와는 달리, 나의 일생을 통해 두고두고 영향을 끼쳤다. 물론 당시의 나로서는 까마득히 몰랐지만 그것이 일테면 나의 위악僞惡의 시초였던 셈이다. 훗날 대학시절을 거치면서 이 위악이야말로 나에게는 자신의 아름다움을 살찌우는 자양분이 되어 있었다.

돌이켜보면, 대학시절, 세상에 대한 나의 무기는 바로 위악이었을 터이다. 사회과학식으로 말한다면 위악이 나의 이데올로기였던 것이다. 이 위악은 자연스럽게 죽음이라거나 탐미주의 혹은 허무주의 등과 뒤섞여 세상에 대하여 깊게 병든 한 청년의 문학이 되어갔다.

얼마 전 인사동의 술집에서 나는 우연히 한 후배를 만났다. 후배는 후배대로 일행이 있었고, 나는 나대로 일행이 있었는데, 서로의 술자리가 미처 끝나기도 전에 나는 그를 불렀다.

"너한테 고백할 게 있는데…… 어때? 둘이서 한잔 더 하지 않으련?"

내가 일부러 정색을 했을 터인데도 불구하고 그는 빙글빙글 웃으며,

"또 밤새우게요?"

슬쩍 한 발을 빼는 시늉을 하였다. 기실 그의 말이 틀린 것은 아니었다. 이상하게도 그와 어울린 술자리는 매번 밤을 새웠다. 그러나 조금만 헤아려보면 전혀 이상한 일이 아니다. 몇 해 전부터 차츰 기분 좋게 마시는 술자리가 드물어지고, 그러다보니 어쩌다 즐거운 술자리가 되면 여간만 해서는 쉽게 헤어질 수가 없게 된다. 그런 식으로 따지면 나에게는 그와의 술자리가 매번 즐거웠던 셈이다.

"아니, 오늘은 정말로 너한테 고백할 것이 있어서 그래."

내가 또다시 정색을 하였고,

"어쩐지 겁나는데요?"

그는 여전히 빙글거렸다. 서로의 술자리가 차츰 어수선해질 무렵 그와 나는 살그머니 술집을 빠져나왔다. 그리고 추운 밤거리에서 그의 팔짱을 끼고, 열두시 넘어서도 편하게

마실 수 있는 술집을 찾아 헤매는 동안, 나는 그를 새삼스럽게 쳐다보곤 하였다. 그러면서 나는 스스로에게 물었을 것이다.

'나는 왜 이 친구를 좋아하는 것일까?'

어쩌면 이런 질문 자체가 황당한 것일지도 몰랐다. 누군가를 좋아하는 것 자체까지도 의심을 품어야 하는 식이라면 그것은 상식이 아니다. 그러나 나로서는 스스로에 대한 의아심이 없지 않았다.

이를테면 몇 해 동안 나는 특별한 일이 없는 한, 문단 주변의 사람들을 거의 만나지 않고 지내온 셈이었다. 그런 태도는 사람들뿐만이 아니고 무슨 행사나 모임에 대해서도 마찬가지여서 거기에는 아예 등을 돌린 상태였을 터이었다. 그런 나의 기피증은 어쩌다 문학운동을 하는 후배들이라도 마주치게 되면 숫제 싸늘한 시선이 되곤 했다. 그러면 무심코 나를 향해 반가운 표정으로 다가오던 후배들은 나의 시선을 견디지 못한 채 어쩔 수 없이 당황한 표정이 되었다.

내가 그런 태도가 된 것은 물론 자신에게 원인이 있을 것이었다. 나는 그런 스스로를 되돌아보며,

'반동의 기간인가?'

자문한 적이 있다. 그럴지도 몰랐다. 예를 들면 아무리 먹고 싶었던 음식이지만 그 음식 한 가지만을 줄곧 먹다보니 이번에는 코끝에 냄새만 맡아도 거부감이 오는 그런 식인지도 몰랐다. 몇 해 전, 십 년 가까이 관여하던 출판사를 그만두던 무렵이 나에게는 그와 비슷했을 것이다. 아니, 그때 나는 어떤 거부감을 지나쳐서 차라리 끔찍하게 여겼는지도 몰랐다. 그래서 출판사와 관계되는 모든 것들을 그렇듯 철저하게 외면하게 된 것인지도.

내가 관여했던 출판사는 여느 출판사와는 달리 문학운동적인 성격이 강했다. 우선 출판사의 출발부터 뚜렷한 사주가 없는 일종의 공동체적인 구조에다가 수익금은 모두 문학운동이나 혹은 소위 민중운동권을 돕는 데 사용할 목적이었다. 문단의 선배들에게서 그 출판사에 관여하지 않겠느냐는 제안이 왔을 때, 나는 그때까지 한 번도 직장다운 직장 생활을 해보지 못한 터수임에도 불구하고 거절하지 못했다.

그 무렵이 내가 소위 '김대중 내란음모사건'에 연루되어 감옥살이를 하다 풀려나온 직후였는데, 감옥에 있는 동안 스스로 목숨을 끊은 어머니의 일이며 거의 내팽개치다시피 속수무책으로 버려둔 처자식을 거두어준 문단의 선후배들에게 조금이라도 빚을 갚는 일이 나에게는 바로 출판사에 관여하는 것이었다.

그러나 십 년 가까운 세월이 지나자, 문단의 선후배들에게 빚을 갚는다는 마음보다는, 자본의 속성에 따라 이윤을 좇는 데 급급하는 출판 경영인의 마음뿐이었다. 거기다가 어쩌다 좋은 작품을 만나면 나는 감동하기에 앞서 상품성부터 먼저 헤아리게끔 변해 있었다. 무엇보다도 나는 자신의 그런 변모를 견딜 수 없었을 것이다. 어쩌다 출판사가 소위 베스트셀러를 내자, 돈 걱정에서도 해방된 나는 밤마다 술집을 헤매거나 황폐한 연애에 빠져들었다. 내가 또다시 새삼스럽게 저 사춘기 무렵의 자기혐오에 빠지게 된 것도 그 무렵이었다. 결국 나로서는 출판사를 그만두는 것 외에는 거기에서 빠져나오는 방법이 없었을 터이었다.

한편 출판사의 성격 자체도 어느 면에서는 더 이상 나를 필요로 하지 않았다. 아니, 어쩌면 필요 따위를 지나쳐서 나는 자신도 모르는 사이에 출판사의 성장에 가장 큰 걸림돌이 되어 있었다. 출판사는 처음부터 당연하게 80년대 정권에 대하여 반체제적 문학운동으로 나아갔고, 80년대 중반 이후 민중시를 비롯하여 노동문학이 형성될 때는 그 터전이 되기도 하였는데, 그 무렵 모든 운동권을 몰아쳤던 노선 투쟁이 급기야 문단에도 몰려와 무슨 엔엘이니 피디니 하는 어려운 싸움에 말려들었다. 나로서는 이쪽 말을 들으면 이 쪽이 맞는 것 같고 저쪽 말을 들으면 저쪽 말이 맞는 것 같아서 쉽사리 편을 들 수가 없었는데, 정작 당사자들은 서로의 인간관계가 무너질 정도로 사생결단도 예사였다.

너무 깊이 숲에 들면 그 숲에 가려 막상 산은 보지 못한다고 한다. 비유하자면 나는 너무 깊이 숲에 든 나머지 민중운동이라는 큰 산은 보지 못한 채, 무슨 당위성이나 분파주의 혹은 교조주의나 조직논리에 따른 비인간화 따위 악목들만 본 셈인지도 몰랐다. 그러나 운동이란 그 길이 잘 가는 것이건 못 가는 것이건 어쨌든 앞을 향해 나가고 있는 이들의 몫이고, 그것이 바로 진보 아니랴. 십 년 가까운 출판사 생활에 나는 자신도 미처 깨닫지 못하는 사이에 거의 모든 사고가 보수화되어 있었다. 나는 운동의 조직논리에서 왜 조직의 보전을 위해서는 정기적인 숙청이 필요한가를 이해했다. 그리고 나는 출판사라는 조직에서 스스로를 숙청하였다.

"우리가 처음 만났을 때 기억하니?"

맞춤한 술집을 찾아 자리를 잡고 앉았을 때 내가 먼저 후배에게 운을 떼었다. 그는 여전히 빙글거리는 웃음 속에 한 가닥 경계의 빛을 감추지 않았다.

"왜 그러세요, 부끄럽게."

"그게 부끄러워할 일인가?"

"그럼 자랑할 일인가요?"

"나라면 자랑하지."

"에이, 선배님도 참. 그러지 말고 술이나 드세요."

그가 술잔을 들어 나의 입막음을 하였고, 나는 그와 잔을 부딪쳤다. 그러면서도 나는 머릿속에 그와 처음 만나던 장면을 떠올렸을 것이다.

아직 내가 출판사에 관여할 무렵이었다. 그날은 출판사에 편집회의가 열려서 회의 끝에 술자리까지 갔던 모양으로, 편집위원들과 함께 단골 술집의 안방을 차지하고 앉아 벌써부터 거나해져 있었다. 그런 술자리에 그가 나타났다. 나로서는 처음 보는 얼굴이었는데, 비교적 앳되어 보이는 표정이 어떤 긴장으로 잔뜩 굳어 있었다.

"누구시지?"

가벼운 시비조의 말투로 내가 물었고,

"참, 제 후뱁니다. 왜, 언젠가 한번 보고 싶다고 그랬잖아요?"

편집위원 중의 한 사람이 나서서 그의 이름을 대며 소개를 했다. 한창 무르익는 술자리에 낯선 사람이 끼이면 갑자기 분위기가 가라앉기 마련이고, 술꾼들로서는 어쩔 수 없이 무엇인가 손해를 본 듯한 느낌이기 십상이다. 더군다나 그의 딱딱하게 굳은 표정은 술자리와는 전혀 어울리지 않았다. 나는 애꿎은 편집위원을 향해 속으로 쯧쯧, 혀를 찼을 터이었다. 하필이면 이런 자리에 부른담. 그렇게 속으로 혀를 차며 나는 그에게 술잔을 건넸다.

"성함은 익히 들었습니다. 고생이 많으시지요?"

내가 깍듯이 격식을 차리자 그는 굳은 표정이 대뜸 붉게 달아오르며 당황해했고, 그러자 편집위원이 또다시 나섰다.

"에이 참, 형님도. 제 후배라니까요. 말 낮추세요."

"그래도 첨 뵙는 분에게 그럴 수 있나."

그의 술잔에 술을 따르며 내가 여전히 격식을 차렸고,

"마, 말씀 낮추십시오."

그는 숫제 말까지 더듬거렸다. 그 무렵 그는 노동운동에 관련되어 도피생활을 하고 있는 중이었다. 나로서는 그의 글도 한두 번 보고 그의 신상에 대해서도 대충은 알고 있었는데, 아무래도 이런 술자리에서 그를 만나는 것이 부담스러웠을 것이다. 그는 머지않아 대학의 강사로 나가기로 되어 있었는데, 그것을 거부하고 노동운동에 뛰어든 것으로 소문이 나 있었다. 그런 그의 글이나 시선에 따르자면, 이런 술자리는 '부르주아 지식계급의 반동적이고도 퇴폐적인 술자리'가 틀림없을 터이었다. '그래도 명색은 소위 민중운동을 한다는 자들이 아닌가.'

열두시가 넘어 홀에 있던 손님들이 돌아가자, 기다렸다는 듯이 마담을 위시하여 종업원 여자애들까지 방으로 들어왔고, 술자리는 더욱 질펀하게 무르익어갔다. 그는 예의 앳되어 보이는 얼굴에 여전히 긴장을 풀지 못한 채 굳은 표정이었는데, 어쩌다 나와 눈이라도 마주치면 얌전하게 시선을 내리깔곤 하는 것이었다. 어느 순간 나는 그만 견디지 못하고 다시 말을 건넸다.

"이런 술자리 처음이오?"

"예."

그는 아주 쉽게 대답하였다. 맙소사, 이건 점입가경이로군. 나는 그가 쉽게 대답한 그만큼 나 또한 쉽게 그에 대해서 잊어버리기로 하였다. 그리고 한참 동안은 정말 그에 대해 잊어버렸다.

술자리는 어느덧 노래가 시작되어 어떤 절정으로 치닫고 있었고, 이윽고 내 차례가 되자 나 또한 어떤 절정에 올라 '울고 싶은 인생선' '울며 헤어진 부산항' '망향의 노래' 따위 주로 청승맞은 노래를 계속 불러댔다. 그 무렵 나는 출판사를 그만둘 작정인데다가 무언가 자신의 인생은 실패하고 말았다는 식의 자기혐오에 빠져 있을 때여서 노래도 다분히 감상적이고 청승스러웠을 것이다. 그러다가 내가 어떤 심상치 않은 느낌에 그를 돌아보자, 그는 눈물이 가득히 고인 눈으로 나를 바라보고 있었다. 미처 그의 마음을 헤아릴 수 없던 내가,

  "왜, 노래가 너무 퇴폐적이오?"

  농반진반으로 묻자,

  "아닙니다."

  그는 단호하게 고개를 저었다. 그러면 왜, 하고 내가 눈으로 묻자, 그는 여전히 눈물을 글썽거린 채 입을 열었다.

  "제 아버님 생각이 나서 그럽니다."

  "아버님이라고?"

  일행 중의 누가 어이없다는 투로 물었고,

  "예."

그가 대답했다. 어느덧 술자리도 슬슬 끝나는 것을 느끼며 방 안의 사람들이 모두 그를 주시했다. 그는 사람들의 시선이 부담스러운 듯 얼핏 눈살을 찌푸리더니 입을 열었다.

"제 아버님이 부르시던 노래였거든요. 한 해 농사를 죄다 소작료로 갖다 바치고 온 날이면 아버님은 노래를 부르셨어요. 평소에는 술을 안 하시는 분인데 그런 날은 술이 취해 우시면서 노래를 부르시는 거예요. 그렇게 마음을 달래신 거지요. 우리 땅이라곤 한 평도 없었거든요. 노래 가사나 분위기가 그때 듣던 것하고 똑같다보니……"

어눌한 말투와는 달리, 한 번 말문이 트이자, 그의 입에서는 쉽게 그의 가족사가 풀려나왔다. 방 안의 사람들은 그리하여 한 사람의 공부를 위하여 고향을 떠난 일가족이 누구는 공사판의 막노동으로, 누구는 행상으로, 또 누구는 공장의 여공으로 나선 이야기를 듣게 되었다. 그의 이야기를 들으면서 나는 비로소 그가 왜 대학의 강사직을 그만두고 노동운동에 나서게 되었는지 알 수 있을 것 같은 마음이었다.

"뭘 그렇게 골몰히 생각하세요? 술 드시는 것도 잊어버리고."

그가 나를 상념에서 깨워주었다. 나는 일순 당황하기도

하여,

"응, 갑자기 네가 부러운 생각이 들어서."

그로서는 엉뚱한 말을 했다.

"또 나를 놀리려구요?"

그는 가볍게 경계하는 표정을 만들었지만, 나는 어쩔 수
없이 그가 부러웠다. 내가 아직도 위악을 세상에 대한 무기
로 삼아 자신은 물론 남마저 피투성이로 만든 나이에, 그는
이미 노동운동을 무기로 삼아세상을 변화시키는 싸움에 몸
을 던졌던 셈이다.

"아니, 나는 정말로 네가 부러운걸. 그깟 이유는 따지지
말고, 자, 술이나 비우자."

그와 나는 단숨에 술잔을 비웠다. 그리고 내가 말을 이었다.

"자신을 괴롭힌다는 것은 좋은 일이 아니지?"

"그렇겠지요."

"자신을 괴롭히다 보면 무엇보다도 그만큼 남을 괴롭히니
까."

탁자 너머로 건너다 보았더니 그는 무언가 애매한 표정이
었다. 나는 그런 표정에 쐐기를 박았다.

"흐웅, 너도 남을 많이 괴롭힌 모양이구나."

그의 애매하던 표정이 흔들리고 있었다.

"힘들 때가…… 많았어요."

나는 잠자코 고개를 끄덕거렸다. 그리고 그와 나는 다시 한번 단숨에 술잔을 비워냈다. 내가 말머리를 돌렸다.

"너무 무리하지 마라."

나의 말에, 그가 의아한 시선을 보냈다.

"지금 너 있는 곳 말야. 네가 가끔씩 위태해 보였거든. 저러다 무너지는 건 아닌가 하고."

그는 아직도 나의 말뜻을 헤아리지 못한 듯 의아한 시선이었고,

"좋은 뜻도 지나치면 위선이…… 아닐까?"

나는 마지막 말까지 했다. 지난여름에 나는 우연히 그가 일하고 있는 곳에 들른 적이 있었다. 아마 여름 들어 가장 무덥지 않나 싶은 날이었는데, 서너 평 되는 공간에 책상 세 개와 손님용 의자 몇 개와 함께 그가 끼어 있었다. 남은 건물의 사층인가 오층인가 되는 층수였으므로 올라가는 것만으로도 벅차 가쁜 숨을 쉬는 나에게 그가 부채를 내밀었다.

"아니, 이놈의 사무실에는 그 흔한 선풍기 하나 없단 말이냐?"

"미안해요."

그러고 보니 허우적거리며 계단을 올라온 나뿐이 아닌 그도 역시 땀을 흘리고 있었다. 나는 새삼스럽게 사무실을 둘러보았다. 한 면만이 밖에 면한 채 창이 나 있고 나머지 세 면은 남은 베니어판으로 막아 다른 사무실과 구별해놓은 곳에 바람이 있을 리가 없었다.

"에라, 이 징헌 놈아."

나는 부채를 들어 그를 때리는 시늉을 했다. 그런 나에게 불쑥 한 가지 의문이 솟아왔다.

'이 친구는 지금 무엇을 견뎌내는 것일까?'

그가 일하는 사무실은 재야권의 문화운동 단체로, 그는 거기에서 대중교육의 실무를 맡고 있었다. 모르긴 해도 월급 따위는 있을 리가 없을 것이었다. 돌이켜보면, 그가 관여하던 노동운동 조직이 반국가단체로 몰려 와해되는 과정에서, 조직원의 누군가는 잡혀가고 누군가는 기약 없는 도피생활로 접어들면서, 너나없이 어려운 좌절의 시기가 닥쳐왔을 것이다. 그런 와중에서 그는 도피생활을 끝내고 세상으로 나왔다. 그리고는 조심스럽게 무엇인가를 시작했다. 나는 그가 새롭게 시작한 것이 무엇인지는 구태여 깊이 생각하지 않았다. 중요한 것은 그 '무엇'이 아니다.

"선배님은 제가 하는 일이…… 위선으로 보입니까?"

그가 얼마쯤 심각한 얼굴이 되어 나를 바라보았다. 나는 그를 향해 비스듬히 웃어 보였다.

"왜, 찔리는 데라도 있니?"

"그런 점도 없지 않지요."

"이 바보야, 내 얘긴 말야, 너 스스로를 아낄 줄도 알아란 얘기였어."

그와 나는 또다시 술잔을 비웠다. 그리고 어느 순간 나는 그가 울고 있는 것을 알았다. 전혀 우는 기척도 없이 얼굴에 눈물이 번지고 있었다. 그런 얼굴로 그가 말했다.

"아버님이 불쌍했어요. 차라리 미워하고 싶어도 도무지 미워할 수조차 없을 만큼요. 자신을 아끼고 말고 할 여유조차 나에겐 없어요."

그의 말을 들으면서 나는 빠른 속도로 뇌리에 살아오는 한 사내의 얼굴을 발견했다. 가늘고 날카로운 눈매의 사내. 그런 눈매로 아이를 내려다보며 비웃는 듯 혹은 딱해 하는 듯 얄궂게 웃고 있는 사내. 그렇듯 술을 마셨음에도 불구하고 나는 어떤 조바심으로 목이 타는 느낌이었다. 누군가는 미워하고 싶어도 미워할 수조차 없어서 괴로워할 때 또 누군가는 한 얼굴을 지우기 위하여 자신의 얼굴에 면도날까지 댔다.

"옛날 애기 하나 할까?"

"예."

"옛날에 한 바람둥이가 있었지. 그런데 이 바람둥이는 연애를 할 때마다 우선 상대가 된 여자에게 치욕적인 상처를 주는 거야. 그래서 여자가 피투성이가 되면 그때야 비로소 이 바람둥이는 여자를 사랑하는 거지. 왜 그랬을까?"

"글쎄요."

"이 바람둥이는 여자보다는 바로 자신이 만든 상처를 사랑했던 것이지. 그런데 이 바람둥이가 아직 어려서 여자를 몰랐을 무렵에는 어떤 식이었을까?"

"………"

"사진에 있는 자신의 얼굴에 면도날로 상처를 입히는 식이었어."

"어렸을 때 무슨 정신적인 상처를 입었던 모양이군요?"

"아니, 흔한 사생아였을 뿐이야."

아마 그와 나는 둘 다 취한 표정이 아니었을 터였다.

"이 바람둥이의 요즈음 희망이 뭔지 아니?"

"그러구도 아직 희망이 남았어요?"

"그럼, 남구말구. 뭐냐면 말이야, 글쎄, 뻔뻔하게도 또다시 연애를 하는 것이래지 뭐냐? 뭐, 인제야말로 연애가 뭔지 알겠다나 어쨌다나 하면서."

"그만하면 존경할 만하군요."

"존경은 필요 없구, 냅둬라. 그 길로 가다가 뒤져버리게."

나의 말에 잠시 아연한 표정을 짓던 그가 배시시 입술을 비틀며 웃었다.

"저도 옛날 얘기 하나 할까요?"

"너도?"

"예."

"해봐."

"옛날에 사회주의자가 한 명 있었는데요."

"그래서?"

"아직도 사회주의를 안 버렸대요."

그는 이제 웃고 있지 않았다. 나는 웃고 있지 않은 얼굴을 향해 말했다.

"당연하지. 그 캄캄한 나이에 그거라도 없으면 어떻게 살아남겠니?"

그와 나 둘이만 남아, 하품을 참지 못하는 술집 주인이 기어코 사정을 할 무렵에야 둘은 술집을 나왔다. 열두시가 훨씬 넘은 시각이었다. 기이하게도 밖으로 나오자 비로소 술이 취하는 느낌이었다. 그와 나는 텅 빈 거리에서 어깨동무를 했다. 포장마차의 불빛이 꿈결에서처럼 아득하게 다가왔다가 사라지곤 했다. 나는 좀 더 가늘어진 눈으로 그를 보았다.

"참, 내가 너한테 고백할 게 있었지?"

"아니, 그러면 정말이었어요?"

그가 나에게 되물었고,

"정말이잖구."

나는 멈추어 섰다. 그리고 가로등의 불빛이 푸르스름하게 빛나는 그의 얼굴을 아주 가까이에서 들여다보았다. 그의 두 눈에서도 가로등의 불빛이 푸르스름하게 빛나고 있었다. 나는 목소리를 낮추었다.

"뭐냐면 말야, 네 얼굴이야말로 아름다운 얼굴이라는 것!"

나는 그에게서 등을 돌려 걷기 시작했다. 그러자 그가 곧바로 뛰어와 나를 막아섰다.

"저도 선배님한테 고백할 게 있어요."

"뭔데?"

"아름다움이야 원래 선배님 전공이라는 것!"

그는 내 흉내를 내어 나에게 바짝 얼굴을 들이밀고 낮은 목소리를 냈다.

"뭐야, 서로 덕담 주고받긴 줄 아냐?"

나는 벌컥 화를 내었다. 그러나 자신도 억제하지 못할 한 가닥 기쁜 마음이 벌써부터 가슴 언저리께를 간지럽히는 것이었다. 그래서였을까, 나는 끝내 엉뚱한 말을 하고 말았다.

"만약에 나한테 조금이라도 아름다운 게 있다면, 그건 내게 아니야. 그건 내가 상처 입힌 모든 이들 것이지."

거기에는 저 작고 날카로운 눈매의 사내도 포함될까, 하고 문득 나는 자문했다. 그리고 별로 오래지 않아 나는 고개를 끄덕였다. 어쩌면 사내야말로 나에게서 가장 크게 상처를 입었는지도 몰랐다.

늙은 창녀의 노래

　손님, 들어가도 될 게라우? 예, 그럼 실례하겄구만이라우.

　오메, 여태까장 그렇게 서 계셨든 게라우? 하기사 손님
맘을 알 것 같구만이라우. 코딱지만한 방도 그렇고, 썩은 냄
새가 진동하는 이부자리도 그렇고, 무신 정내미가 붙을 거
이요? 뒵테 만정이 떨어졌것지라우. 그래도 우짤 것이요?
진밤 새신담서 밤새도록 서 있을 수만은 없응께 그만 이쪽
으로 앉으시요. 아매도 이쪽이 명색은 아랫목일거이요.

　참, 손님. 주제넘게 손님한테 한 가지 여쭤보고잡은 것이
있는디, 괜찮겠능게라우? 뭣이냐고라우? 글씨요, 벨건 아니
구만이라우. 그래도 손님 얼굴을 봉께 멜갑시 궁금해지느만

이라우. 뭣이냐면, 그랑께, 왜 해필이면 손님이 나같이 나이 묵은 여자를 찾는다요? 찾으면 안 된다는 것이 아니고라우, 젊고 이쁜 아가씨들을 보두고 해필이면 나이 묵은 여자를 찾응께 한 번 해본 소리여라우.

대답하기 에러우시먼 대답 안 해도 괜찮구만이라우. 손님은 손님 나름대로 무신 사정이 있겠지라우. 손님이 난처한 표정을 하싱께 나가 공연시 죄송하구만이라우. 사실은 여그 주인 할마시가 날 델러 와서, 생기긴 멀쩡허게 생겼는디 나이 묵은 여자를 찾는담서, 그건 무신 변태여? 하고 묻질 않겄소? 오메, 나가 한 소리가 아니고 주인 할마시가 한 소리랑께요. 또 설사 손님이 변태면 대수다요? 설마한들 나럴 죽이기야 할라고라우. 아녀라우. 손님을 변태로 믿는다능 거이 아니고, 됩데 손님 얼굴을 봉께 안심이 되야서 나가 농담 잠 했어라우.

저어, 손님이 아무래도 객지 분 같은디, 나가 틀렸능게라우? 우찌게 알았냐고라우? 그거이사 손님이 말씀하시는 걸 보고 알았제라우. 사투리도 안 쓰고, 힛빠리 골목에 대해서도 잘 몰른 걸 봉께 여그 사람이 아닌가비다 하고 짐작한 거제라우. 그란디 우짠 일로 이 아랫녘까지 오셨다요? 무신 사업이나 장사하는 사람도 아닌 것 같은디, 근다고 맘 펜하게 놀로 댕기는 사람도 아닌 것 같고……오메, 나가 첨보는 손님한테 벨걸 다 물어보요잉?

간첩은 아닝께 안심해라고라우? 오메, 나는 참말로 그런 뜻이 아니었구만이라우. 나 말을 그렇게 들었다면 미안하구만이라우. 나가 벨로 말이 많은 펜이 아닌디, 손님한테는 요상하게 궁금증이 생게서그랬소. 뭔지 몰르게 손님은 다른 손님들하고는 참 달러라우, 요런디 댕길 분이 아닌 것 같기도 하고라우. 요런 디가 우쩌서 그러냐고라우? 하기사 올 사람 따로 있고 못 올 사람 따로 있을랍디요만은, 그래도 손님이 보다시피 여그가 어디 사람 살 뎁디여?

아니, 나 말은 그런 말이 아니구만이라우. 뭐이냐, 긍께, 여그는나같이 몸 포는 여자나 또 그런 여자를 찾어오는 손님들이나 참말로 밑바닥 중에서도 밑바닥 사람들뿐잉께 하는 소리여라우. 사람이 좋고 나쁘고 그런 말이 아니었어라우. 나도 잘 모르제만 아가씨하고 한 번 노는 디 꽃값을 오천원 받는 디는 전국에서도 여그밖에 없다등만요. 오천원도 어디 다 꽃값인게라우? 거그서도 방값 지하고 또 소개비지 하고 그러면 반밖에 안 될 거이요.

술이라우? 술이야 쬐깜씩은 하지라우. 인자 봉께 손님이 기분파요잉. 뭣이냐, 이런 데 와서 술 잡술라고 그라는 손님들도 뻴라 없어라우. 기냥 아가씨들하고 자기 바쁘제 언제 술 사다 마시고 어쩌고 할 정신이나 있간디라우. 그라먼 쬐끔만 지달리시요.

손님, 안주가 빈빈찮아서 깡술 잡수시는 거이나 마찬가질 텐디요잉. 요 앞 가게에서 땅콩하고 오징어 잠 샀어라우. 무신 진안주 잠 마련하면 좋을 텐디 이런 데서 구할 수가 있어야제라우.

뭣이라우? 나만 있으면 된다고라우? 오메, 손님은 우쩨게 말씀도 놈 듣기 좋게 잘하신다요? 말씀만이라도 고맙구만이라우. 이왕에 손님이 나 같은 것을 그렇게 듣기 좋게 칭찬해주셨응께 나가 그 대답으로 한잔 올릴라요. 자, 내 잔 한잔 받으시요. 오메, 나도 주신다고라우?

이렇게 손님하고 마주 앉아서 술을 마싱께 멜갑시 기분이 이상해지느만이라우. 뭣이냐, 손님을 오래전부터 알았던 그런 기분이랑께요. 그라고 여그 가슴패기가 잠 간질거린 것 같고라우. 술이 좋기는 좋구만이라우. 나도 아까 손님이 장승모냥 멀뚱하게 서 계신 것을 봉께 맘이 안 좋았었는디라우. 이런 디 와서 나같이 나이 묵은 여자를 찾응 것을 보면 뭐인가 놈 몰르는 사연이 있는 분이 분명한디라우, 기냥 나 같은 것하고도 놀다가보면 쬐깜이라도 손님 기분이 풀릴랑가 모르겠소. 자, 지가 한잔 드릴 텡께 쭈욱 잡수시고 맘에 맺힌 일 같은 것은 훌훌 잊어뿌시요.

내 나이가 몇 살이냐고라우? 마흔하나여라우. 나이가 너무 많아서 실망하셨소? 오메, 동갑이라고라우? 손님은 그렇게 안 봤는디 나이보다는 영 젊게 보이요. 이런 디 있는 여자들 중에서 나가 나이가 젤로 많냐고라우? 아녀라우. 오메, 손님이 보시기에 우짤지 모르제만 나는 그래도 그렇게까장 높은 펜에 끼지는 않어라우. 여그 있는 여자들 중에는 쉰여덟 묵은 할무니도 있소. 그랑게 이 힛빠리 골목에는 나같이 나이 묵은 여자들이 한 오십명은 될 거이요. 그라고 그런 여자들 중에는 가정이 있는 유부녀들도 있구만이라우.

오메, 왜 그렇게 놀란 얼굴을 하신다요? 유부녀들이 왜 나오냐고라우? 아니, 손님은 참말로 몰라서 물으시는게라우? 긍께 옛날부터 목구녕이 포도청이라고 안 합디여. 굶어 죽을 수 없응께 할 수 없이 나오는 거제라우. 그런 여자들은 집에다가는 공장에 밤일하러 댕긴다고 그란다등만요.

나보고 이런 디 있을 것 같지 않다고라우? 설마 술 죄깜 잡수시고발써 취하신 것은 아니제라우? 말씀만이라도 고맙제만 이런 디서 생활한 지 이십 년이 넘소. 놀라셨지라우? 말이 이십 년이제, 요지음 곰곰이 돌이케보면, 참말로 무신 꿈 같어라우. 그것도 긴 꿈도 아니고. 뭣이냐, 꾸벅꾸벅 졸다 가 한소끔 딱 꾼 그런 꿈 같은디 그거이 이십 년이랑께요.

이십 년 동안 나는 한 번도 여그를 떠나본 적이 없소. 글 다봉께 나는 안직도 바깥 시상이 우찌게 생겼고, 우찌게 돌아가는지 잘 몰라라우. 사람들이 거짓말이라고 그럴 것이요만 나는 참말로 여그서 손님 받는 일 외에는 아무것도 몰르고 살아왔어라우. 나는 자랑은 아니요만 지금까지 몸 포는 일 외에는 누구를 속에본 적도 없고 해꼬지 해본 적도 없구만이라우. 나가 이런 이약을 항께 못 믿었지라우? 믿는다고라우? 설마하니 진담은 아니시지라우? 아니, 진담이 아니라도 고맙구만이라우.

말이 나왔웅께 말이지라우. 빈대도 낯짝이 있다고, 나이 들어서까장 이런 디 나올랑게 스스로도 사람 같지가 않소. 맘 잡고 안 나올라고 해도, 남들 모냥 남펜이 있소? 자석이 있소? 방에서 천장만 바라보고 있다보면 인생이 기냥 허전

해서 젠딜 수가 없어라우. 돈도 돈이제만…… 딴 것이 있당께요. 징허제만 결국은 여그가 바로 나를 밥먹에 살레준 뎅께. 이런 디도 사람이 사는 디라고 정이 들었든갑서라우.

　나이 마흔이 넘웅께
　이런 징헌 디도 정이 들어라우.
　열여덟 살짜리 처녀가
　남자가 뭔지도 모르고 들어와
　오메, 이십 년이 넘었구만이라우.
　꼭 돈 땜시 그란달 것도 없이
　손님들이 모다 남 같지 않아서
　안즉까장 여그를 못 떠나라우.
　썩은 몸뚱어리도 좋다고
　탐허는 손님들이
　인자는 참말로 살붙이 같어라우.

　가만 있어라. 인자 봉께 손님이 참 간살맞소잉. 왜냐고라우? 술금슬금 술 멕에놓고 벨스런 소리를 다 하게 만등께 그라제라우. 그라고봉께 손님들 앞에서 이렇게 속맘을 털어놓고 이약을 하는 거이 아매도 손님이 첨일 거이요. 손님이 내 말에 장단을 맞추는 바람에 나가그만 부끄러운 줄도 모르고 괜한 것까지 나불거렸소.

오메, 손님. 그거이 무신 베락 맞을 소리다요? 아무리 남 듣기 좋은 소리를 하드라도 골라서 하시제, 그런 말은 하늘이 들을까 무섭구만이라우. 시상에 몸 포는 여자보고, 당신처럼 곱고 참허게 산 사람도 없다고 하면, 그 말을 곧이곧대로 믿을 여자가 있을 게라우? 아무리 바보 천치라도 귀가 간지럽다고 폴짝 털 거이요. 손님도 인자 봉께 참말로 숭한 분이구만이라우.

아니, 그라면 나보고 참말로 손님 말을 믿어란 말이요? 나가 그처럼 바보 천치로 보이요?

아녀라우, 아녀라우. 그런 것은 아녀라우. 손님이 나한테 공연시 거짓말하고 그럴 분처럼 뵈지는 않구만이라우. 나 같은 천한 여자한테서 뭘 얻어 묵것다고 손님이 속에도 없는 말을 할 거이요. 그렇제만 너무 얼척이 없어서 안 그라요? 참말 이제 그런 말은 마흔이 넘도록 살면서 첨 들어봤소.

인자 봉께 손님은 여그 잘 댕기는 따른 손님들과는 많이 달르구만이라우. 나가 이런 소리를 해서 쏠랑가 못 쏠랑가 모르겠소만, 손님은 뭐이냐, 말씀하는 것도 그렇고, 또 맘 씀 씀이도 그렇고, 남보담은 높은 공부를 한 분 같어라우. 긍께 왜 사람들이 속된 말로 하는, 그 뭐이냐, 가방끈이 질다고 그라든가, 하야튼 대핵교 공부 같은 거이 높은 공부가 아니 겠소? 그렇제만 아까 손님이 하신 말씀은 지가 안들은 걸로 할라요. 요모조모로 생각해봐도, 오메, 이날 이때껏 몸만 폴 만서 살아온 여자보고, 당신처럼 곱고 참허게 산 사람도 없 다는 그런 말은 할 소리가 아니제라우.

아무리 나가 못 배왔제만 그것은 알겠구만이라우. 나한테 는 손님말씀이 됩데 욕처럼 들리는디요. 물론 손님이 나한 테 욕할라고 한 소리가 아니단 것은 알제만, 한펜으로 나도 내 꼬라지를 몰르는 것이 아닌디 무작정 손님 말씀에 놀아 날 수는 없제라우.

지금까장은 손님을 좋게만 봤는디 그것도 아닌갑서라우. 뭐인지는 잘 몰르겠제만 손님이 잠 무서운 생각이 든당께요. 참말로 요상하요잉. 손님한테 그 말을 듣고 난께로 뚱금없이 폴다리에 힘이 쭉 빠져불면서 무신 가심에 피라도 걸린 것 모냥 가심이 울렁울렁한디요. 우짠 일이까잉. 술은 얼매 마 시지도 않았응께 술 땀시 그란 것은 아닌디, 안 그런다 안 그런다 함서도 아무래도 나가 손님 말에 놀아난 모냥이요.

그라고 보면 나도 곱고 이쁜 시절이 아조 없지는 않제라
우. 나한테도 그런 시절이 있기는 있었소. 나이를 묵어서 늙
어강께 그란지 몰라도 요새는 꿈에 자주 고향을 보요. 그라
면 꿈속에서는 반다시 나는 열여덟 살짜리 숫처녀로 나타나
는디, 꿈속에서도 나가 그렇게 곱고 이쁠 수가 없어라우.

이런 디 있은 지 스무 해가 넘음시롱
뭔일이까잉, 열여덟 처녓적 나가
꼭 활동사진 맨키롱 떠올르곤 해라우.
낮이먼 콩밭 매고 밤이먼 미영 감고
마실 총각들만 봐도 앵두알 맨키롬
얼굴부텀 빨개지던 나가
뭔일이까잉, 그렇게 이삐고 환해서
늙은 가심이 다 콩당콩당 뛴당께요.
고향 떠날 때 불타오르던 앞산에 참꽃도
그렇게 이삐고 환허지는 못할 거이요.
그런 날은 다 늙어 손님을 받는 일도
벨스럽게 부끄럽지는 않어라우.

이왕 손님한테 보일 디 못 보일 디 없이 미친년 속가랭이 모냥 까발게 부렀응께 말이제만, 요새 꿈꿀 때말고도 열여덟 살 처녓적 나가 시도 때도 없이 나타난단 말이요. 나가 안직은 망령 들 나이도 아닌디 그라요.

말 꺼내기에도 참 부끄러운 이약이요만은 손님을 받다보면 자석 같은 떠꺼머리 총각들도 있어라우. 그런 총각들을 손님으로 받고 있다보면 우짠지 아요? 나도 뜽금없이 총각들하고 똑같은 숫처녀가 된 것 모냥 수집어함시롱 난중에는 얼굴까장 빨개진단 말이요.

열아홉, 스무 살짜리 떠꺼머리 손님이
아짐씨 함시롱 달라들먼은
오메, 벌받을 소리제만
나가 꼭 그만한 나이의 숫처녀 같어라우.
뭣이냐, 보리밭 속에서 하늘이 빙빙 돌고
종달새가 지지배배 지지배배 울어쌓고
보리까시라기는 가심이며 귓볼을 찔러대고……
나이가 묵웅께 이런 것까장 헛보인단 말이요.

손님 생각에도 나가 아무래도 지정신이 아니제라우? 그
렇지 않다고라우? 그렇지 않다면 정신 말짱한 년이 우찌게
그런 헛것까장 볼 거이요.

　오메, 나가 부럽다고라우? 시상에 부러울 거이 없어서 그
런 거이 부럽단 말이요? 아무래도 나가 손님을 잘못 본 모
냥이어라우. 인자 손님이 왜 요런디까장 찾어왔능가 알 것
도 같소. 그라고 봉께 손님도 어딘가 허한 디가 있는 것 같
어라우. 이런 이약을 해서 참말로 죄송허요만 우째 그런 생
각이 등만요. 안 그렇다면 우찌게 나가 부러울 거이요? 안
그런게라우?

　손님, 혹시 무신 사업에 실패라도 하셋소? 안 그라면 가
족하고 무신 생이별이라도 하셋거나, 그것도 아니먼 사람들
이 흔히 하는 말로 실연이라등가 그런 거이라도 당하신게라
우? 차라리 그런 거이라도 당했으먼 좋겠다고라우? 참말로
손님은 알다가도 모르것소잉. 우찌게 보면 천하에 걱정거리
한나 없이 태평한 분 같고, 또 우찌게 보면 가심이 텅텅 비
어 있는 허깨비 같고…… 뭐인지 몰르제만 손님도 하여튼
시상을 쉽게 살아온 분은 아닌 것 같소.

　자, 손님. 또 내 술 한잔 받으시요. 생각 같어서는 나가 가

진 것을 다 드레서라도, 뭐이냐, 손님 허한 디를 메꽈주고 잪
소만, 그것도 맘뿐이제라우. 가진 거이라곤 썩은 몸뚱어리
뿐임서, 지 꼴은 모르고 손님이 그렇게 허한 구석을 보잉께
언감생심으로 그런 맘도 안 드요?

열여덟 꿈꾸는 나이로, 보리밭 이랑에 앉어
나물을 캤어라우.
보리밭이나 나물만 어디 포랬간디요.
가난허제만 때묻지 않은
내 웃음도 포랗게 눈부셨지라우.
아직까장 누구한테도 보인 적이 없는 젖가심은
이랑, 이랑을 메울 때끼 터지게 부풀었제라우.
손님모냥 맘이 허해서 떠도는 사람을 보면
한잔 술에 스무 해 전 내 열여덟을 담아주고 싶어라우.
갈색으로 시들은 웃음 저 너머
차갑게 식어뿐 젖가심 저 깊이
그때의 보리밭 이랑에서, 처음 가심을 열어
손님모냥 허한 맘을 채와주고 싶어라우.

오메, 우짜까잉. 손님이 임우롭게 대항께, 나가 그만 숭한 꼴을 보예뿌렀소. 손님이 허한 얼굴을 항께 나도 덩달아 맘이 약해져갖고 눈물을 보였구만이라우. 이런 일이 한 번도 없었는디 나가 오늘 실수를 많이 항만요. 괜찮다고라우? 오메, 손님만 괜찮다고 될랍디여? 우선 나가 부끄러운디요. 술 한잔 주신다고라우? 야우, 오늘밤에는 우짠 일인지 술도 널름널름 잘 넘어가고, 맛있구만이라우. 이왕에 마시능 거, 인자부터는 나가 실수하는 것도 모다 술 탓으로 돌레뿔라요. 낯 두껍다고 속으로 욕이나 허지 마시요잉.

이렇게 손님 앞에서 눈물을 보이능 걸 봉께 나도 인자 늙기는 늙었는 갑서라우. 그만큼 맘이 약해졌는 갑제라우. 꿈에 자꼬 고향이 보이고…… 왜, 한 번 다녀오제 그러냐고라우?

안 되라우, 안 되라우. 나가 인두겁을 쓴 이상 고향에는 못 가요. 오메, 우리 아부지 엄니 가심에 못을 박어놓고, 인 자사 나가 우찌게 고향엘 갈 거이요? 안 되지라우. 지금까장 이십 년이 넘도록 나가 이를 악물고 젠데냄시롱 고향에 안 가고 참어냈는디 인자서 뭘라고 갈 거이요? 이 모냥, 이 꼴로는 절대로 고향에는 안 갈라요. 글제만 나가 언젠가는 꼭 고향을 가고 말 거이요. 하문이라우. 나가 죽어서라도 기연시 고향에는 가고 말 거이요. 허제만 시방은 아녀라우.

　손님은 고향이 어디요? 뭣이라우? 고향이 없다고라우? 에이, 그런 말씀 마시요. 시상에 고향이 없는 사람이 어딨다요? 긍께 너무 어레서 고향을 떠나갖고 고향이라고 해봤자 암도 아는 사람이 없다고라우? 그라면 부모형제는 어디서 사시는 게라우? 부모형제가 없다고라우? 오메, 나가 암것도 몰르고 실수를 했구만이라우. 나는 다 계신 줄 알고 물었는디, 나가 공연시 손님 아픈 디를 건드린 모냥이요. 괜찮다고라우? 그래도 우짠지 나 맘이 안 좋구만이라우.

　인자 봉께 손님도 참 외로운 분이구만요. 고향이 없단 말도 하시게 생겠구만이라우. 고향이란 거이 무신 산천 구경이 아니라면 일가친척도 한나 없고, 아는 사람도 없는 고향이 우찌게 고향일 거이요? 차라리 타향보다 못하것제라우. 시상에 살다봉께 그런 일도 있구만요잉. 그랑께 손님이나 나나 고향이 없는 펜이 되야뿌렀구만이라우. 나는 고향이 있제만 살아서는 찾어갈 수가 없응께로 고향이 없고, 손님은 손님대로 찾아가봤자 반게줄 사람도 없응께 차라리 없다능거이 낫것고…… 자, 손님. 지가 특벨한 맘으로 술 한잔 드릴라요.

꽃값 오천원으로 손님이 나를 사면
내 고향 들샘머리 복사꽃으로 나는 손님을 사요.

손님도 나도 잃어뿐 거그
그렇제만 차마 죽어서라도 돌아갈 거그

오막살이 지붕 우에 저녁별 돋아나면
우리 함께 복사꽃으로 피어날 거그

꿈에, 참 많이도 고향을 봤지라우. 근디 꿈만 꾸면 꼭 고향은 봄이어라우. 아매도 나가 고향을 떠날 때 봄이어서 그란 모냥이요. 참꽃은 참꽃대로 온 산에 발갛게 타고, 논에는 자운영이 무신 공단이불모냥 질펀하게 깔려서 분홍빛으로 피어나는디, 저 아래 바다 쪽으로는 유채꽃들이 덩달아 피어서, 오메, 밤에도 마치 횃불을 킨 것 맨키롬 환했어라우. 글다가 꽃들이 한끄번에 벙글어져서, 살구나무, 앵두나무, 복숭나무, 배나무, 사꾸라나무, 그렇게 나무란 나무에 모다 꽃이피어갖고 마침내 꽃사태가 나면, 오메, 가심이여, 멀리서 색깔만 봐도 가심부터 우선 벌렁벌렁 뛰놀던 그 환한 꽃들이 시방도 눈에 선하요.

　그라면 해종일 동무들끼리 대소쿠리 한나씩 들고 산에 들에 나가살았지라우. 오메, 캐도 캐도 지천으로 깔레 있던 그 야들야들한 것들, 아이고, 야들야들한 것들이 나물뿐이었간 디요? 말만한 큰애기들이 부끄러운지도 몰르고 아그들모 냥 삐비도 뽑아 묵고, 찔레순도 꺾어 묵음시롱 공연시 그놈의 환한 꽃색깔에 가심에 바람이 들어갖고 밤낮없이 몰려댕김시롱 총각들 숭을 봤는디, 그때 그 가이내들, 영임이, 끝순이, 양순이, 막례, 순자…… 지끔 생각하면 그 가이내들이 바로 나물보다 더 야들야들 했지라우.

　어디 야들야들하기만 했간디요. 심들도 좋아서 일들은 또 얼매나 잘 했는디라우. 산에 가면 참꽃은 참꽃대로 입가생이가 벌점게 따묵음시롱도 솔가리나 갈퀴낭구는 낭구대로 머릿짐으로 한짐씩 해갖고 내레오고, 밤이면 한방에 모여서 수틀을 붙들고 앉아 모본에 따라 학을 날아올리고 또 원앙을 짝지어 줬지라우. 그람서 안직 논일이 시작되기 전에는 하지감자 모종이며 꼬치 모종에서부텀 봄남새들 씨 뿌리는 밭일에까장 매달리기도 했지라우. 그렇게 흙을 만지다 보면, 삼동 내내 얼었던 흙이 풀레갖고 거그서 나는 흙냄새는 무신 생콩 비린내 비슷함시롱 쇠여물 냄새도 쬐깜 섞인 것 같어 갖고, 그거이 얼매나 상큼했간디요.

긍께 겔국은 쩌런 거이 바로 사람 사는 거인디, 그때는 그걸 몰랐어라우. 동무들이 봄바람이 나갖고 한나썩 둘썩 서울이랑 부산 같은 대처로 나가서 방직공장이랑 신발공장에 댕김서 돈을 많이 번당께 나도 덩달아 보따리를 싸갖고 집을 나온 거이 이렇게 되야뿌렀소.

손님, 용서하시요. 긍께 나가 아까참에 말 안합디여. 인자부터는 실수하는 것을 모다 술 탓으로 돌린다고라우. 안 울라고 하는디도 고향 이약을 하다봉께 그만 참을 수가 없구만이라우. 참말로 살다봉께 이렇게 손님한테 고향 이약을 함시롱 울 때도 다 있소잉. 그래도 울다봉께 가심은 쬐깜 시언하구만이라우.

왜 방직공장에 안 가고 일로 오게 되았냐고라우? 인자 참말로 벨이 약까장 다 나오요잉? 손님은 꼭 그런 이약까장 시시콜콜하게 들어야 쓰것소? 안 해도 괜찮다고라우? 하기사 못할 것도 없제라우.

집에서 도망나와 갖고 서울로 갈라고 송정리역에서 기차를 지달리고 있는디 점잖게 생긴 아자씨가 나한테 오등만 말을 겁디다.

서울로 취직하러 가는 길이제?

나는 너무 놀래갖고 눈을 화등짝만하게 만듬서 그 아자씨한티 되물었지라우.

오메, 아자씨가 우찌게 그거를 안다요?

처녀 얼굴에 그렇게 써졌는디, 그걸 몰르것어? 누가 봐도 금방 알것구만.

오메, 아자씨. 그 말이 참말인게라우?

안 그러면 나가 우찌게 알것어? 점쟁이도 아닌디.

그 점잖은 아자씨는 나가 아자씨 말에 당황해서 우짤 줄 몰릉게 빙긋이 웃등만 목소리를 낮춰갖고,

조심해야 되야. 처녀같이 순진한 여자를 노리는 나쁜 사람들이 서울뿐만 아니고 여그 역전에서부텀 쫘악 깔랬단 말이여. 쩌그 저 사람들 잠 봐. 저 사람들도 처녀같이 순진한 여자를 노리고 있응께.

그 아자씨가 나 귀에다 속삭임서 역 광장 한쪽을 갈치는디, 거그는 나가 보기에도 깡패같이 생긴 사람들이 서서 나 쪽을 힐끔힐끔 쳐다보지를 않것소? 나가 겁이 나서 그 점잖은 아자씨한테 바짝 달라붙응께, 그 아자씨가 다시 귀엣말

을 합디다.

저 사람들은 여차직하면 처녀도 강제로 끌고 가부러. 여그서 실패하면 서울까장 따라가서 잡어간당께. 저 사람들이 설치고 나서면 말게줄 사람도 없어. 저 사람들은 여그 순겡들도 맘대로 못 건드린당께. 근디 아무래도 저 사람들이 처녀를 노리는 눈치여. 힐끗힐끗 여그를 훔쳐보는 모냥이 심상치 않은디? 저 사람들이 처녀를 끌고 가면 어디로 데꼬 간지 대충 이약은 들었제?

야우. 그라제만, 아자씨. 아무 죄도 없는 사람을 우찌게 끌고 간다요?

허허, 처녀는 참말로 순진하네. 저 사람들이 기냥 나쁜 사람들인가? 아무 죄도 없는 사람을 끌고 가서 술집이나 몸포는 디다 폴아목는 사람들잉께 나쁜 사람들이제. 글고 처녀가 왜 죄가 없어?

오메, 아자씨. 나가 뭔 죄가 있다고 그라요?

처녀는 시방 집에서 몰래 도망나왔제? 그것도 죄는 죄여. 저 사람들은 처녀가 집에서 도망나왔다는 것도 다 알고 있을 거란 말이여.

오메, 아자씨. 그라면 나는 우짜면 좋을 게라우?

나가 심장이 콩알맨키롬 오그라들어갖고 오돌오돌 떨게 그 아자씨가 손바닥으로 가만히 내 등을 토닥거레 줍디다.

그래도 처녀가 복이 있어갖고 나 같은 사람을 만난 거여. 저 사람들도 나한티는 꿈쩍 못항게. 나가 뭐이냐면 청소년 선도위원이여. 처녀는 청소년 선도위원이 뭔지 몰르제?

야우, 몰르것구만이라우.

몰르겄제. 거시기, 청소년 선도위원이 뭐이냐 하면, 바로 처녀모냥 몰래 집에서 나온 소년소녀들이 나쁜 사람들한티 잡헤가그나 아니면 스스로 나쁜 질로 가는 것을 막아주는 사람이여. 그래갖고 좋은 디 취직시케주고, 뭐이냐, 착하게 살도록 선도하는 사람이다 이거여. 인자 알것는가?

아자씨, 그러면 아자씨가 나도 취직을 시케주실 수 있단 말이요?

하문. 아, 그거이 바로 선도위원이 하는 일인디. 취직도 일반 사람들이 허는 그런 허술한 디가 아니고 말이여. 처녀가 공부를 더 하고잡다면 야간 고등핵교를 다닐 수 있게꼬롬 큰 공장 같은 디서부터 부잣집 가정부 자리까장 처녀가 원하는 디로 취직을 시킬 수가 있당게. 근디 처녀는 학교 댕기기는 쫌 늦은 것 같은디, 그래, 공부를 더 하고잡어? 안 하고

잖어?

더, 더 하고잖어라우.

나 말에 그 점잖게 생긴 아자씨가 몇 번이고 고개를 끄덕이더니 잘되얏담서 나를 데꼬 역전 근방에 식당으로 가서, 뭐이냐, 냉멘을 사줍디다. 그때 나는 태어나서 첨으로 냉멘을 묵었는디, 오메, 맛나등거! 나쁜 사람들한티 붙잡혜 갈까봐서 가심이 두근반 서근반 함서도 소가지 없이 냉멘이 그렇게 맛납디다. 나가 그렇게 냉멘을 맛나게 묵응께 아자씨가 냉멘을 한그럭 더 시케줘서 염치좋게 국물까장 한나도안 냉기고 다 묵었소. 시방도 그때 그 냉멘만 생각하면 입에 군침이 돈당께요.

그라고 나서 아자씨는 역전에 있던 나쁜 사람들을 따돌래야 한담서, 그랄라면 우선 서울하고 반대짝으로 가야 한다고 목포로 가는 기차를 탑디다. 저녁 무렵에 기차를 탔는디 목포에 내렁께 깜깜한 밤이 되야뿌렀습디다. 그 아자씨가 오늘은 너무 늦어서 암디도 못 가고 쬐깜 있으면 통행금지가 시작됭께로 암디서라도 하룻밤을 보내야 한담서 나를 데고 역전에 있는 골목으로 가덜 않겄소? 꼬불꼬불하게 생긴 골목을 이리 돌고 쩌리 돔서 한참을 가등만 그 아자씨는 어떤 여관으로 마치 자기 집에 온대끼 혼자서 불쑥 들어가뿌러라우.

그 때까장도 나는 아무것도 눈치를 못 채고 그 아자씨 뒤꽁무니만 강아지새끼맨치롬 쫄래쫄래 따라갔지라우. 근디 여관엘 들어강께 여그저그서 방문이 열리등만 그 아자씨한테 한마디썩 안 체를 안 하요? 뭣이냐, 어이 김 씨, 오늘도 푼짱 하나 했구만. 그란 사람도 있고, 또, 하야튼 김 씨는 알아쥐야 해. 한 번 나갔다 하면 공치는 날이 없응께. 그란 사람도 있는디, 그 아자씨는 실실 웃음서, 이 사람들아, 농담허덜 말어. 오늘도 나가 준 일 허느라고 얼매나 심들었는디, 이 사람들이 쓸데없는 소릴 허고 있네. 공연시 다 된 밥에 코 빠뜨리지 말고 참겐들 말어. 그렇게 말대꾸를 허들 않것소? 오메, 근디 나넌 그런 말을 들음서도 그 말이 뭔 말인지 몰랐당께요. 다만 그 아자씨가 여그 사람들허고 친하게 말을 주고받는 거이 쬐깜 이상했제만, 그 아자씨가 여그 사람들하고 한통속일 줄은 꿈에도 몰랐어라우.

난중에 알고 봉께 그 아자씨는 여그서 흔히 허는 말로 푼짱 네다바이라고, 그랑께 나 같은 처녀들 꾀야오는 전문가였어라우. 그 때 그 아자씨를 따라 들어온 골목이 바로 이

골목이요.

지끔도 그 아자씨를 원망하냐고라우? 아녀라우, 아녀라우. 나넌 이날 이때껏 그 아자씨를 원망해본 적이 없소. 사람이 참 요상해라우. 뭘로 보나 나는 그 아자씨를 원망하고 미워해야 맞는디, 금메, 그거이 아녀라우. 긍게 나가 그 아자씨를 따라 여그 골목을 첨 들어온 날도 그라요. 바로 그날 여관 골방에서 나가 그 아자씨한테 처녀를 뺏긴 셈인디라우. 참말로 요상시럽제만 그 아자씨가 밉덜 않더란 말이요.

나가 그 아자씨를 따라 골방에 들어가서, 아까참에 손님 맨치롬 멀뚱하게 서 있응께, 그 아자씨가 나보고, 밤새도록 그렇게 서 있을 거이냐먼서 이불 속으로 들어가 자라고 그랍디다. 나가 기냥 옷을 입은 채로 다리만 살그머니 이불 속에 넣응께 그 아자씨가 나를 잡아댕게갖고 이불을 덮어줌서, 자기가 지케줄 텡께 아무 걱정하덜 말고 잠이나 자라고 나 등을 토닥거레주등만요. 글고는 술이나 마셔야겠담서 밖으로 나가등만 쪼끔 있다가 참말로 술을 사갖고 왔습디다. 글등만 암말도 않고 혼자서 술을 묵음서 우짜다 나하고 눈이 마주치면 빙긋이 웃고는 다시 술을 묵고 그랍디다. 그렇게 그 아자씨가 술을 묵는 것을 보다가 그만 나도 몰르게 잠이 들어뿌럿소.

을마나 지났으까, 뭐이 이상해서 눈을 떠봉께 그 아자씨가 내 옷을 벳기고 있습디다. 오메, 아자씨, 하고, 나가 소리를 질를라 그랑께그 아자씨가 손으로 나 입을 막등만요.

난중에 차차 알게 될 거이다. 지끔은 암시랑 말고 나 허는 디로 냅둬라. 그거이 니 신상에 이로와야. 지끔 니가 나 말을 안 들으면 딴디로 끌레가는디, 거그 가면 니는 반빙신이 되야뿌러야. 무슨 말인지 알겄냐?

왜 그란지 몰르것소만은, 그때 나는 아자씨 말에 잠자코 고개를 끄덕거렸소. 이상시럽게도 그 아자씨 말이 거짓말이 아닌 것모냥 여겨지더랑께요. 그때까장 나는 암것도 몰르고 있었는디, 그란디도 불구하고 아자씨 말을 안 들으면 안 될 것 같더란 말이요. 우찌게 보면 아매도 그 아자씨 눈 땀시 그렇게 순순허게 아자씨 말을 따랐는지도 몰르겄소. 눈이 어째서 그랬냐고라우? 나를 내레다보는 그 아자씨 눈이 참말로 그렇게 안타까워 보일 수가 없었어라우. 그 아자씨 눈을 보고, 나는 아자씨가 하는 대로 냅둬뿌렀소. 그렇게 나는 몸을 망친 셈이요. 그 아자씨는 나가 처년 중 알고는 한숨을 쉬등만요.

진즉에 니가 참말로 처녀 줄만 알았음사 나가 니를 일로 데꼬 오들않았어야. 따른 디로 보낼 수도 있었는디⋯⋯

난중에 알고 봉께 그 아자씨 말이 참말이었어라우. 그 아자씨가 처녀를 꾀여와서 말을 안 들으면, 여그 있는 다른 패거리들한티 넘기는디, 그쪽으로 넘어가면 젊은 남정네들 서너 명이서 반죽음시케 부는 모냥입디다. 그렇게 되면 그 처녀는 한동안 여자 구실도 못 해라우. 그만큼 지독허게 당하는 갑습디다.

글고 봉께 지끔 생각해도 나가 속창아리가 없긴 없는 년이어라우, 그 골방에서 아자씨하고 꼬박 사흘을 함께 지냈는디 난중에 헤여질 때 안 헤여질라고 나가 울고불고 난리를 피왔소. 아녀라우. 정이 들고 말 것도 없고라우. 그때는 앞으로 나가 우찌께 될지도 쬐깜은 알게 됭께 그 아자씨하고 헤여지기가 더 겁이 나서 그랬을 거이요. 그렇제만 함께 지낸 사흘 동안 그 아자씨가 쉽지는 않았어라우. 우찌께 되았든 지간에 나한티는 그 아저씨가 첫 남자가 아닌 게라우?

오메, 나 말이 우습소? 아녀라우. 우습기도 하겄제라우. 그랗께 나가 미리 속창아리 없는 년이라고 안 합디여? 이왕 말이 니왔응께 말이요만, 이런 디 있음서도 나가 딱 한 번

사랑이란 것을 해봤는디 그 사람이 누군 중이나 아요? 바로 그 아자씨였어라우. 이해가 안 되시제라우?

아니, 첨부텀 그 아자씨를 사랑했던 것은 아니었구만이 라우. 나가 여그서 산 지 십 년 남짓 됐을까 그럴 무렵일 거이만요. 그 당시 나넌 이런 디도 십 년 넘게 있다봉께 이 골목 안에서 어느 정도 지반도 잡고, 그만치 자유로웠구만이라우. 그만둘라면 언제든지 그만둘 수도 있을 때였소. 그 때 아자씨가 오랜만에 다시 이 골목에 왔어라우.

긍께 그 아자씨가 그때 무신 일 땀시 징역을 살고 나왔을 거인디, 아매도 히로뽕인가 뭐인가를 하다 들케갖고 잡혜갔다가 막 나온 참이였을 거이요. 근디 그 아자씨가 한마디로 사람꼴이 아니등만요. 한 몇년 안 본 새에 폭삭 늙어갖고, 궁기가 흘르는디, 뭣이냐, 거렁뱅이가 따로 없더랑께요. 옛날에사 그 아자씨가 풍채 한나만은 그럴듯 했소. 그 아자씨가 점잔을 빼면서 국민학교 교장선상님이라면 사람들이 다들 그렇게 교장선상님으로 믿고, 또 어디 회사 사장이라면 영락없이 사장으로 믿었어라우. 그만한 인물이 있응께 이런 디서 아가씨들을 꾀야오는 푼짱 네다바이도 했겠제라우.

그 아자씨가 나모냥 처녀를 꾀다가 여그저그 폴아묵은 거이 어디 한둘일 거이요만은, 그래도 워낙 사람이 많이 상해 갖고 궁상을 떵께, 여그 사람들이 암도 안 쳐다봐라우. 야우, 그 얼굴로는 더 이상 푼짱 네다바이도 못하제라우. 그런 걸 하는 사람은, 뭣이냐, 아무나 얼굴만 척 보고도 그 사람을 기냥 믿어불 만치 인품도 있어야 하고 풍채도 좋아야 하는디라우. 그 아자씨는 인자 막말로 거렁뱅이도 그런 상거렁뱅이가 없는디, 여그서 누가 그 아자씨를 반겨줄 거이요. 그 아자씨한테 속아서 여그 들어온 아가씨들 중에서는, 됩데 드러내놓고 박대를 함서 꼬소하다고 손구락질하는 아가씨들도 있던디요.

첨에는 나도 기냥 그 아자씨가 짠한 맘밖에 없었어라우. 그래서 그아자씨한티 옷 한 벌 사디리고 식당으로 모세다가 진지 한 끼 대접하고 그랬구만이라우. 근디 그 아자씨가 밥상에 함께 올른 쇠주로 반주를 하다 말고 눈물이 글썽글썽해갖고 십 년 전에 이약을 안하요? 뭣이냐, 진즉에 나가 처년 줄 알았음사 나를 이런 디로 안 데꼬 오고 따른 디로 빼돌릴 수도 있었단 이약을 허는디, 마치 어지께 일어난 일모냥 또렷하게 기역하고 있더란 말요. 이녁이 한 일 중에서도 가장 가심이 아팠등 거이 나였담서 말이여라우.

그 아자씨가 기냥 밥 한 끼 얻어묵음서 하는 빈말이 아닙디다. 우짜다가 그 아자씨 얼굴을 봉께, 오메, 가심이여, 다 늙은 중늙은이가 질질 울고 있는디 나는 기냥 가심이 터져불 것 같았구만이라우. 나는 그만 못 젠디고 그 아자씨 품에 얼굴을 묻고 통곡을 해뿌렀소. 그렇게 통곡을 하는디, 울어도 울어도 눈물이 한정없이 쏟아집디다. 그라고 울다봉께 문득 나가 바로 오늘 같은 날을 바라고 십 년 동안 살아왔는 게비다 싶음서, 나는 그 아자씨를 놓치면 안되겠다는 맘이 듭디다. 왜 그랬냐고라우? 오메, 그것도 몰르것소? 나모냥 천한 년을 십 년이 넘게 안 잊어뿔고 생각해주는 것만 해도 어딘디, 거그다가 나땀시 눈물을 흘릴 사람이 시상에 그 아자씨말고 또 있을랍디여?

그렇게 움서 나는 그 아자씨를 붙들고 통사정을 했소. 나 평생에 딱 한 번 소원임께, 나하고 단 한 달만이라도 살림을 하자고라우. 나도 남들모냥 남펜이라고 불러보고, 그렇게 남펜이란 사람한테 삼시 세 끼 밥해주고, 빨래해주고, 또 그렇게 애기도 나고잪다고 합서라우. 그 아자씨사 막상 갈 데도 없는디 호박이 넌쿨째 굴러왔겄제라우. 근디도 그 아자씨는 승낙하기 전에 한 가지 못을 박습디다.

자네는 시방 나가 유부남인 중 암서 한 소리여, 몰르고 한 소리여?

나가 유부남이먼 우짜고 홀애비먼 우짜나고, 그런 거이사 암시랑도 않다고 그랑께,

난중에 딴소리 하는 것은 아니제? 나가 발걸음을 안해서 그렇제 이래봬도 가정이 있는 몸이시. 마누라야 그렇다 쳐도 다 큰 자석들이 있는디, 자네 땀시 가정 파탄을 일으킬 수는 없네.

이러들 않것소?

그래갖고 나넌 그 아자씨랑, 아니, 인자부터는 그 인사라고 그래야겄소잉, 바로 그 인사랑 살림이란 것을 채렸소. 살림이라야 뭐이 있것소? 여그서 가까운 디에 달랑 방 한 칸 얻어갖고, 참말로 솥단지 한나에 밥숟가락 두 개부텀 시작했제라우. 우스개 말로 몸 포는 생활 십 년을 해봤자 남는 것은 떨어진 빤스 서너 벌이라고들 합디다만은, 그래도 한 십 년 꼬박 여그서 몸만 폴고 살다봉께 돈이 잠 모타져서 살림 밑천은 쬐깜 있었제라우.

그렇게 살림을 채링께 사람들이 다들 나보고 미쳤다고 그랍디다. 뭣한 사람은 나한테 대놓고, 아니, 저렇게 허깨비

만 남은 사람을 남펜으로 델다 났다가 난중에 초상 칠라냐고 그라기도 했제만, 오메, 나사 사람들이 미친년이라고 손구락질하던 말던, 꿀단지라도 들에논 것모냥 재밌기만 한디 우짤 거이요? 기냥 한종일 암것도 안 묵어도 배고픈 중도 몰르겄고, 밤에 잠을 잘 때도 나가 시방 잠을 자고 있는 거인지 깨어 있는 거인지 몰를 지경으로 좋았소. 첨에는 참말로 나가 나 살도 꼬집어보고, 옆에서 잠들어 있는 그 인사를 공연시 흔들어 깨와보기도 하고 그랬소.

아녀라우, 아녀라우. 그 인사가 그렇게 좋았다기보담은 딴 것이 있었을 거이요. 뭣이냐, 긍께, 왜, 나가 아까참에 말한 것모냥, 그런 거이 있덜 안하요? 긍께 나가 시상에 태어나갖고 한 번도 사람답게 살아보덜 못허고, 몸 포는 여자가 되었다가 죽는갑다 싶었는디, 인자 나도 남들처럼 몸을 안 폴아도 저녁마담 나를 안어주고 나보고 마누라라고 불러주는 사람이 있당 거이, 오메, 당장에 죽어도 한이 없겄는디, 우찌께 안 좋아하고 베기겄소?

살림을 채린 담부터는 나는 몸을 포는 대신에 펨푸 노릇도 하고, 여그 와서 진밤 자는 손님들한테 김밥이랑 박카스랑 폼시롱 입에 풀칠을 했어라우. 그 인사도 첨에는 나한테 참말로 안침맞게 잘해줍디다. 그 인사가 나는 첨부터 기둥서방 비슷하게 알았응께 돈 한 푼 안 벌어다 줘도 암시랑 않고, 기냥 소일거리 내기람사 노름 밑천도 대주고 그람서 지냈소. 그렇게 참말로 무신 꿈결 같은 시간이 흘러갔는디, 그라다봉께, 오메, 나 같은 것도 떠억하니 애기를 배틸 않것소? 나사 막상 애기까장 뱅께로 시상에 여한이 없습디다.

근디 그 인사는 그거이 아니드랑께요. 첨에는 참말로 애기를 나야하겄냐면서 쭈빗쭈빗 하등만, 나가 뭔 일이 있어도 기연시 날 거이라고 항께, 그 인사가 차침 드러내놓고 싫은 소리를 해라우. 글등만 하루는 애기를 띠어라고 함서 손찌검까장 하들 않겄소? 나가 매를 맞음서도, 죽었으면 죽었제 애기는 못 띤다고 항께, 그 인사가 자기든 애기든 둘 중에 한나를 택하람서 막말을 합디다. 나는 눈 한나 깜짝않고 대꾸했소. 애기를 택하겄다고라우. 나가 그랑께 그 인사가 또 나한티 손찌검을 함서, 오메, 인자는 참말로 나 가심에 못을 박읍디다.

야, 이년아. 니가 새끼를 낳는 거이사 좋제만, 그 씨는 내 거인디, 그 새끼보고 사람들이 뭐라고 그럴 거이냐? 잉, 뭐라고 그럴 거여?

뭐라고 하긴 누가 뭐이라고 한단 말이여라우?

아니, 니년이 참말로 몰라서 하는 소리여?

야우, 나는 몰르겄소. 나가 내 새기를 낳는디 도대체 누가 뭐라고 한단 말인게라우?

허허, 이년 보소, 꼭 내 입으로 말하게 맹글고 있네. 야, 이년아, 니가 새끼를 나면 바로 사람들이 그 새끼를 보고 똥갈보 새끼라고 그럴 것 아녀? 니년이사 똥갈봉께 우짤 수 없이 그렇다 치고, 나가 뭔 죄를 졌다고 이 나이에 똥갈보 새끼를 둬야겄냐?

그 인사가 그렇게 나 가심에 못을 박는 말을 해도 나는 암말도 않고 참아냈소. 나가 그렇게 나강께 그 인사가 안 되겄다 싶었능갑습디다. 하루는 골목을 돌아댕김서 손님 방마둥 김밥이랑 박카스를 폴고 밤늦게 집에 와봉께 그 인사가 없어라우. 방 안이 어지럽혀져 있고 그 인사 옷도 안 보예서 얼렁 옷장을 열어봉께 이녁 옷은 다 없어져부렀등만요. 글고 나가 이 담에 애기를 나면 쓸라고 애면글면 모다논 돈뭉치도 없어져불고라우.

글고도 나는 애기를 띠지 않았어라우. 사람들한티 수없이 미친년 소리를 들음서도 기연시 애기를 낳기로 했제라우.

그 인사야 나가 첨부터 나한티 오래 있을 거이라고는 생각 안했응께, 그렇게 가부렀다고 벨라 서운하도 안했소. 나는 애기만 있으면 됭께. 그때 누가 나보고 니 목심을 내놀래, 아니면 니 애기를 내놀래? 하고 물었으면 나는 서슴없이 나 목심을 가져가라고 그랬을 거이요. 그 인사 말대로 내 애기가 난중에 크면서 똥갈보 새끼라고 욕을 듣는다 해도 그런 거이사 한나도 중요하지 않았소.

나는 암것도 못 배운 무식한 년이지만 그때 비로소 안 것이 있어라우. 이 시상에 왜 여자가 있는 중 아시요? 남자들 좋아라고, 남자땀시 여자가 있는 거이 아니드랑께요. 남자야 씨만 뿌리면 그만이고라우. 시상에 여자가 있는 것은 바로 애기를 낳으라고 있는 거이요. 바로 애기를 가져봉께 포도시 알겠등만이요. 그라다봉께 맨날 남자들 밑에 깔레서 무신 수채구녕모냥 남자들 그거이나 받어내던 더럽디 더러운 내 몸뚱어리도 난생 첨으로 소중하게 여겨지는디, 오메, 왜 나가 진작에 이런 것을 몰랐을까 싶습디다.

내 애기 멤시 나도 바로 그런 여자가 되았는디, 나 목심이 붙어 있는 한 우찌게 애기를 띤단 말이요? 애기가 뱃속에서 폴딱폴딱 뛰노는 거이 느께지면, 오메, 황홀한 거! 기냥 뭐이냐, 꿈꿀 때먼 언제나 고향에 지천으로 피어나는 참꽃이나 자운영이나 유채꽃 맨키롬 천한 나 몸뚱아리까장 벌겋게 혹은 노랗게 꽃물이 들어갖고 가심까장 벌렁벌렁 뛰드란 말이요.

근디, 근디, 그렇게 좋아서 금자동아 은자동아, 얼르고 달램서 열 달을 채와갖고 애기를 낳아봉께…… 시상에 그거이 뭔 일이다요. 애기가, 내 애기가, 죽어갖고 나왔소.

오메, 눈물도, 눈물도 나모냥 많이 흘린 사람도 없을 거인디, 어디 숨어 있다가 또 나오능가 몰르것소. 이 나이를 묵어갖고 이렇게 눈물이 많이 나올 줄은 몰랐어라우. 손님, 이왕 손님한테 숭 잽힘서 눈물 뵈앗는디, 운 짐에 손님만 괜찮다먼 저그 맘속에 응어리가 죄깜 풀릴 때까장 손님 눈치 안 봄서 울고잪은 대로 울어뿔라요. 손님은 몰른 척하고 냅도 뿌시요잉.

애기를 잃어뿐 담에는 몇 년간 기냥 반 미쳐서 지냈소. 비만 오먼 실성기가 오는디, 오메, 암디서라도 애기 우는 소리가 들리덜 않겄소? 뭣할 때는 깨댕이를 벗고 손님하고 잠잘 때도 애기 울음소리가 들레갖고, 바로 깨댕이를 벗은 채로 애기를 찾는다고 뛰쳐나가기도 했어라우.

오메, 우리 애기가 죽소오. 누가 우리 애기 좀 살레주시요오.

나가 깨댕이를 벗고 이렇게 골목을 뛰어댕기면 사람들이 나를 잡어다가 묶어놓곤 했제라우. 금메, 지정신을 체레보면 멀쩡한 낙숫물 소린디, 그걸 자꼬 애기 울음소리로 헛듣드란 말이요. 실성기가 쬐깜만 더 심했어도 여그서 쫓게나갖고 정신병원에라도 끌레갔을 거이요.

손님, 참말로 고맙구만이라우. 인자 더 이상 손님한티 숭한 꼴은 안보일라요. 긍께 지금까장 한 이약이 나한티는 사랑이 약이라면 딱 한 번 해본 사랑이 약인 셈이제라우. 하기사 나같이 천한 여자가 사랑이란 말을 쓸라고 항께 멜갑시 입이 부르트는 것 같소만. 뭐이라우? 내가 해본 사랑이 누구보다도 순겔한 사랑이었다고라우?

오메, 손님. 인자는 나도 손님한티 막말을 해뿌러야 쓰것소. 손님, 그거이 무신 구신 씨나락 까묵는 소리다요? 순겔 어쩌고 하는 사랑이라고라우? 손님도 인자 봉께 참말로 헹펜없는 사람이요. 손님한티 그런 말을 듣다봉께 여태까장 손님한티 눈물 콧물 보임서 할 말 못할 말 함부로 씨부려 댄 나가 됩데 우세시럽소. 오메, 뜽금없이 속까장 니글니글한 거!

손님이 그렇게 나 속을 뒤집어놓게, 나도 인자 못 참것소.

손님, 나가 이십 년 동안 여그 있음시롱 멫 번이나 성병에 걸렸든 중 아요? 이 열 손구락으로 시고, 또 한 번 더 꾸불 렀다가 시어도 모자렐 거이요. 근디 그런 여자를 바로 코앞에 두고, 뭐여라우? 순겔한 사랑이라고라우? 사람들이 터진 입으로 뭐이라고 그란다고 그랍디다만은 손님이 바로 그렇구만이라우.

손님, 나가 너무 심한 말을 해서 기분이 상하셨으면, 따른 아가씨를 불르시오. 인자 나도 죄송하다느니 허는 입에 발린 말은 하고잖덜 않구만이라우. 아녀라우, 그건 아녀라우. 나가 어디 손님이 싫고 좋고가 있간디요. 나만 좋다면 손님은 괜찮다고라우? 손님이 너그럽게 나오싱께 나가 멜갑시 소가지 없이 군 것 같아서 손님 뵐 낯이 없구만이라우.

우찌게 생각하면 손님이 나를 위로해주니라고 애써서 그런 소리까장 하셨는디 나가 혼자고 욱해갖고 손님 심정까지 상해드린 거이나 아닌지 몰르겠구만이라우. 아니, 손님은 시방도 나를 그렇게 믿는다고라우? 기냥 나를 위로해주니라고 한 말이 아니고, 참말로 그렇게 여긴다고라우? 그랑께 순겔도 사람마둥 따르게 생각할 수 있는 거인디, 손님은 여태까장 살믄서 나같이 순겔하게 사랑한 겡우를 보덜 못했다고라우?

　손님도 참 어징간하시오. 잉? 우찌게라우? 새삼시럽게
또 화를 낼 수는 없는 노릇이고, 이번에는 나가 지고 말라
요. 손님 좋을 대로 생각하세야제 우짤 거이요? 대신에 나
만 손님 말에 안 놀아나면 되겄제라우. 나가 아까참에 손님
을 잘 보긴 잘 본 모냥이요. 왜, 나가 안 그랍디여? 손님도
뭐인가 속이 허한 분이시라고라우. 아매도 속이 허하다봉께
그런 말씸도 하셨을 거이요.

　참, 손님이 자꼬 나보고 부럽다는 둥 순곌하다는 둥 그래
쌍께 생각이 나서 하는 소리요만은, 요새는 말이여라우, 나
보다는 됩데 손님들이 그렇게 이삐게 보일 수가 없어라우.
나 눈에는 한나같이 숭하그나 나쁜 사람들이 없구만이라우.
그 사람들이 설사 사람을 직인 살인쟁이라 하드라도, 나가
좋다고, 내 썩은 몸뚱어리라도 좋다고 갖고 뒹구는 사람을
우찌게 나쁘게 볼 거이요? 글다가 봉께 인자는 아무한테라
도 정을 주는 거이 한나도 겁나들 않소.

　정을 주는 일이 인자는 무섭들 않어라우.
　지아비도 자석도 없이

몸 풀아 살어온 지 벌써 스무 해!
한 번도 맘속 옷고름 푼 적 없이
숱한 밤과 숱한 사나들만
먼 강물모냥 흘러왔다 흘러가고
몰라붙은 개울창의 모랫바닥으로 혼자 누워 있제만

정을 주는 일이 인자는 무섭들 않어라우.
사는 일이 추와서 떠는 손님을 만나면
썩은 몸뚱어리 쩌 깊숙이 살아오는 온기,
끝끝내 맘속 옷고름 풀게 함시롱
몰라붙은 모랫바닥을 적시는 흥건한 온기.

그라고 봉께, 손님, 나가 여태까장 몰랐었는디라우. 긍께, 애기를 잃어뿐 담에 가심은 물론이고, 온 몸뚱어리가 텅 비어뿐 것 같아갖고 실성해서 돌아댕기다가 어느틈에 그 벵이 났었는디라우. 나는 그 벵이 우찌게 났었는 중 몰랐등만은 인자 봉께, 바로 손님들이 나 벵을 낫어준 것 같구만이라우.

아니, 나모냥 썩은 몸뚱어리라도 좋다고 찾어준 사람들이 이 넓은 시상에 손님들 말고 또 있었겄소? 없제라우. 나는 그것도 몰르고 손님들을 모다 기냥 장삿속으로만 대했는디, 오메, 글고도 나가 여태까장 천벌을 안 받었구만이라우. 긍께 내 애기가 빠져나가뿐 바로 그 자리를 손님들이 쬐깜씩 쬐깜썩 메꽈줬는디, 나는 그걸 몰랐구만요. 그렇게 손님들이 메꽈준 것들이, 한여름 밤에 논두렁질을 가다보면 망초꽃들이 무신 무데기들 맨키롬 여그저그 뭉탱이로 피어나데끼, 시방 내 몸뚱어리에도 무데기로 피어나는 것 같구만이라우.

그렇게 많은 손님들의 분비물 다음에
그렇게 뭣인가 찾어 더듬든 우악시런 손질들 다음에
그렇게 잠들지 못하든 핏발 선 눈들 다음에

어지러운 거! 내 몸뚱어리 까득하게
하얀 망초꽃 같은 것들 흐드러지네.

손님, 우짜요? 인자사 나가 손님들이 이삐게 보인단 말을 포도시 이해하시겄소? 손님도 이삐냐고라우? 오메, 손님도 인자 봉께 농담도 잘하시요잉. 아니, 손님이 그렇게 물으시

먼 나가 뭐이라고 대답할 거이요? 안 이뻐도 할 수 없이 이뻐다고 해사제. 나한티 뜽금없이 부럽다는 둥 순겔하다는 둥, 그래갖고 나를 데꼬 놀라고만 안함사 손님도 참말로 이뻔 사람이제라우.

오메, 손님. 이약에 정신이 폴리다봉께 시간 가는 중도 몰랐소잉. 열두시가 폴세 넘어뿌렀구만. 술도 떨어져뿔고라우. 인자 그만 주무셔야겄제라우. 손님, 나 옆으로 오세서 누우시요. 아니, 오시기 전에 불 잠 꺼주실라요? 아녀라우. 불 끄고 안 끄고 상관은 없소만, 이 나이에 손님한티 볼품없는 살집 보이기가 뭣해서 그라요. 손님한티 이래라저래라 시케서 미안하요잉.

손님, 쩌그 창문 잠 보시요. 불을 끙께 달이 보이만요. 오메, 저놈의 달이 참 둥글기도 하요잉. 가만있어라, 글고 봉께 오늘이 보름날이구만이라우. 손님, 왜 저런 달을 보그나 하면 잊아뿌렀던 것들이 생각날게라우? 그렇게 잊아뿌렀던 것들이 생각나면, 쩌그 먼 디 어딘가서는 분명히 누군가가 지금까장 나를 지달리고 있는 것 맨키롬 여게진단 말이요.

내 몸뚱어리도 인자는 어떤 의미가 되고잖어라우.

영혼이 아니고 바로 썩은 몸뚱어리 말이여라우.

누구를 사랑한다등가 사랑을 받는다등가 그런 의미도 아니고만이라우.

스스로 한 번도 아께본 적이 없는 몸뚱어리제만, 시방 왜 이리도 소중해진다요?

숨 가쁜 어떤 골목에서는 썩은 몸뚱어리마자 없어서, 갈증 땀시 죽어가는 사나가 있을 것만 같어라우.

오메, 손님, 이거이 뭔 일이다요? 아니, 손님, 지끔 울고 계시제라우? 나는 손님은 따른 손님들하고는 달리 신간이야 펜한 양반으로 여겼등만, 그거이 아니었등갑소잉. 가만 있어보시요. 여그 수건이 있는디, 나가 손님 얼굴을 잠 훔쳐 드레도 되것제라우?

아녀라우, 아녀라우. 뭐이 부끄럽다요? 나는 손님 앞에서 안 울었간디요? 그런 소리는 당최 하들 마시요. 나는 손님이 나한티 약한디를 보잉께 됩데 맘이 놓이구만이라우. 사실 말이제 아까참에 손님을 첨본 순간부터, 뭐이냐, 손님이 아무래도 여그를 자주 드나드는 손님들하고는 달리 데멘데멘해서 정이 안 갔어라우. 나가 아까 안 그랍디여? 손님은 요런 디 댕길 분 같들 않고, 뭐인가 높은 공부를 한 분 같다고라우. 그란디 손님이 웅 걸 봉께 인자 손님도 훨씬 임우로 워져갖고, 참말로 내 손님 같구만이라우.

근디, 손님은 뭐이 그렇게 맘이 아프신 게라우? 아까참에 말씀하신 걸 보면 사업에 실패를 보신 것도 아니고, 생이별을 하신 것도 아니고, 그렇다고 실연을 당하신 것도 아니고…… 뭐이 그렇게 슬프신 게라우? 뭐인지 모르제만 기냥이 시상 끝까장 와분 것 같다고라우? 오메, 손님은 꼭 손님 같은 말만 골라서 하시요잉. 그렇게 아리까리하게 말씀하싱께 나같이 못 배운 년은, 뭐이냐, 손님 맘을 잠 풀어드리고 잪어도 우찌 게풀어사 쓸지 한나도 몰르겄어라우. 그래도 하여간에 손님도 우찌게 보면 결코 시상을 펜하게 살어온 분은 아니구만이라우. 무식한 나도 그것은 알겄소.

맘속 맺힌 매듭 풀지를 못해서
밤마등 헤매제만 돌아갈 디가 없어서
헤어진 사람들은 별빛보담도 아득해서
싸구려 막쇠주에도 취할 수가 없어서
거리에 불빛들이 웬수보담도 짚어서

내딛는 걸음마등 끝끝내 허방을 짚거든
짓뭉개데끼, 짓뭉개데끼, 나라도 기억해라우.
역전 뒤 힛빠리 골목에 누워, 스무 해 동안
아직까장 지달리고 있는 나라도 기억해라우.

손님, 나가 이 나이가 묵도록 배운 것은 딱 한나밖에 없응
께, 손님 맘을 푸는 일이사 힘들 거이고, 나는 기냥 몸으로
때울를라요. 나가 손님 몸을 잠 만제드레도 괜찮것소? 아
니, 손님은 가만히 계시기만 하시요잉. 이렇게 손님 몸을 만
지다봉께, 나도 맘이 잠 이상해지요. 이런 말을 해서 우쭐지
몰르것제만 마치 손님하고 나하고 무신 연애라도 하는 것모
냥 맘이 간질간질해지덜 않것소?
  오메, 손님, 나 잠 꽉 껴안아주시오. 야우, 쬐깜만 더요. 뭔
일이께라우? 참말로 요상시럽게도 인자 손님보다도 나가
더 가심이랑 몸뚱어리가 떨레와서 겐딜 수가 없구만이라우.
나가 뜽금없이 왜 이란가 몰르것소. 오메, 쬐깜만 더 껴안아
주시오.

  스무 해 동안 암시랑도 않던 몸 포는 일이

피고름 엉기데끼 피고름 엉기데끼 몸 포는 일이
낮은 숨겔 같은 휘파람 같은 손님 땀시
얼척없이 터져뿌는 오늘 밤 일이사
펭생에 한 풀리데끼 끝없는 유채꽃밭 속

오메, 손님. 또 헛것들이 보이들 않겠소? 쩌그 참꽃들이
랑, 자운영들이랑, 유채꽃들이랑 그것들이 막 보이드란 말
이여라우. 글다봉께 나가 나도 몰르는 새에 또 울어뿌렀소.
손님, 고맙구만이라우. 손님이 이렇게 눈물을 닦어중께 눈
물이 더 나는 것 같구만이라우.

참말로 요새는 나가 부쩍 맘이 약해진 모냥이요. 눈물도
흔해지고, 그래갖고 손님들한티 숭한 꼴도 보이고라우. 글
고, 우째사 쓸게라우. 나한티는 모든 남자들이 다 똑같어갖
고, 한 남자로 여게진단 말이여라우. 아니, 펭소에 알고 지낸
그런 남자가 아니고라우. 기냥 나도 단 한 번도 만난 적이 없
는 그런 남잔디, 뭐이냐, 숨이 헉헉 넘어감서 나를 찾고 있는
것 같단 말이요. 그런 남자야, 곰배팔이면 어쩌고, 문댕이면
어쩌고, 째보면 어쩼다요? 참말로 나를 원해서, 나가 없으면
살아남지도 못하는 그런 남자가 바로 그런 남자겠제라우.

오메, 쩌그 창문에 있는 보름달이 뿌얀 걸 봉께, 나가 아직까장 울고 있었든 모냥이요잉.

내 몸뚱어리를 스치고 지나간
그 많은 남자들이

단 한 남자로만 밝아오는
저 환장한 보름달!

* 여기에 인용된 시들은 필자의 시집 『마음속 붉은 꽃잎』에 수록되어 있는 것들이며, 시들 중의 일부는 이 소설의 분위기에 맞추어 개작되었음을 밝힙니다. 참고로 시의 제목들을 밝히면, 인용된 순서대로 「살붙이」「앞산에 참꽃도」「숫처녀」「한잔 술에」「꽃값」「옷고름」「망초꽃」「기도」「허방」「유채꽃밭 속」「보름달」입니다.

경외성서

검사는 결국 나를 변태성욕자로 생각한 모양이다. 그가 그렇게 생각한 것에 대해서 나는 불만이 없다.

그의 의견에 따라서 나에 대한 혐의도 '변태성욕자의 돌발적인 살인' 어쩌고 하는 것이 될 것이고, 혹시 형벌의 무게도 가벼워질지 모른다. 그러나 나로서는 결코 돌발적인 살인이 아니었다고 말하고 싶어서 입이 근질근질할 지경이다. 사람에게는 예감이라는 것이 있다. 이번 사건이 일어나기 전에 나는 내가 가까운 날에 꼭 살인을 할 것이라고 예감했고, 그것은 적중했다. 나는 어떤 여자를 목 졸라 죽였다.

창에서 햇살이 들어와 마룻바닥에 쌓이고 있다. 마룻바닥에 펼쳐 있는 손수건 크기만한 마름모꼴의 햇살더미를 바라보다가 너무 눈부셔서 나는 그만 눈을 감는다. 눈을 뜰 수가 없다. 시력이 약해진 탓일까. 아니면 불과 한 달 남짓한 수감생활에 나의 체질이 음향성 식물처럼 변해버린 것일까. 두 눈을 감은 채 손바닥으로 얼굴을 문질러 본다. 꺼칠꺼칠한 수염의 감촉, 며칠 전부터 수염을 만지면 나는 이상한 착각에 빠진다. 나에 대한 혐의가 '변태성욕자의 돌발적인 살인'으로 거의 고정되고 담당의사의 '정신분열증의 징조가 있다'는 검증에 따라 내가 독방을 쓰게 된 후부터 생겨난 것인데, 수염이 하얗게 세어있다는 착각이다. 그런 착각이 들면 나의 환시 속에는 눈에 익은 어떤 늙은이가 나타난다.

나는 그것이 내 자신의 늙은 모습이라고 여기는데, 간혹 그 늙은이가, 아버지와 너무 흡사해서 언짢아지기도 한다. 아무튼 수염을 깎을 수 있다면 얼마나 좋으랴.

수염이 없으면 그런 언짢은 착각도 하지 않을 것인데……. 좀 우스운 이야기지만 수염에 대한 착각이 빈번하다 보니까 그 착각이 사실인 것처럼 여겨져서 한번은 턱수염을 뽑아서 확인을 했다.

검고 윤기 있는 턱수염 한 오락을 엄지와 검지 사이에 끼워서 바로 눈앞에 두고도 나는 안심이 되지 않아서 오랫동안 그것을 바라보았다.

눈을 뜨자 다시 햇살더미가 보인다. 자세히 보니 햇살더미 속에는 창살의 그림자가 희미하게 무너져 있다. 창살의 그림자가 너무 엷어서 나는 창살이 없는 줄 알았다, 창에는 여전히 네 개의 둔중한 창살이 버티고 있다. 창살은 햇살에 부딪쳐 반짝, 금속성 소리를 내는 것 같다.

감옥의 구조 가운데서 창살처럼 나에게 자신이 수인이라는 것을 실감하게 하는 것은 없다. 하늘을 배경으로 박혀 있는 창살은 나에게 무슨 상징처럼 여겨지기도 한다. 창살은 내가 하늘로 날려 보내는 공상의 날개들을 잔인하게 갈라버린다. 그래서 나의 공상은 으레 창의 하늘을 대해서 시작되고 창의 창살을 대해서 끝장이 난다. 만약 수인에게서 공상의 자유를 박탈해 버린다면? 나의 생각에는 단 하루라도 견디어낼 수인이 지구 위에는 없을 것 같다. 공상의 위대함은 내가 천만번 칭송해도 부족하다. 철창 속의 철인이 있었다던가? '감옥의 깊숙한 곳에서는 꿈은 한계가 없고 현실 또한 나의 아무런 것도 억압할 수 없다. 감옥에 있기 때문에 나는 진정한 자유인이다.' 그 자유인에게, 수세기를 거슬러 올라가서라도 축복이 있을진저!

　철커덕, 어느 감방에선가 자물쇠 열리는 소리가 들린다. 이윽고 삐그덕, 문을 여는 소리가 들리고, 간수의 갈라진 목소리가 누군가를 불러낸다. 나도 며칠에 한 번씩은 불려나간다. 검사의 심문을 받기 위해서이다. 담당검사는 젊다. 그래서 그는 젊은 사람답게 이 사건의 특이성에 호기심을 느끼는 모양이다. 그는 내가 거의 감탄할 정도로 무척 열심히 나를 심문한다. 그는 영어로 된 무슨 범죄심리학 서적까지 들추어가며 그의 앞에 앉아있는 변태성욕자의 살인에 대해서 원인을 분석하는데, 좀 엉뚱하지만 나도 그에게 호기심을 갖고 있다.

　나의 호기심은 대체로 이 패기만만한 젊은 검사가 어떻게 나를 분석할까 하는 점이다. 그가 나에게 열을 올릴수록 나는 마치 그와 무슨 재미있는 숨바꼭질을 하고 있는 것 같아서 얄궂은 기쁨에 온몸이 간지러울 때가 있다.

　온몸이 간지러우면 간지러울수록 나는 그에게 들킬까봐 조마조마하면서 그것을 숨기기 위해서라도 그의 질문에 꽤 성의껏 대답하는 척한다. 하여튼 심문시간은 즐겁다. 독방에서 오랫동안 말을 못하고 지내는 나로서는 입안에서 구린

내가 풍겨날 정도이다.

그래서 나는 심문 시간이 되어 그의 질문에 답변할 때 예의 구린내까지 함께 배설하는 즐거움을 맛보는 것이다. 그래도 그는 그것을 모른다. 아니, 알고 있을지도 모른다. 그는 범죄심리학 서적을 보니까. 그러나 그가 아무리 범죄심리학 서적을 뒤적거려도 나는 그를 별로 신용하지 않는다. 원인의 분석에 있어서 그는 지금까지 나의 생각과는 전혀 엉뚱한 방향으로 나가고 있다. 마치 부챗살의 양쪽날개가 한곳에서 뻗쳐 나와 서로 다른 방향으로 나가듯이. 그에게는 일종의 고정관념이 있는 것 같다.

이를테면 한 개의 틀 속에 나를 옭아매려고 하는 식이다. 그가 나에 대해서 고심하는 것은 알맞은 틀을 발견해내지 못한 때문이라는 것을 나는 알고 있다. 지금쯤은 틀을 발견했을지도 모른다. 그러나 천만번 나를 틀 속에 옭아매어 보라지. 내가 분석이 되나. 나는 믿는 것이 있다. 나는 그가 모르는 비밀을 지녔다. 내 스스로 이야기하기 전에는 그의 심문방법으로는 어림도 없다. 검사의 심문방법은 대개 그가 나에게 질문을 하고 내가 답변을 하는 형식이다. 그러나 당치도 않게 내가 그에게 질문을 할 때도 있다.

언젠가 그의 질문에 따라 내가 월남에 졸병으로 파병되어 전투하던 때의 이야기를 하던 중이었는데 나는 벌써 그 이야기를 세 번째 하는 셈이었으므로 조금은 지루하기도 하여 "검사님, 낙타 눈썹을 아세요? 낙타 눈썹이요. 여기에다 끼고 그 짓 하는 것 말예요."

손가락으로 그 짓 하는 흉내까지 내보이며 큰 소리로 물었다.

검사는 일순 이맛살을 찌푸리더니 "야, 이 사람 백정 같은 자식아. 묻는 말에 대답이나 해. 그렇지 않으면 입을 비틀거야, 임마. 내가 지금 너하고 농담하자는 줄 알아? 니 애비 따라서 백정 짓을 하려면 짐승이나 잡을 일이지 사람을 잡고도 그런 소리가 나와? 그래도 대학물까지 처먹었다는 자식이…. 넌 임마, 사형이야, 사형."

나는 놀란 듯이 눈을 껌벅이고는 얼른 고개를 숙였다. 이런 태도는 높은 분들이 화가 났을 때 내가 취할 수 있는 최선의 방법이라는 것을 나는 군대생활 삼 년 동안에 뼛속 깊이 새겼다. 또 백정을 들먹일 게 뭐람. 고개를 숙인 채 나는 검사에 대해서 불손해지려고 하는 것을 눌러 참았다. 손해만 말이야, 손해. 불손해지려고 하는 나에게 스스로 이렇게 타일렀다. 사실 아버지는 백정이다. 검사는 나에 대해서 적어도 껍질만은 모두 알고 있는 셈이다. 내가 백정의 자식이라는 것, 다섯 살 때 어머니가 죽고 아버지는 대학교 이 학년 때 죽었다는 것, 대학교를 중퇴했다는 것, 미술을 전공했다는 것, 월남참전용사라는 것, 해병대 출신의 예비역 병장이라는 것, 그리고 얼마 전까지는 입체미술연구소인가 하는 곳에서 도안공으로 있었다는 것. 이는 나의 모든 것을 안다.

그러나 실은 한 가지도 모른다. 그렇다. 그는 모든 것을 알면서도 한 가지도 모른다. 이러한 그의 나에 대한 모순된 분석에서 나는 우월감마저 느낀다. 그러나 나는 하마터면 그가 모르는 것 한 가지를 말해 버릴 뻔했다. 낙타 눈썹에 대한 것이다. 그가 모르는 나의 몇 가지 비밀들은 내가 구태여 숨기려고 한 것이 아니다. 비밀들을 이야기하려 해도 그가 물으려 하지 않는다. 나에게는 소중한 비밀들이 그로서는 황당무계하고 외설스럽기만 한 모양이다. 때문에 나는 비밀들에 대해서 결코 이야기하지 않을 작정이다.

"이야기를 계속해."

검사는 만년필을 들고 적을 준비를 했다. 나는 다시 또 네 번째로 월남 이야기를 하기 위하여 입을 열었다.

"퀴논 북방 ○○km지점이었어요. 소 밀림지역이었는데요. 그때 우리 수색대는 베트콩과 조우하여 육박전을 전개……."

나의 입에서는 이런 말들이 술술 흘러나왔다. 그러나 정작 나의 뇌리에서 전개된 것은 이런 것이 아니었다. 낙타 눈썹. 낙타 눈썹에 얽힌 기억이 되살아 오르기만 하면 나는 숨결이 가빠진다. 그 기억만 되살아 오르면 나는 내가 변태성욕자인지도 모른다고 생각하게 된다. 그럴지도 모른다. 그러나 내가 변태성욕자라는 것이 그렇게도 중요하랴. 나는 그때 최초로 여자를 사랑하는 법을 배웠고, 백정인 아버지를 인정했다.

월남에 와서 내가 처음으로 작전에 참가했을 때였다. 수색대의 임무 중에는 밀정들이 염탐해온 정보의 사실여부를 확인하는 것이 큰 비중을 차지한다.

그날도 우리 소대는 베트콩의 은신처로 보이는 동굴을 발견했다는 정보에 따라 그 동굴 근처에 잠입했다. 일분대만 동굴을 수색하고 나머지 분대는 동굴 주변에 잠복하라는 소대장의 명령이 내렸다. 나는 일분대에 속해 있었다. 우리 분대는 동굴을 향해 포복해 갔다. 동굴 가까이 다다랐을 때 분대장이 정지신호를 보내왔다. 우리는 각자의 자리에서 땅강 아지처럼 바짝 엎드린 채 분대장을 주시했다.

분대장은 동굴 바로 앞에 엎드려서 동굴 속의 기척을 살 피고 있었다. 한참 동안을 그런 자세로 있던 그는 고개를 설 레설레 흔들더니 우리에게 엄호를 부탁한 다음 스르르 동굴 속으로 미끄러져 들어갔다. 얼마 지나지 않아 동굴 입구에 그가 다시 나타났다. 그는 젊은 여자 한 명을 들고 나와 긴 장한 우리에게 이빨을 드러내며 싱겁다는 듯이 씩 웃어 보 였다.

"전과라고는 암놈 하나 뿐이야."

우리는 긴장을 풀고, 후― 긴 숨을 내쉬었다. 암놈은 우리 앞에 내팽개쳐졌다. 암놈은 마치 도마 위에 올려진 생선처 럼 우리의 시선 속에서 가냘픈 몸뚱어리를 뒤척이는 것이었 다. 분대장은 키들거리며 암놈을 희롱하기 시작했다. 그는 손가락으로 암놈의 유방을 찌르기도 하고 껴안아보기도 하 며 연 키들거렸고, 그런 광경을 보며 우리는 히히, 헤헤 웃 었다.

"어억, 이년…이."

문득 비명을 지르며 쓰러지는 분대장을 우리는 보았다.

우리가 어떻게 해볼 사이도 없이 그는 눈알을 뒤집어 까고
는 전신에 경련을 일으키며 벌렁 나자빠져버렸다.

"독침이다!"

누군가 분대장의 가슴을 가리키며 외쳤다. 우리는 그의
가슴에 꽂혀 있는 은빛 독침을 발견했다.

"저년을 발가벗기고 몸을 수색해봐. 또 다른 무기가 있을
지도 모르니."

부분대장인 김 병장이 고참다운 침착함으로 우리에게 명
령을 내릴 때까지도 우리는 어쩔 줄 모르고 그저 멍청히 서
있을 수밖에는 없었다. 어이가 없었다. 우리의 귀에서 분대
장의 키들대는 웃음소리가 채 사라지기도 전에 우리는 그의
비명을 들었다. 그리고 그는 죽어버린 것이다. 우리는 황급
히 김 병장의 명령에 따랐다. 여자는 순식간에 알몸이 되어
버렸다. 소대장이 달려왔을 때, 여자는 이미 알몸으로 나무
밑 등에 묶여 있었다.

그는 김 병장의 설명을 미처 다 듣기도 전에 턱으로 여자
를 가리키며 "처치해버려!" 짧게 말을 뱉었다.

내가 그 여자와 관계를 맺게 된 것은 소대장의 짧은 명령
이 내린 다음부터였다. 관습에 따라 분대원 중에서 제일 신

참인 내가 여자의 처치를 맡게 된 것이었다. 언제부터인지는 모르지만 수색대에서는 그런 관습이 불문율처럼 행하여져 내려온 모양이었다. 살인의 경험이 없는 신참에게 살인을 가르침으로써 용맹심을 길러준다는 뜻에서인 것 같았다. 분대원의 주시 속에서 나는 단검을 빼들고 여자에게 다가갔다.

나의 기척에 여자가 감았던 눈을 뜨고 나를 쏘아보는 것이었다. 여자의 시선이 나의 것과 부딪치는 순간 나는 현기증을 느꼈다. 여자의 시선 속에는 광채가 번뜩이고 있었다. 나는 그렇게 번뜩이는 광채에 대해서 알고 있었다. 체념·분노·증오, 그리고 하소가 뒤섞여 번뜩이는 광채. 아버지 앞에서 있던 소는 모두가 그러했다.

아버지는 당신이 죽여야 할 소의 눈에서 광채가 번뜩이면 그 눈을 마주 바라보며 한참동안 눈싸움을 하는 것이었는데, 그러다가 소 앞으로 다가가서 머리를 또닥또닥 두드리며 "이년아, 이젠 준비가 되었어?" 마치 가까운 여자에게라도 하는 것처럼 은근 다정한 목소리로 말하는 것이었다. 지금까지도 내가 불가사의하게 여기는 것은 아버지가 그렇게 말을 걸면 대개의 소들은 아버지의 말뜻을 알아듣기라도 한 것처럼 온순해지고 번뜩이던 광채도 사라졌다는 점이다. 간혹 예외가 있기도 했다. 아버지는 소와의 눈싸움 끝에 어떤 때는 머리를 좌우로 흔들면서 "이년아. 너나 내나 다 같은 팔자에 그렇게 뻗대서는 안 되는 법이여."

그런 말을 한 날은 아버지는 아예 일손을 놓아버렸다. 도살업자들이 아무리 강요해도 아버지는 다른 소들마저 죽이려 하지 않았다. 도살업자들이 정히 귀찮게 굴면 "아무리 말 못하는 짐승이라고 해서 함부로 쥑이는 벱이 아니여. 죽지 않으려고 하는 놈을 나는 억지로는 쥑이지는 못혀. 차라리 백정 짓을 그만둘망정 강제로는 못 쥑여." 벌컥 화를 냈다.

나는 그러한 아버지를 도무지 이해할 수가 없었다. 나는 차라리 화를 내는 아버지가 아니꼽기까지 했다.

'원, 당치도 않지. 세상에 날 죽여주십시오 할 짐승이 어디 있어.'

나는 속으로 이렇게 아버지에게 반발했다.

광채에 대한 또 한 가지의 기억이 있다. 언젠가 나는 소와 눈싸움을 하고 있는 아버지의 얼굴을 훔쳐본 적이 있다.

그때 나는 너무 놀랍고 두려워서 얼른 아버지의 얼굴에서 시선을 거두어버렸다. 아버지의 검은 얼굴은 굵은 힘줄들이 지렁이처럼 살아서 꿈틀거렸고, 눈동자는 붉게 충혈되어 번들거렸다. 내가 두려워한 것은 바로 그 눈동자였다. 나에게는 마치 이글이글 타는 두덩이의 숯불이 아버지의 얼굴에 박혀있는 것 같았다. 나는 아버지의 시선에서 나의 살갗이 델 것 같은 뜨거움을 느꼈다. 결코 과장을 하는 것이 아니다.

나는 그렇게 밖에는 달리 아버지의 표정을 설명할 수가 없다. 나는 그런 아버지의 표정을 평소의 아버지에게서 뿐만이 아니라 세상 사람들 중의 누구에게서도 찾아보지 못했다.

내가 여자 앞에서 머뭇거리자 위에서 대원들의 힐난이 들려봤다.

야 임마. 빨리 처치해버려.

저 새끼, ××를 보니 욕심이 나는 모양인데……. 괜히 욕심내다가 독침 맞지 말아요.

나는 이미 여자의 시선을 보고 있지 않았다. 도저히 맞부딪칠 수가 없었다. 내가 여자의 시선을 피하자 그 번뜩이는 광채는 나의 두 눈이 아니라 전신의 곳곳으로 마치 열대의 태양열처럼 뜨겁게 쏟아져오는 것을, 그리하여 전신을 지글지글 태우는 것을 나는 생생하게 느끼고 있었다. 나는 후들후들 떨었다.

그 순간 아버지를 보았다. 이마에서 흘러내리는 땀방울이 두 눈에 스며 나를 거의 눈뜰 수 없게 해버린 그때, 어룽어룽한 광망 속에서 아버지가 나타난 것이었다.

당신이 죽여야 할 짐승과 눈싸움을 하던 아버지. 그 짐승에 대한 무한한 애정으로 머리를 또닥또닥 두드리던 아버지. 그리하여 짐승으로 하여금 번뜩이는 광채를 사라지게 하던 아버지. 아아, 어떤 거룩한 성자의 성사인들 아버지처럼 진지하였으랴. 나는 처음으로 백정인 아버지의 살생을 인정했고, 짐승에 대한 아버지의 행동을 이해했다.

백정이 얼마나 비천하고 버섯처럼 음습한 풍토를 밟고 선 직업인가를 내가 알게 된 것이 언제부터인지는 확실하지 않다. 그 불확실한 시절부터 나는 줄곧 아버지에게서 도망쳤던 셈이다. 내 마음속에서 나는 한 번도 아버지를 인정하지 못했다.

분대원의 힐난은 거의 욕지거리로 변해 있었다. 그 욕지거리를 들으면서 나는 무슨 계시처럼 자꾸만 아버지를 불렀다.

이런 경우 어떻게 해야 한다는 것을 아버지는 알고 있을 것이었다.

'죽일 수 있겠느냐?'

—네, 아버지. 해보겠습니다.

'죽지 않으려고 하는 놈을 억지로 쥑이지는 못혀.'

—네, 아버지. 저는 죽이지 못하겠습니다.

그러나 나는 결국 여자를 죽였다. 나의 단도가 여자의 가슴팍에 꽂히는 순간, 나는 여자의 입술을 비틀고 새어나오는 신음을 들었다. 여자는 죽었다. 죽는 순간까지 번뜩이는 광채는 사라지지 않은 채, 억지로 죽었다.

잘했어. 너도 드디어 피 맛을 보았구나.

부대에 돌아가면 상으로 네놈 ×에 낀 때를 벗겨주지.

분대원이 다가와서 내 어깨를 두드리며 나의 살인에 대해서 격려를 했다. 나는 거의 숨조차 쉴 수가 없었다. 나는 차라리 울고 싶었다. 그러나 언제든지 눈물은 나에게 몰인정하다. 나는 철이 든 후로 한 번도 울어보지 못했다.

여자를 죽이는 일처럼 여자의 시체를 매장하는 일도 나에게 맡겨졌다. 분대원들은 다른 분대와 합류하기 위하여 나를 남겨놓고는 모두 동굴 아래 계곡으로 내려가 버렸다.

그곳에서 그들은 언제 동굴로 돌아올지도 모르는 적들을

기다릴 모양이었다. 나는 혼자 남겨졌다. 여자의 가슴에서
더 이상 피는 솟구치지 않고 있었다. 비겁한 살인의 자국 위
에 솟아오른 피는 배를 가르고 흘러내려 성기 사이로 기어
든 채 응고되어 있었다. 나는 여자를 나무 밑동에서 끌어내
어 풀밭에 누이고 아직도 부릅뜬 채 고정되어있는 두 눈을
꺼풀로 감겨주었다. 그리고는 잠자코 영혼이 빠져나가 버린
육체를 바라보았다.

그러자 여자의 육체를 바라보고 있는 나에게 참으로 이상
한 변화가 일어났다. 여자의 육체가 차차 아름답게 보이기
시작하는 것이었다. 어떤 충격으로 나는 마치 술에 취한 것
처럼 비틀거렸다. 시체를 아름답게 여기고, 그 아름다움에
취하여 비틀거린 나를 사람들은 이해할 수가 없을지도 모른
다. 그러나 나를 이해해주어야 한다.

그때까지 나는 인간이 지닌 어떠한 것에서도 아름다움을
느껴보지 못했다. 아니, 인간의 어떠한 아름다움도 내 것일
수가 없었다. 나는 인간들의 아름다움을 저 어둡고 습기 찬
굴속에 숨어서 빠끔히 고개를 내민 채 구경만 했을 따름이
었다. 아름다움 중의 가장 미미한 어느 하나를 향해서도 나
는 손을 내밀 수가 없었다. 될 수 있는 한 더욱 깊고 습기 찬

곳을 향하여 나의 추악한 몸뚱어리를 숨기는 것이 아름다움에 대하여 내가 취할 수 있는 유일한 태도였다.

백정의 아들이라는 것이, 그리고 남에게 거의 혐오감을 주는 못생긴 얼굴이라는 것이 보이지 않는 장막이 되어 나를 항시 아름다움 쪽으로부터 눈을 감게 했는지도 모른다. 그런데 그 장막이 사라져버린 것이다. 나는 비로소 죽음의 뜻을 알았다. 나에게 있어서 죽음이란 다름 아닌 '아름다움으로 통하는 문'과도 같은 것이었다.

나는 떨리는 손으로 영혼이 빠져나가 버린 여자의 육체를 더듬었다. 여자의 육체의 어디에서나 죽음은 나의 손끝을 타고 안으로 스며들어와 나를 취하게 했다. 여자의 육체에서 나에게 스며든 죽음은 이미 타인의 것이 아닌 좀 더 친밀하고 물기 있는 일종의 감정의 교류였다. 만일 사랑이라는 것이 이렇게 일방적인 것일 수도, 죽은 사람에 대한 것일 수도 있다면 그 순간 나는 처음으로 여자를 사랑한 셈이 된다.

나는 여자를 파묻기 위하여 구덩이를 팠다. 그리고 여자를 구덩이에 누인 다음 여자의 입술에 결별의 입맞춤을 했다. 입술은 이미 차가웠다. 여자의 입술을 나의 것에서 느끼며 나는 눈물이라도 쏟을 것 같았다. 얄궂은 쾌감과 막연한 어떤 슬픔이 뒤범벅이 되어 가슴속에 가득히 차오르는 것이었다. 나는 여자에게 사랑의 표지라도 남겨두고 싶었다. 옳지! 나는 수첩의 갈피 사이에 끼워두었던 낙타눈썹을 꺼내었다. 죽은 분대장이 준 것이었다.

그는 전입신고를 하는 나에게 준엄한 표정으로 "이것 알아? 모른다고? 임마. 이것이 바로 낙타눈썹이라는 것이야. 왜? 성경말씀에 그런 구절이 있지. '세상의 모든 남성들이여. 그대들은 그대들의 ×대가리에 낙타눈썹을 끼워라. 그리하여 세상의 모든 여성들에게 밤마다 내가 살고 있는 천국의 맛을 보여주어라.' 임마, 이 낙타 눈썹이야말로 어떤 천한 계집년마저도 천국으로 들어갈 수 있게 하는 타키트란 말이야. 타키트!" 부동자세로 서 있는 나의 입술 사이에 타키트를 찔러주었다. 나는 여자의 성기 위에다 낙타 눈썹을 얹어 놓았다. 조금도 외설스러운 마음은 일어나지 않았다. 나는 낙타 눈썹이 정말로 여자가 천국으로 들어갈 수 있는 타키트가 되기를 빌었다.

햇살더미는 어느 새 마룻바닥에서 벽으로 이동해있다. 가부좌를 하고 있는 나의 시선과 거의 같은 높이의 벽에 걸린 채, 햇살더미는 눈을 부시게 한다.

이 붉은 벽돌 담장의 바깥세상에도 오후의 한때가 시작되고 있을 것이다. 창을 본다. 손수건만 한 하늘은 여전히 푸르르다. 저 푸른 하늘 아래서 사람들은 울고, 웃고, 떠들고, 인사를 하고, 커피를 마시고, 헤어지고, 집을 짓고, 아이를 낳고…… 그리고 살아갈 것이다. 아니, 살고 있을 것이다. 그렇다. 중요한 것은 '살고 있다'는 것이다.

갑자기 사람들의 살고 있는 모습들이 한 폭의 풍물화처럼 선명하게 떠오른다. 나도 하나의 모습으로 풍물화 속의 어디에든 끼어들고 싶다. 나에게 떠오른 풍물화는 사람들의 살고 있는 모습들을 전혀 다른 감각과 색채로 아름답게 바꾸어버리는데 나는 그러한 변화를 이해할 수 없다. 그래서 나는 차라리 경외의 시선으로 그것을 바라볼 수밖에 없다. 월남에서 귀국한 무렵에도 풍물화가 한번 떠오른 적이 있다.

남지나해를 건너온 병력 수송선이 부두에 정박하고, 환영 인파가 갑판 위에 서 있는 귀국 장병들을 향해 손을 흔들고, 양편에서 동시에 함성이 터질 때에도 나는 무의미하게 그런 광경을 바라보고 있었다. 일 년 만에 돌아온 고국에 대해서 아무런 감동도 일어나지 않았다. 부두의 광장에서는 환영식이 시작되었다.

장병들의 목에 꽃다발이 걸리고, 어린 여학생들이 「개선의 노래」를 부를 때 나는 왠지 살아서 다시 이곳에 돌아왔다는 사실이 부끄러워지는 것이었다. 나는 죽지 못한 자신의 모습을 혐오감을 가지고 돌아보았다. 적을 죽였다는 이유로 나의 가슴에는 훈장이 걸려 있었다. 확실히 나는 누구보다 많이 적을 죽였다.

　그러나 나는 정작 무슨 사상의 차이 때문이라거나 높은 분들이 이야기하는 애국심 때문에 죽인 것은 아니었다. 순전히 나의 개인적인 욕망에서였다. 낙타눈썹을 선사한 여자 이후로 살인은 나에게 마약 같은 존재가 되어 있었는지도 모른다.

　내가 죽인 사람의 시체를 대할 때마다 나는 그 시체에서 죽음이 장미꽃처럼 붉게 피어오른다는 느낌을 가졌고, 그 장미꽃에서 나는 눈부시게 아름다운 인간과 오히려 새로운 의미가 되어 나를 취하게 하는 싱싱한 삶을 보았다.

　광장에서는 여전히 노래를 부르고 있었다. 어린 여학생의 노래가 나에게는 마치 힐책의 고함처럼 들려왔다.

　살인마―. 너만은 환영을 받을 자격이 없어. 이곳은 네가 돌아올 곳이 아니었어. 나는 환영 인파 쪽으로 몰려있는 장병들의 틈에서 빠져 나와 반대편 갑판으로 갔다. 거기에는 내가 돌아온 항로가 방파제 너머 멀리에서 배 빛에 반짝이고 있었다. 나는 가슴에 달린 훈장을 떼어 그 항로를 향해 힘껏 던졌다. 그리고는 시선을 돌려 시가지를 바라보았을 때 문득 시가지의 모든 모습들이 한 폭의 풍물화처럼 선명하고 아름답게 바라보이는 것이었다. 전혀 생소한 이국의 어느 도시처럼 그리고 처음 대하는 풍물들처럼 시가지의 모든 모습들을 나는 바라보았다. 그 선명하고 아름다운 풍물화를 바라보면서 나는 어떠한 모습으로도 내 자신은 그 속에 낄 수가 없을 것 같은 느낌이었다.

풍물화는 완강하게 나를 거부하고 있는 것 같았다. 이곳은 네가 돌아올 곳이 아니었어. 그러나 나는 어떻게 해서든지 그 속에 끼어야만 될 것 같았다. 만일 그럴 수만 있다면 나에게서 살인의 기억은 한 장의 백지처럼 깨끗하게 지워질 것 같아서 나는 시가지를 보면서 몇 번이고 입술을 깨물었다.

며칠 후 내가 항구도시의 한 사람이 되어 시가지를 걷게 되었을 때, 나는 그러나 도무지 풍물화에 대한 사실감을 느낄 수가 없었다. 풍물화는 줄곧 내가 잡을 수 없는 곳에서 잡힐 듯 말 듯 빙글거리면서 나를 괴롭혔다. 그것은 마치 안

개와도 같이 멀리서 보면 일단의 무리로 엄연히 형성되어 있다가도 접근하면 미세한 물방울들만 남기고 사라져버리는 것이었다. 나는 무수한 물방울 속을 헤치고 다니면서 그것을 잡기 위하여 허우적거렸다.

나는 전혀 모르는 사람들과 애써 어울렸고, 부두에서 막일을 했고, 실직자처럼 한가하게 거리를 돌아다녔고, 그러다가 폭음을 했고, 술집 문을 나서기도 전에 고주망태가 되어 정신을 잃었고, 심지어는 몸을 파는 여자에게 나의 알몸을 맡겼고…… 하여튼 풍물화 속의 사람들이 할 수 있는 일이라면 무엇이든지 흉내를 내었다. 그러나 나는 부두에서도 내가 풍물화 속에 끼여 있다는 사실감을 느낄 수가 없었다.

나는 결국 진한 소외감 속에서 예의 풍물화 속에는 결코 낄 수 없다는 것을 재확인하는 것으로써 그것에 대한 것을 포기해 버렸다. 풍물화는 일종의 착각이었을 뿐이야. 나는 일부러 교활한 여우가 되어 먹고 싶은 포도송이를 잊어버렸다.

문득 나의 청각이 환하게 열린다. 바깥세상의 모든 '살고 있는' 소음들이 높은 담장을 뛰어 넘고, 물을 횡단하여 창으로 슬쩍 미끄러져 들어와 나의 열려있는 청각을 껴안는다.

소음들이 들려오면 청각은 즐겁다. 따라서 청각의 주인인 나도 즐거워한다. 수감된 후 시력은 형편없이 퇴화하였지만 청각만은 재빨리 진화되었다. 소음들이 청각을 껴안자 청각은 그것들을 이끌고 작은골로 달려와 작은골로 하여금 그것들을 분류하게 한다. 자동차의 경적소리, 어느 집의 초인종 울리는 소리, 대문을 여는 소리, 어머머 어머머 오랜만에 오셨네요. 소리, 소리, 소리…… 살고 있는 소리. 아, 나도 무엇보다도 살고 싶다. 공상이 아닌 실제의 삶을 살고 싶다. 검사가 아닌 다른 사람들과 이야기하고 싶고, 악수를 나누고 싶고, 구겨진 봉투를 들고 혼잡한 시내버스에 올라 손잡이에 나의 무게를 맡긴 채 흔들리고 싶다. 만약 내가 감옥에서 풀려날 수만 있다면? 나는 맨 먼저 담배를 피울 것이다. 그리고 나서 막 소주를 몇 잔 위 속으로 흘려보낼 것이다.

주정의 성분이 우르르, 우르르 혈관을 뛰어다니게 두면 나는 바야흐로 내가 실제의 삶을 살고 있다는 것을 확인하기 위하여 어느 무죄하고 불운한 사내에게 시비를 걸지도 모른다.

형씨. 내 뺨을 막 세 번만 때려 주시오. 그렇지 않으면 형씨가 딱 세 번만 나에게 맞아 보든지…….

나는 사내에게 맞게 될까. 때리게 될까. 그러나 그런 후에

는? 그러다가 며칠이 지나면 나는 필경 그런 종류의 삶의
확인에는 쉽게 권태를 느끼게 될 것이다.

그리하여 나는 또 다시 새로운 종류의 실제의 삶을 확인
하려고 할 것이다. 그때가 나로서는 가장 위험한 순간이다.
그렇다. 이번 살인사건의 시작도 그러했다.

내가 일부러 교활한 여우가 되어 풍물화에 대한 것을 잊
어버린 후로, 나는 한 번도 자신이 살고 있다는 실감을 느껴
보지 못했다. 무엇을 하건, 어디에 있건 간에 나는 항시 무
의지하고, 피동적이 되어 그야말로 빈 껍데기일 뿐이었다.
남들은 모두들 잘 견디어 가는 일상생활마저도 젠장, 나에
게는 썩은 물 같아서 견딜 수가 없었다. 나는 내 자신이 마
치 썩은 물속에서 부족한 산소 때문에 수면 위로 펄쩍펄쩍
뛰어오르는 한 마리의 물고기에 비유되었고, 그런 비유가
들면 헉헉 숨결마저 가빠지는 것이었다. 상쾌한 산소를 향
하여 힘껏 아가미를 벌리는 물고기를 밤마다 나는 꿈꾸었
다. 열대의 뜨거운 태양과, 번들거리는 수목의 잎사귀와, 잎
사귀를 찢는 스콜의 거센 빗줄기와, 포성과, 솟구치는 핏방
울들이 또한 밤마다 나를 괴롭혔다.

그러다가 문득 나는 살인을 예감했던 것이다. 나는 그 예

감에 내 생활의 전체를 맡겨버렸다. 직장마저도 그만둔 채 하숙방에서 뒹굴면서, 아침에 눈을 떠 밤늦게 잠들 때까지 나는 오직 그 예감만을 생각했다. 처음에는 뼈대뿐이던 예감이 살이 붙고, 피가 돌아 차차 형태를 이루어갔다. 마침내 예감이 완전한 형태를 이루었을 때, 나는 드디어 외출을 했다.

하루 종일 나는 때로는 번화가에서 허둥대고, 때로는 외딴 골목길을 어슬렁거리면서 무작정 돌아다녔다. 낯선 거리의 시내버스 정류장에서 구두를 닦아 신기도 했으며, 진열장의 유리창에 모처럼 정장을 한 내 모습을 비추어보고 비뚤어진 넥타이를 바로 잡기도 했으며, 육교를 올라갈 때는 늙은 거지의 손에 빳빳한 오백원권 지폐를 건네주고는 놀라서 눈을 크게 뜬 늙은 거지에게 키들키들 웃어 보이기도 했으며…… 나는 하루 종일 모든 일상생활을 향하여 마지막 친화를 나누었다.

썩은 물이여, 안녕. 부족한 산소여, 안녕. 안녕.

저녁 무렵에는 그러나 어찌된 영문인지 나는 또다시 하숙집 근처에 와 있었다. 조그만 야산의 중턱이었다. 결국은 그곳이 범행 장소가 되어버린 셈이었다.

야산의 중앙을 횡단하여 오솔길이 나 있었다. 그 길로 여자가 올라오는 것이었다. 작업복을 입고 있었다. 어느 공장의 여직공인 모양이었다.

근방에는 여자 이외에는 누구도 보이지 않았다. 나는 자신도 미처 의식할 겨를이 없이 급작스레 넥타이를 풀어서 손에 움켜쥐었다. 그리고 '정말 죽일 수 있을까?' 자문해 보았다.

'이곳은 월남이 아니다. 사람을 죽이면 너의 인생도 그만이다. 살인에 대한 예감은 관념일 뿐이다. 너는 관념 때문에 인생을 버리는 셈이 된다. 그래도 죽일 수 있겠느냐?'

'너의 인생이라는 것은 결국 네 자신을 숨 막히게 하는 썩은 물 이외에는 아무 것도 아니다. 죽는 날까지 너는 그 썩은 물 때문에 괴로워해야 한다. 그런 인생이라면 포기하는 것이 낫다. 저 여자를 죽여라. 너에게는 그 길 밖에 없다.' 여자는 점점 다가오고 있었다. 나는 더 이상 주저하지 않았다. 나의 시선에는 벌써부터 여자가 죽어 가는 모습이, 그리하여 여자의 육체에 차츰 죽음이 장미꽃처럼 눈부시게 번져 가는 모습이 앞당겨 바라보이는 것이었다. 나는 목이 타는 것 같은 갈증을 느꼈다. 갈증은 순식간에 온몸에 퍼져서 나로 하여금 온몸의 뼈마디 마디를 비틀게 했다. 여자가 나의 곁을 지나치고 있었다. 관념이라거나 썩은 물 같은 인생 따위보다도 나는 더 이상 갈증을 참을 수가 없었다. 나는 재빨리 넥타이 끈을 여자의 목에 걸었다. 힘을 주어 끈을 졸라매자 여자는 미처 비명도 지르지 못한 채 한 마리 새끼 새처럼 파닥거리다가 사지에 경련을 일으키며 나에게 기대어 버렸다. 나는 아무 것도 생각할 수가 없었다. 나의 모든 감각들은 열대의 눈부신 태양과, 쾅쾅 울리는 포성과, 번들거리는 수목의 잎사귀와. 솟구치는 핏방울들, 혼합된 어떤 균류 속에서 나를 허우적이게 했다.

나는 알 수 없는 쾌감에 거의 숨이 넘어갈 것처럼 헐떡거렸다. 나는 급기야 사정을 해버렸다. 여자의 몸무게가 나를 어떤 분류 속에서 풀려나게 했을 때 나는 비로소 내가 살인을 했다는 사실을 깨달았다. 지금 생각해보면 나는 그 예감에 너무 깊이 빠져있었던 것 같다. 굳이 살인을 하는 방법 외에 다른 방법도 있었을 것이다. 아버지의 경우처럼 살해당할 수도 있었을 것이다. 왜 나는 진작 아버지를 생각하지 못했을까.

아버지는 내가 대학교 2학년 때의 어느 무더운 여름날 당신이 죽이려 한 짐승에게 오히려 죽음을 당했다. 그때 나는 아버지와는 떨어져서 학교기숙사에서 살고 있었으므로 아버지의 임종을 보지 못했다.

소식을 듣고 내가 달려갔을 때 아버지의 시체는 이미 관속에 들어있었다. 아버지의 동료 한 사람이 나에게 들려준 이야기에 의하면 아버지는 황소의 뿔에 가슴을 들이 받혀 그 자리에서 피를 토한 채 숨겨 버렸다는 것이었다. 죽은 사람이라도 보라고 누군가가 관 뚜껑을 열어 주어서 나는 가슴이 무너진 아버지의 주검을 확인했다.

아버지의 시체는 부패되어 있었다. 썩은 냄새가 몹시 역겨웠다. 나는 그러한 아버지의 시체를 오래 동안 들여다보았다.

시체를 들여다보면서 나는 나의 안에서 일기 시작하는 알 수 없는 한 가닥의 시원한 바람 때문에 하마터면 "드디어 죽었군"하고 소리내어 말할 뻔 했다. 마치 아버지가 죽기를 기다리고 있었다는 듯이. 아버지는 그 당시 나에게는 내가 지닌 모든 추악함의 증거와도 같았다. 아버지가 죽음으로써 모든 추악한 증거도 함께 사라지리라고 나는 믿고 있었다. 어떻게 생각하면 내가 구태여 미술을 전공한 것도 아버지에게서 좀 더 멀리 도망치기 위한 방법이었는지도 몰랐다. 나는 미술이라거나 예술이야말로 고귀하고 아름다운 사람들만이 소유할 수 있는 특권인 양 착각하고 있었으니까.

돌이켜 보면 나는 확실히 모든 것을 착각하고 있었다. 나는 좀 더 일찍 아버지의 참 모습을 알아야 했다. 세상에서 아버지처럼 자신에게 주어진 삶을 완벽하게 산 사람은 없다. 어떤 의미에서 아버지는 삶의 순교자다. 아버지의 죽음은 다분히 운명적이었다. 어쩌면 아버지는 그러한 최후를 바라고 있었는지도 모른다. 나도 살인을 할 것이 아니라 누구에겐가 살해당해야 했다.

만일 누군가에 의하여 내가 죽음을 맞이할 수가 있었다면, 역설적으로 나는 자신의 죽음에서 자신의 실제의 삶을 확인했을지도 모른다. 마찬가지로 내 자신의 아름다움을 볼 수 있었을지도. 이번 살인이 비록 내가 실제의 삶을 그리고 아름다움을 확인하는 방법이었다 하더라도 그것들은 역시 타인의 것이었을 뿐이다.

아버지가 황소의 뿔에 가슴을 들이 받혀 쓰러지는 순간을 내가 목격할 수만 있었다면 나는 아버지에게서 살해당하는 법을 배웠을 것이다.

검사를 만나면 죽여 달라고 졸라보자.

내가 삶을 확인하는 방법은 오직 죽음을 당하는 길밖에 없다고 말하면 그는 어떻게 나를 대할까. 그는 지극히 정상적이고 높은 분이니까 그의 앞에 앉아있는 지극히 비정상적이고 사람 백정 같은 자식의 말은 미친개 소리쯤으로 흘려버릴지도 모른다.

'어어, 이 자식이 뒤늦게나마 속죄하는 거야?' 이렇게 기특해 할지도 모른다. 그렇게 되면 곤란하다. 죽음을 당할 수만 있다면 듣기 싫어하는 그에게 억지로라도 나의 모든 비밀들을 털어놓겠다. 무엇보다도 그는 나의 생명을 좌우할 수가 있으니까. 어쨌든 열심히 졸라보자. 살해당할 수 있도록. 그리하여 내가 자신의 용기와 의지로 자신의 새로운 삶을 택했다고 마지막 순간에라도 자부할 수 있도록.

만일 사형의 방법에 옛날처럼 단두대가 사용될 수만 있다면 나는 더 바랄 것이 없겠다. 번쩍이는 칼날에 목이 잘라지고, 그리하여 머리가 땅에 떨어지는 순간까지 나는 똑똑히 눈을 뜬 채 보아줄 테다, 솟구치는 내 자신의 피를. 아름다운 삶의 분출을.

햇살 더미는 사라져버렸다. 해가 진 모양이다. 햇살 더미는 내가 알지 못하는 사이에 벽을 타고 살금살금 기어올라 창밖으로 빠져나갔을 것이다. 손수건만한 하늘에서는 새삼스럽게 놀이 탄다. 아아, 저 붉은 색감, 붉은 피. 붉은 장미…… . 나의 주검이 저렇게 아름다운 것이 되기를…… . 놀이 온 하늘을 덮듯이 나의 주검이 추악했던 내 모든 것을 덮을 수 있게 되기를.

상처와 자기혐오에서 피어난 꽃

　송기원 형의 소설 선집 해설을 써달라는 부탁을 받았을 때 내게는 '이 무슨 인연이란 말인가?'라는 생각이 먼저 떠올랐다. 그리고 30여 년 전, 서대문 근처 어느 이층집 주점에 형과 단둘이 앉아 거나하게 취한 채 이런저런 이야기를 나누던 모습이 실루엣처럼 어른거렸다. 우리는 대체 무슨 이야기를 나누었던가? 형은『실천문학』주간 일을 맡고 있었고 나는『실천문학』과는 노선(?)이 다르다고 알려진『문학과 사회』동인 한 자락에 이름을 걸치고 있었으니 이른바 시국에 대해 논하며 공감을 나누었을 리도 없다. 그냥 둘이 뭔가 좀 통한다는 느낌으로 약간은 퇴폐적인 기분에 젖어 세상을 비웃었던 것 같기도 하고…… 아니면 말없이 술잔과 미소만 주고받았던 것도 같고…… 형이 형의 대학 시절 은 사인 서정주 선생과의 일화를 평소와 달리 약간은 흥에 들 떠 이야기하면서 은밀한 눈길을 내게 던지던 것이 어렴풋이 생각나는 것 같기도 하고…… 그런데 그 눈길에서 나는 왜 은밀함을 느꼈던 것일까?

그로부터 30여 년 동안 나는 형을 만나지 못했다. 형은 타 고 난 팔자대로 자유롭게 세상을 휘젓고 다닌 모양이었고— 형이 인도에 다녀와 어딘가 절간에 칩거해 지낸다는 이야기 를 얼핏 들었지만, 내게는 그것조차 형 특유의 휘젓는 삶의 하나인 듯싶었다—나는 '문학 평론가' 딱지를 떼어내려 애 쓰면서 '대학교수' 노릇을 하고 있었으니 둘이 만날 수 있는 접점이란 것이 애당초 없었다. 그런데 이상한 일이었다. 마 치 그때 광화문 주점에서 형과 나누었던 은밀한 눈길과 미 소가 형과 나를 끈끈하게 이어주고 있는 것만 같았다. 형을 만나지 못하고 지내면서도 형은 늘 친근한 모습으로 곁에 있는 것만 같았다.

그 인연 아닌 인연을 벗 삼아 송기원의 소설들을 다시 읽는다. 평론가의 자세로 읽는 것이 아니라 구절구절 인간 송기원을 떠올리며 읽는다. 참으로 지독한 삶을 살았구나, 라는 생각이 저절로 떠오른다. 형이 직접 쓴 작가 연보만 보아도 형이 얼마나 지독한 삶을 살았는지 그림이 그려진다. 형이 구체적으로 살아낸 세월의 지독함은 동시대 사람들이 겪었던 보편적인 고난을 훨씬 뛰어넘는다. 하지만 이 자리에서 형이 세상에 태어나자마자 살아내야만 했던 세월을 구체적으로 들먹이고 싶지는 않다. 다만, 우리에게 감동을 주는 형의 소설들은 대개 그 세월—좀 더 분명하게 말하면 운명—에 대한 용서 혹은 화해를 주제로 하고 있다는 사실만을 지적하고 싶을 뿐이다.

작가연보에서 그는 자신이 장돌뱅이로 태어났다고 적는다. 장돌뱅이 부모의 아들로 태어났다고 한 것이 아니라 자신이 아예 장돌뱅이로 태어났다고, 어린 시절부터 장돌뱅이로 살았다고 못을 박는다. 자신이 어디 한 군데 뿌리박지 못하고 이리저리 떠돌 팔자를 타고났음을 '장돌뱅이'라는 단어가 압축해서 보여준다. 어린 시절은 물론이고 중 · 고등학교 학창 시절, 일찌감치 시와 소설로 동시에 문단에 등단한 이후의 삶, 시국 사건에 얽혀 옥살이를 치르고 난 이후의 삶, 그리고 그 이후 지금까지의 송기원의 삶 전체는 어디 한 곳에 뿌리를 박지 못하는, 아니 애당초 뿌리를 박을 터전이 없던, 말 그대로 '장돌뱅이'로서의 삶이라고 해도 과언이 아니다. '장돌뱅이'로서의 인간 송기원의 삶은 일종의 자전소설이라고 볼 수 있는 「아름다운 얼굴」에 상세하게 그려져 있다. 그 소설 서두에서 작가는 이렇게 쓴다.

어쭙잖게 고백하건대, 십 년 가까이 단 한 편의 소설도 쓰지 못한 채 거의 절필 상태에서 지내다가 가까스로 다시 시작할 작정을 하게 된 것은 바로 아름다움 때문이다.
(······) 그렇다. 나에게 있어서 자신의 삶이란 평탄하기는커녕 고작해야 자기혐오의 대상이었을 뿐이다. 몇 해 전까지만 해도 나는 마치 욕지기처럼 치밀어 오르는 어떤 혐오감 없이는 단 한 번도 자신의 지나온 삶을 되돌아보지 못했다.
(······) 어떻게 보면, 나에게 아름다움이나 자기혐오란 결국 같은 의미였는지 모른다. (148~149쪽)

소설가로서의 송기원의 행로, 아니 송기원의 삶 자체가, 자기혐오 없이는 되돌아볼 수 없을 정도로 온통 치부투성이인, 혹은 '치부 그 자체'인 자신의 삶을 '아름다움'으로 승화하는 떠돌이 여정이라고 압축해도 무리가 없을 것이다. 아니다. 더 정확히 말하면 '승화'가 아니다. 치부가 아름다움으로 승화한 것이 아니라, 치부 자체가 아름다움이 되어버리는 그 연금술! 송기원이라는 인간의 삶 자체가 마치 보들레르의 '악의 꽃'의 화신처럼 여겨지는 것은 그때문이다. 악의 꽃은 악이 승화되어 피어난 꽃이 아니다. 그 꽃은 악을 자양분으로 해서 피어난 꽃이다. 그 꽃은 악이라는 조건이 없으면 피어날 수 없는 꽃이다. 그 꽃은 악 자체가 꽃이 피어나는 것을 가능하게 해주는 절대 조건이 된 상태에서 피어난 꽃이다. 마찬가지로 송기원의 삶을 온통 지배하고 있는 상처와 치부는 그 자체 아름다움을 가능하게 하는 절대 조건이다. 그리고 상처가 깊을수록 꽃도 아름다운 법이다.

그 연금술 과정에서 송기원이 만난 것이 바로 문학이다. 그리고 송기원과 문학의 그 만남은 운명적이다. 그 만남이 운명적이라는 것은, 그 만남이 그만큼 우연적이었음을, 그만큼 충격적이었음을 뜻한다. 큰 사고를 저지르고 친척 집에서 숨어 지내던 송기원은 그 집에서 처음으로 문학 작품을 접하고 벼락이라도 맞은 듯 충격을 받는다. 흔히 생각하듯 문학 작품을 읽고 감동해서 '여기에 내 길이 있구나!'라는 깨달음이 온 것이 아니다. 그는 다음과 같이 쓴다.

'이건 바로 내 이야기 아닌가!'

어떤 소설은 나보다도 형편없는 개차반 인생이 바로 그 개차반 인생을 그것도 무슨 자랑이라고 중언부언 늘어놓고 있었다. 그러나 나에게 무엇보다도 중요했던 것은 바로 그 개차반 인생이 그런 이야기로 작가가 되고, 그리하여 당당하게 세상에 끼어들었다는 점이었다. 문학이 그런 식이라면 나는 얼마든지 자신이 있었다. 당시 내가 이해한 문학은 내가 세상에 끼어들 수 있는 일종의 문 같은 것이었다. (186쪽)

자기 혐오 없이는 돌아볼 수 없는 자신의 삶, 치부투성이인 자신의 삶이 당당하게 세상에 끼어들 수 있는 방책! 그것이 바로 문학이었다. 자신의 삶을 아름답게 각색할 수 있는 방책으로서의 문학이 아니라, 자기혐오에 빠질 수밖에 없게 만드는 자신의 삶을 아슬아슬하게, 그러나 당당하게 보여줄 수 있는 방책으로서의 문학! 그렇다면 문학이 한동안 송기원에게 상처 자체를 아름다움으로 만드는 연금술의 용광로 구실을 한 셈이다. 그에게 문학은 그가 상처투성이 삶으로부터 도망할 수 있는 도피처나 은신처가 아니었다. 그에게 문학은 상처를 그대로 안고, 그 상처와 피투성이가 되어 함께 뒹구는, 치열한 도가니였다.

　내가 보기에 시인이자 소설가로서의 송기원이 그 연금술의 용광로로 삼은 것은 소설이라기보다는 시이다. 송기원은 시를 쓰면서 세상을 속이고, 위악적인 모습을 보이고, 죽음, 탐미주의 혹은 허무주의로 기울면서 그야말로 마음껏 병들어간다. 일반적인 젊음의 특권이 아니라 송기원만의 특권이다. 이런 표현이 가능하다면, 그에게는 그렇게 마음껏 병들어갈 자격이 있고 권리가 있었다.

　그러나 문학에 발을 들여놓은 초기에 소설가로서의 송기원은 시인으로서의 송기원과는 약간 다른 길을 걷는다. 그에게 시가 연금술의 용광로였다면 소설은 세상과 좀 더 구체적으로 만나는 문 구실을 한다. 소설을 통해 그는 세상에 대해 발언도 하고 '분단'이라는 시대적 상황에 대한 소설도 쓴다. 이 선집에 실린 「월행」을 비롯해 이 선집에 실리지 않은 「配所의 꽃」이 대표적이다.

그러나 사실 송기원이 쓴 분단을 주제로 한 소설들도 우리가 익히 알고 있는 많은 분단 소설과는 거리가 멀다. 송기원의 그 소설들은 분단에 대해 이른바 '리얼리즘' 식으로 접근한 소설들이 아니다. 분단이라는 예기치 않은 운명을 만난 개인들이 겪게 되는 비극적 삶을 담담하게 그리고 있을 뿐이다. 분단의 비극은 「월행」에서는 한 폭의 수채화로 변신하고, 「配所의 꽃」의 결말에는 따뜻한 희망과 애정이 흘러넘친다. 말하자면 송기원에게 분단이라는 현실은 자신이 장돌뱅이로 태어난 것과 마찬가지로 개개인들이 어쩔 수 없이 고스란히 맞이하게 된 운명 같은 것이다. 분단의 비극을 그리고 있는 그의 소설에서 분단은 '역사적 현실'이라기보다는 어차피 살아내야 하고, 극복해야 하는 '개인적 비극'이된다. 그런 작가에게 역사의식 부족 운운하며 아쉬움과 비난을 가하는 사람도 물론 있을 것이다. 하지만 미안한 이야기이지만 송기원에게 그 비난은 허공에 휘두르는 주먹질일뿐이다. 그런 비난에 대해 내게 은밀한 눈길을 보내며 '사는게 뭔지 모르는 놈들. 아무것도 모르는 놈들'이라고 중얼거리는 송기원의 모습이 그려지는 듯하다.

분단 소설들과 마찬가지로 『月門里에서』와 『다시 月門里

에서』라는 단편집에 실린 대부분의 소설들에서도 송기원의
시선은 어느 정도 밖을 향해 있다. 그 소설들에서 송기원은
어디에도 뿌리를 내리지 못한 자신의 장돌뱅이 삶에 비해
훨씬 건강하게 살아가는 민초^{民草}들의 삶을 애정 어린 눈길
로 그리고 있다. 개인의 구체적 체험을 바탕으로 자신의 실
존적 고뇌를 보여주면서 민초들의 건강한 삶을 그리고 있는
그 소설들은 높은 성취를 이룬 뛰어난 작품들이다. 그러나
그 소설들은 어떤 의미에서는 송기원의 연금술 용광로 밖에
있는 작품들이다.『다시 月門里에서』를 간행한 지 10년 후에
발표한『인도로 간 예수』 이어서 20년 후 발표한『별밭 공원』
에서 송기원의 소설은 다시 연금술의 용광로가 된다. 그 용
광로 안에서 모든 상처받은 삶들이 「아름다운 얼굴」이 되고
「사람의 향기」가 되며 '홍타령'이 된다.

가령 누이의 죽음을 맞이해서 작가 내면에서 벌어진 변화
를 그리고 있는 「사람의 향기」의 다음 대목을 보라.

아아, 그러고 보면 나에게 누이란 무엇이었던가. 상처. 그렇
다. 언제부터인지 모르게 나는 누이나 누이의 죽음을 내 핍
박한 인생과 결부시켜 단지 상처로밖에 여기지 않았다. 마치

내 인생에 범주가 되어준 저 많은 이들의 남달리 모진 삶과 그리고 그런 삶 끝에 맞이한 죽음처럼. 나에게는 그렇듯 상처일 뿐이었던 누이가 세상에 누구보다도 더없이 소중한 사람처럼 느껴지는 그 변화를 나는 부끄러운 마음으로 인정했다.

돌이켜보면, 내가 부끄러워해야 할 이들은 비단 누이만은 아닐지도 몰랐다. 저 많은 이들, 내가 단순히 상처로만 치부하여, 그 이상은 더 애증에 얽매어들기를 단호히 거부했던 이들, 어머니, 생부, 의부, 호적상의 어머니, 큰아버지, 이모, 이모부…… 저 많은 이들을 어쩌면 나는 다시 만나야 할지도 몰랐다. 그리하여 그들 한 사람 한 사람에게서 전혀 새로운 의미를 발견해야 하는지도. (……)

나는 무심코 뒤를 돌아다보았다. 무언가, 향기가, 내가 지금까지 한 번도 맡아보지 못했던 어떤 향기가 있는 듯 없는 듯 코끝을 스치고 지나가는 것이었다. (……) 어쩌면 그 향기는 저 불빛들 중의 한 곳에서 스며나오고 있을지도 몰랐다. 아니 어쩌면 저 불빛들 전체가 하나의 향기가 되어 나에게 스며오는 것인지도.(146~147쪽)

그 용광로에서 연금술의 대상은 이제 송기원 개인의 삶이 아니라 모든 상처받은 삶으로 확장된다. 절창 중의 절창이라고 할 수 있는 「늙은 창녀의 노래」에서 늙은 창녀의 비극적인 사랑은 누구보다도 순결한 사랑이 되고, 늙은 창녀는 세상을 향해 몸을 연 성녀聖女가 된다.

> 아니, 나모냥 썩은 몸뚱어리라도 좋다고 찾어준 사람들이 이 넓은 시상에 손님들 말고 또 있었겠소? 없제라우. (……) 긍께 내 애기가 빠져나가뿐 바로 그 자리를 손님들이 쬐깜썩 쬐깜썩 메꽈줬는디, 나는 그걸 몰랐구만요. 그렇게 손님들이 메꽈준 것들이, 한여름밤에 논두렁질을 가다보면 망초꽃들이 무신 무데기들 맨키롬 여그저그 뭉탱이로 피어나데끼, 시방 내 몸뚱어리에도 무데기로 피어나는 것 같구만이라우.
>
> (247~248쪽)

보들레르가 '시는 매음賣淫이다.'라고 말했던가? 보들레르의 말을 빌릴 것도 없이, '내 몸뚱어리에도 무데기로' 망초꽃이 피어나는 것 같다고 말하는 늙은 창녀는, 손님들이 모두 그런 꽃 같다고 말하는 늙은 창녀는 세상을 향해 몸을 연 성녀이며 세상에 꽃을 피우는 연금술의 용광로 자체이다.

송기원의 또 하나의 절창인 「노량목」에서 급기야 작가는 그 상처받은 삶과 하나가 된다. 상처로 점철된 내 삶에만 연금술의 기적이 일어나는 것이 아니라, 이 세상 상처받은 모든 삶이 연금술의 용광로가 되고, 내 삶도 그 삶과 함께 '흥타령'이 되어 펼쳐지는 것이다.

그랬다. 그녀의 〈흥타령〉은 저 만산홍의 은은한 연분홍 빛깔처럼 나의 몸속에서 노량목이 되어 있었다. 그리고 나는 간단없이 나에게 스며든 그녀의 노량목이 마침내 나의 노량목과 합쳐지는 것을 보았다. 그리고 나는 또 보았다. 나의 몸속에서 하나로 합쳐진 그녀와 나의 노량목은 만산홍의 은은한 연분홍으로 온몸을 물들이고는 급기야 두 눈으로 몰려가고 있었다.

(……) 나는 눈물을 흘리고 흘리고 또 흘렸다. 그렇게 눈물을 흘리면서 나는 만산홍이 연분홍 눈물로 아롱진 시야 가득히 무슨 파노라마처럼 박말순이 한평생이 펼쳐지는 것을 보았다……. 일찍이 소리선생의 저주를 받아 엉덩이에 뿔이 난 못돼먹은 망아지가 되어 간드러진 소리를 만들어버린 열여덟 그녀가 펼쳐지고 있었다. 그렇게 뭇 남성의 노리갯감이

되고 동시에 뭇 남성을 사랑한 죄인이 된 그녀가 펼쳐지고 있었다. 그렇게 소리꾼으로도 인생으로도 실패한 걸레보다 더 지저분한 그녀가 펼쳐지고 있었다. 그렇게 돈도 싫고 남자도 싫고 명예도 싫어서 결국 염세병이 걸린 그녀가 펼쳐지고 있었다. (소설집 『별밭 공원』 80~81쪽)

감히 말하지만, 그 경지는 대단한 경지이다. 직접 내면으로 체험하지 못하면 흉내조차 낼 수 없는 경지이다. 송기원의 기구한 팔자도, 그가 맞이한 시대적 환경도, 그의 퇴폐 기질도, 느닷없이 그에게 찾아온 문학과의 만남도 그를 망가뜨리지 못했기에 그는 그 경지에 오른 것이다. 아니다. 실은 그 모든 것에 의해 송기원은 철저히 망가졌다. 그리고 지금도 여전히 망가져 가고 있다. 망가짐으로써 망가지지 않는 삶, 그것이 '장돌뱅이' 송기원의 삶이다. 모든 것을 버리고 철저히 망가지니까 삶의 진정한 모습이 보인다는 그런 뻔한 이야기를 하자는 게 아니다. 그런 뻔한 결론은 그가 결코 몸에 걸칠 수 없는, 그의 몸에 맞지 않는 옷 같은 것이다. 그 어떤 옷도 몸에 맞지 않아 계속 벗어버리는 삶, 그것이 송기원식의 망가지는 삶이다.

여담 한마디 하자. 송기원 형이 민주화 운동 보상금을 아예 거들떠보지도 않았다는 이야기를 들었다. 형의 이력으로 보아 아마 상당한 액수일 것이다. 형이 그 보상금을 거들떠보지도 않았다는 사실에서 그의 고고한 인품을 느낄 수도 있을 것이다. 하지만 실은 그 이상이다. 평생 어쩌다 몸에 걸친 옷을 거추장스럽게 여기며 살아온 마당에 다시 한번 몸에 맞지 않는 옷을 입고 싶지 않아서였을 것이다. 거의 아무것도 걸친 것이 없으면서 그조차 훌훌 벗어버리고 싶은 마당에 새삼 어색한 옷을 걸치기 싫어서였을 것이다. 그 어떤 옷도 거북해하는 사람은 실은 자신에게 정말로 맞는 자신만의 옷을 찾는 사람이다. 자신에게 맞는 옷을 찾아본 적이 없는 사람은 아무 옷이나 잘 걸치기 마련이다.

이제 송기원은 자기 옷을 찾아 입었을까? 아마, 그런 것 같다. 실은 다 벗어버리는 데 성공했는지도 모른다. 그가 해골 그림만 그리게 되는 것은 그때문인지 모른다. 그는 몇몇 해골 옆에 예쁜 꽃을 함께 그렸다고 했다. 그 꽃은 해골에서 피어난 꽃일까? 아니면 해골에게 바치는 꽃일까? 하긴 그 어떤 꽃이건 무슨 상관이 있으랴?

30여 년 만에 만난 형과 담배를 피우며 잠깐 단둘이 이야기를 나눌 수 있었다. 형 입에서 느닷없이 헤르만 헤세의 『데미안』 이야기가 나왔다. 아마, 내면 탐구, 자아 탐색이 소설가로서 자신이 가고자 했던 길이었음을 은근히 말하고 싶어 하는 것 같았다. 이어서 역시 헤르만 헤세의 『나르치스와 골드문트』로 화제가 옮아갔다. 그러자 형이 말했다.

　"뭐니 뭐니 해도 『유리알 유희』가 최고지."

　『유리알 유희』가 어떤 작품인가? 정신적 가치의 실현을 거부하고 있는 세상에서, 정신적 가치를 지키기 위한 이상향을 그리고 있는 작품이 아닌가? 절대적 가치를 향한 열망이 이룩한 세계를 그리고 있는 작품이 아닌가? 작가로서의 형이 지향하던 바를 다시 확인할 수 있는 것 같았다. 그런데 형이 곧 덧붙였다.

　"끝이 좋았어. 주인공이 모든 것을 이룬 다음에 훌훌 벗어던지고 개인 가정교사로 나가잖아. 이상향에서 속세로 나가잖아. 그리고 느닷없이 죽어버리잖아."

　나는 자랑하고 싶어졌다.

　"형, 『유리알 유희』 내가 이번에 다시 번역했어."

　"정말? 네가 번역한 것 다시 읽고 싶다. 내게 한 권 보내줘."

나는 신이 나서 내가 이번에 세계 명작 100권을 선정해서 축역縮譯했다고 형에게 자랑했다. 그러자 형 입에서 엉뚱한 단어가 튀어나왔다.

"너도 '명상冥想'하는 삶을 살았구나."

느닷없이 '명상'이라니? 하지만 우리는 더 이상 긴 이야기는 나누지 않았다. 마치 '세상의 본질과 만나려고 열심인 삶은 다 명상이야'라고 말하는 것 같았다. 아니면, 그냥 열심히 사는 삶을 명상하는 삶이라고 말하는 것 같았다. 형의 입에서 '명상'이라는 단어가 나오자 내게는 소설가 송기원과 조각가 강대철 화백의 만남이 떠올랐고, 강대철 화백의『몸짓 명상』이라는 소설이 떠올랐다. 그 소설에서 강대철은 '명상이란 예술가라는 한 개인이 우주의 큰 생명의 에너지와 하나가 되는 체험'이라고 말하고 있었다. 달리 말하면 진정한 예술가란 '나'의 참모습을 찾는 존재가 아니라 '나'를 버리고 망각하는 존재, 큰 생명의 에너지와 하나가 되는 존재를 말한다는 것이다. 나는 생각했다.

'아하, 바로 그 명상을 통해 송기원과 강대철이 만난 것이로구나. 둘이 만난 것은 단순히 죽이 맞아서도 아니고 의기투합해서도 아니로구나. 자기를 버림으로써 우주의 큰 생명

에너지와 하나가 되는 그 큰 체험을 공유하고 있기 때문이로구나. 혹은 그 체험을 향한 몸짓을 공유하고 있기 때문이로구나.'

그렇다. 송기원은 지금도 명상 중이다. 저잣거리를 휘저으며 명상 중이다. 그의 장돌뱅이 삶은 그 자체 명상이 되어 버린 것이다. 아하, 그래서 소설가 송기원과 조각가 강대철이 서로에게 반한 것이로구나. 강대철 화백에게 송기원이라는 인간은 '명상'이라는 관념의 성육신成肉身 incarnation 같은 것이었구나.

내게는 갑자기 송기원과 강대철이 큰 우주의 생명 에너지를 함께 받으면서 하나가 된 듯 느껴졌다. 그 둘의 만남, 노년의 그 만남이 한없이 아름답게 느껴지는 것은 그 때문이리라.

편집·해설/진형준 문학평론가

작가연보

1947년 7월 1일(음력) 전라남도 보성군 조성면 시장에서 장돌뱅이
　　　　로 출생.
1954년 조성면 소재지의 조성북국민학교 입학.
1959년 보성중학교 입학.
1963년 광주에 있는 조선대학교 부속고등학교에 진학.
1966년 고려대학교 주최 전국고교생 백일장 대회에 시 「꽃밭」이,
　　　　서라벌예술대학 주최 백일장 대회에 시 「바람의 노래」가 당
　　　　선됨.
1967년 전남일보 신춘문예 시 「불면의 밤에」가 당선됨.
1968년 서라벌예술대학에 입학.
1969년 동아일보 신춘문예에 시 「후반기의 노래」를 투고하여 당선
　　　　작 없는 가작으로 입선.
　　　　5월에 군에 입대.
1970년 월남전에 자원하여, 참전.
1972년 제대하여 대학에 복학. 당시 서라벌예술대학이 중앙대학교
　　　　에 통합되어 중앙대학교 예술대학으로 학교 명칭이 달라짐.
1974년 동아일보 신춘문예에 시 「회복기의 노래」가, 중앙일보 신춘
　　　　문예에 소설 「경외성서經外聖書」가 당선됨.
　　　　11월 18일 '문학인 101인의 시국선언'에 가담하여 고은
　　　　이문구 박태순 윤흥길 이시영 등과 함께 종로경찰서에 하룻

밤을 지냄.

1975년 3월에 문예창작과 학우들과 함께 교내에서 '대학인의 선
언'이라는 선언문을 발표하고 데모를 하여 제적됨.

가을 같은 예술대학 음악과 출신인 백은숙白銀淑과 결혼함.
그 후 먹고 살기 위하여 〈바둑〉지의 편집기자 노릇을 일 년
쯤 함. 그 뒤에는 직장생활이 너무 적성에 맞지 않아 거의
놀고 지냄.

1976년 단편 「廢塔 아래서」「귀여운 아이」 발표.

1977년 단편 「月行」「集團」「연못시장 은정이」 발표.

1978년 단편 「오늘도 조용히」「잠자는 갈매기」「토끼와 아버지」
「春風」 발표.

1979년 단편 「配所의 꽃」 발표.

1980년 봄에 복학이 되어 학교엘 갔으나 이번에는 세칭 '김대중내
란음모사건'이라는 조작극에 말려 10년형을 언도받고 구
금생활에 들어감.

단편 「흐르는 물에」「月門里에서 1」「月門里에서 2」「어허라
달궁」 발표.

1982년 12월 24일 형집행정지로 기약 없던 구금생활에서 2년 반
만에 풀려나옴.

1983년 단편 「다시 月門里에서」「면회」 발표.

제2회 신동엽창작기금 수상.

1984년 시집 『그대 언 살이 터져 시가 빛날 때』(실천문학사), 소설집
『다시 月門里에서』(창작과비평사) 상재. 단편 「처자식」「月門
里에서 3」「月門里에서 4」 발표.

7월 실천문학사 주간으로, 발행인 이문구씨와 함께 출판사
일을 맡음.

1985년	8월 실천문학사에서 나온 교사들의 무크지 〈민중교육〉이 문제가 되어 20여 명의 교사들이 파면당하고, 김진경 윤재철 두 교사와 함께 국가보안법위반이란 명칭 아래 구속됨.
1986년	6월에 석방되어 다시 실천문학사 주간으로 근무.
1990년	시집『마음속 붉은 꽃잎』발표.
1993년	제24회 동인문학상 수상.
1994년	장편『너에게 가마 나에게 오라』발표.
1995년	소설집『인도로 간 예수』발표.
1996년	장편『여자에 관한 명상』발표.
1997년	장편『청산』발표.
1999년	장편『안으로의 여행』발표.
2000년	장편『또 하나의 나』발표.
2001년	제9회 오영수문학상 수상.
2003년	제6회 김동리 문학상 수상. 제11회 대산문학상 소설부문 수상. 소설집『사람의 향기』발표.
2006년	『송기원의 뒷골목 맛세상』발표. 시집『단 한번 보지 못한 내 꽃들』발표. 소설집『아름다운 얼굴』발표.
2010년	시집『저녁』발표.
2011년	『못난이 노자』발표.
2013년	소설집『별밭공원』발표. 『송기원 월행A Journey under the Moonlight』발표.
2021년	장편『숨』발표. 장편『누나』발표.

송기원 소설선집

늙은 창녀의 노래

펴낸날	초판 1쇄 2023년 10월 20일

지은이	송기원
펴낸이	심만수
펴낸곳	(주)살림출판사
출판등록	1989년 11월 1일 제9-210호

주소	경기도 파주시 광인사길 30
전화	031-955-1350 팩스 031-624-1356
홈페이지	http://www.sallimbooks.com
이메일	book@sallimbooks.com

ISBN	978-89-522-4867-1 03810